Herbert Arbter

Legenden und Sagen aus Oberschwaben neu erzählt

Herbert Arbter

Legenden und Sagen aus Oberschwaben

neu erzählt

GMEINER

Personen und Handlung sind frei erfunden.
Ähnlichkeiten mit lebenden oder toten Personen
sind rein zufällig und nicht beabsichtigt.

Im Ehnried 5, 88605 Meßkirch
Telefon 07575/2095-0
info@gmeiner-verlag.de

1. Auflage 2023

Lektorat: Stefanie Stoltenberg
Herstellung: Katrin Lahmer
Umschlaggestaltung und Illustrationen: Herbert Arbter
Druck: Florjančič tisk d.o.o., Maribor
Printed in Slovenia
ISBN 978-3-8392-2956-9

Inhalt:

Das magische Dreieck
Oberschwaben

Die in diesem Band zusammengestellten Sagen und Legenden handeln annähernd in der Landschaft zwischen Donau, Iller und Bodensee, wohl wissend, dass die Region Oberschwaben im Selbstverständnis einiger Gegenden unterschiedlich definiert wird. Eine eindeutige Grenzziehung kann es daher nicht geben.

Zum Geleit

In Oberschwaben hat sich mit so mancher Heiligenlegende und den vielen überlieferten Volkssagen ein reichhaltiger Erzählschatz erhalten. Dabei handelt es sich keineswegs um Tatsachenberichte, sondern um phantastisch überhöhte Geschichten lokaler Begebenheiten. Auch wenn die geschilderten Ereignisse so nicht immer verbürgt sind, beinhalten die Erzählungen häufig doch einen wahren Kern.

Alle hier abgedruckten Geschichten, die ausschließlich in Oberschwaben verortet sind, habe ich, um stärkere Bilder zu erzeugen, zumeist in fiktive Begebenheiten eingebettet, die überlieferten Legenden frei ausgeschmückt oder gar völlig neu »erfunden«. Apropos Bilder: Die jeweils vorangestellten, Initialen in der Anmutung mittelalterlicher Buchmalerei sowie die eingefügten Illustrationen unterstreichen die vorgestellten Geschehnisse aus zumeist längst vergangenen Zeiten: »*Es war einmal* …«.

Übrigens, Ähnlichkeiten mit lebenden Personen bzw. mit realen Begebenheiten wurden nicht angestrebt, können aber auch nicht ausgeschlossen werden. Die Ereignisse oszillieren dementsprechend zwischen Legende, Phantasie und Wirklichkeit. Wörtlich entlehnte Zitate wurden in den Texten »*kursiv*« ausgezeichnet und wenig gebräuchliche Begriffe können im Glossar am Ende des Buches nachgeschlagen werden. Ihnen, meine lieben Leserinnen und Leser, wünsche ich viel Freude, Kurzweile und Vergnügen beim Eintauchen in die inspirierenden Bilder und Geschichten voller Phantasie und Imagination.

Der Autor im Herbst 2022

LAURENTIA, LIEBE LAURENTIA MEIN

Laurentia, liebe Laurentia mein!
Wann werden wir wieder beisammen sein?
Am Montag.
Drum wollt ich, dass alle Tag Sonntag, Montag, wär,
und ich bei meiner Laurentia wär!
Laurentia!
(Kinderlied, 2. Strophe)

Schwörmontag

Die alljährliche Ratswahl in der Reichsstadt Ulm musste einst, wie kaiserlich angeordnet, immer Anfang August durchgeführt werden, und der darauffolgende »Schwörtag« fand hernach grundsätzlich am Montag in der nachfolgenden Laurentiuswoche (Gedenktag des Laurentius = 10. August) statt.

»Diese Woche fängt gut an! Stolz legt der Schultheiß der Stadt Ulm seine goldene Amtskette an. Weit hat er es gebracht. Dass dabei Verrat und Intrige im Spiel waren, kümmerte ihn nie. Vor einem Vierteljahrhundert wurde er von den Räten der Stadt mit großer Mehrheit auf Lebenszeit ins Amt gewählt. Heute gilt es wieder einmal, der »einfältigen« Bürgerschaft traditionell die (geheuchelte) Treue zu schwören. Er weiß, das muss er, da kommt er nicht drum herum. Der eitle und begüterte Lokalpolitiker hält nicht viel von kleinen Leuten und ist daher selbst in der Bürgerschaft nicht sonderlich gut angesehen. Seine Rechte und Pflichten aber kennt der hohe und verschlagene Herr sehr genau. Der »Große Schwörbrief«, den die Zünfte gegen die Patrizier errungen hatten, garantiert allen Mitgliedern des Stadtparlaments gleiches Stimmrecht und fordert jährlich vom Oberhaupt der Stadt einen Rechenschaftsbericht ein. In wenigen Augenblicken wird er vom »Schwörbalkon« des Rathauses herab seine Ansprache an die Stadtbevölkerung halten und den Eid von 1397, begleitet vom dumpfen Klang der »Schwörglocke«, wiederholen: *»Allen Reichen und Armen ein gemeiner Mann zu sein in allen gleichen, gemeinsamen und redlichen Dingen ohne allen Vorbehalt.«* Seiner hohen Würde voll bewusst, schreitet er in seiner Amtsstube bedächtig versonnen auf und ab, bis er unter verhaltenem Beifall den Balkon betritt. Nach dem Schwur jedoch bricht Jubel aus und die Stadt feiert sich danach tagelang selbst. So findet am nächsten Tag, wie alle zwei Jahre am Dienstag nach »Schwörmontag«, unten an der Donau das große »Fischerstechen« und das »Nabada« statt. Zu diesem traditionellen Spektakel werden viele Honoratioren und Neugierige aus ganz Oberschwaben und dem angrenzenden Bayern erwartet.

Es mag etwas mehr als 25 Jahre her sein, als eine unbekannte, junge, blasse Frau mit ihrem ärmlichen Bündel auf dem Rücken Anfang April von Ulm kommend zu Fuß in Kelheim eintraf. Hochschwanger suchte *»Laurentia«* das Armenspital auf und gebar dort einen Jungen, der auf den Namen *»Lorenz«*, der Lorbeergeschmückte, getauft wurde. – Beide Namen beziehen sich auf den zweiten Erzmärtyrer, den *heiligen Laurentius* und den Tag einer verratenen Liebe in Ulm. Die Lebensverhältnisse blieben für die kleine Familie anhaltend karg, doch war die junge Frau froh, für die Klosterabtei Weltenburg waschen zu dürfen. Ihr Söhnlein, das ihr nicht von der Seite wich, war ihr Augenstern, ihr Ein und

Alles. Sie ahnte, den Knaben bald verlassen zu müssen und das schmerzte sie sehr. Als sie immer schwächer wurde und schwer erkrankte, erzählte sie dem Jungen von ihrer tragischen Liebe, aus der heraus er zur Welt kam. Wenige Tage später erhielt die junge Mutter von einem der Patres die letzte Ölung – den elternlosen Knaben aber nahmen die Mönche unter ihre Fittiche. Der Orden ermöglichte dem Waisen eine fundierte Ausbildung. Nach Erreichen seiner Studierreife nahm Lorenz das Pädagogikstudium auf, das er als Dr. phil. mit summa cum laude abschloss. Zwar hofften die Mönche, er würde nun für immer ins Kloster nach Weltenburg zurückkehren, doch insistierten sie nicht. Die frommen Männer ahnten, dass der junge Herr Doktor zunächst noch ein wenig in die Welt würde hinausziehen wollen, zumindest aber im nahen Ulm sich eventuell um eine Stelle bemühen möchte.

Aufbruch nach Ulm

Immer wenn die »Ulmer Schachteln« am Kloster vorbei zum Schwarzen Meer schwimmen, muss Lorenz unterschwellig an das elende Schicksal seiner allzu früh verstorbenen Mutter denken. Heute schnürt er sein Bündel. Wird er das Kloster nun wirklich für immer verlassen? – Er weiß es selbst nicht. Sollten die Händler heute von der Donaumündung zurückkehren und hier vorbeiziehen, dann wird er sich ihnen anschließen, denn eine Reise in Gemeinschaft erscheint ihm allemal sicherer zu sein, als sich alleine schutzlos auf den Weg zu begeben. Vielleicht kennt er auch den einen oder anderen, da er einige der Kaufleute ja früher schon bei deren Rast am Donaudurchbruch, hier nahe der Benediktinerabtei, gesehen hat. Ihre Rückreise nach Hause machen die Kauf- und Fuhrleute auf dem Landweg entlang der Treidelwege zumeist zu Fuß, im Schlepp ihre Importware auf kleinen, flachen Kähnen, die eher aussehen wie Waschzuber. Diese werden stromaufwärts von Hand an langen Seilen gezogen, manches Mal auch von einem Langohr, einem Esel. An schwierigen Stellen, wie z.B. entlang verbuschter Ufersäume, muss ein Mann mit einer langen Stange den Kahn stakend stromaufwärts bewegen. Gegen Mittag trifft linksseitig ein erster Trupp von Heimkehrern ein. Momentan kann man oberhalb des Donaudurchbruchs zu Fuß auf die andere Flussseite waten. Gerne packt man da die Gelegenheit beim Schopf, um vor der Klosterküche eine deftige Mahlzeit einzunehmen und darüber hinaus sich an einem Humpen sagenhaft guten Bieres zu laben. Die Stimmung ist bestens, die Geschäfte unterwegs waren zu aller Zufriedenheit gut gelaufen und so manche Anekdote macht die Runde. Tatsächlich sind auch Männer unter den Reisenden, die Lorenz schon seit Jahren kennt. Gerne sind sie willens den jungen Pädagogen nach Ulm mitzunehmen, vielleicht sogar ihm dort eine Stelle zu verschaffen, denn sie sind im Großbürgertum der Stadt bestens vernetzt.

Umtrunk

Rechtzeitig zum Stadtfest kommen die Donaufahrer in Ulm an und die Kaufleute machen den jungen Gelehrten mit vielen hochgestellten Persönlichkeiten bekannt. Gescheite Leute kann man immer brauchen, so hört er es allenthalben. Einige der vornehmen Herren erkennt er später wieder, als diese auf der Ehrentribüne zusammen mit den Ehrengästen, den Stadträten und dem Schultheiß inmitten ihrer Familien stehen, um dem »Fischerstechen« und dem »Nabada« aus höherer Warte beizuwohnen. Zwischen dem Stadtschultheiß und dessen Frau steht ein bezaubernd hübsches Mädchen, wohl die Tochter des Stadtregenten. Plötzlich und unverhofft kreuzen sich für einen kurzen Moment ihre Blicke und Lorenz wird es warm ums Herz. Diese Ausstrahlung, diese Anmut! Er wagt es nicht, den Blickkontakt zu dem jungen Fräulein aufrecht zu erhalten – es wäre sicherlich nicht schicklich, fühlt er.

Nachdem in der letzten Runde des Fischerstechens ein Mitglied der Fischergilde gegen den Vertreter der Steinmetze obsiegt und die Krone davonträgt, spült es einen großen Pulk frenetisch jubelnder Fischer in ihr Quartier, um dort den Sieg gebührend zu feiern. Hat man den Sieg nun doch drei Mal in Folge nach Hause getragen! Irgendwie wird Lorenz mit in den Sog der Feiernden hineingezogen und er strandet schließlich in einem der Gasthäuser des Zunftviertels. An allen Tischen kreisen dort die Humpen und Becher und ein jeder ist aufgerufen, einen mehr oder weniger geistreichen Toast auszustoßen. »Prosit« meint so viel wie »Es möge etwas nützen« im Sinne von »Wohl bekomm's« und alle am Tisch achten peinlich darauf, beim Anprosten die Arme nicht zu überkreuzen – denn das würde Pech und sieben Jahre schlechten Sex nach sich ziehen. Einer, er ist vermutlich ein Protestant, eröffnet die »Anstoßrunde« mit einem Luther-Wort: *»Iss, was gar ist, trink, was klar ist, red, was wahr ist! – Prosit!«* Gleich darauf folgt der nächste: *»Nüchtern betrachtet, ist alles besoffen besser! – Auf die Liebe!«* Nachdem alle getrunken haben, setzt ein weiterer an: *»Wasser wird zum edlen Tropfen, mischt man es mit Malz und Hopfen! – Auf das Leben!«*

Inmitten dieser ausgelassenen und feucht-fröhlichen Stimmung betreten die Gesellschaft hochnobler Bürger, Stadträte und der Schultheiß die Schankstube und nehmen am reservierten Nebentisch Platz. Seit langer Zeit gehört es zum guten Brauch, dass die Ratsherren im Revier des »Fischerkönigs« einkehren und dort für die Zunftmitglieder ein Fass öffnen Selbstredend geht auch dies nicht ohne Trinksprüche ab. Als alle Becher beziehungsweise Humpen bis zum Rand gefüllt sind, erhebt sich das Stadtoberhaupt, hebt seinen Becher hoch und ruft: *»Lass dich nicht lumpen, hoch die Humpen! – Prosit al-*

lerseits!« Der Geräuschpegel in der Wirtsstube schwillt bald an, als wolle er sich demnächst überschlagen. An allen Tischen wird gelacht, diskutiert, geflachst und natürlich kräftig getrunken. Auch am Tisch der Ratsherren ist Stimmung, als einer der Herren den Stadtoberen fragt, ob er den jungen Herrn in seinem Rücken schon kenne. »Ein junger Gelehrter, der von Weltenburg nach Ulm gekommen ist, und hier nun eine Anstellung sucht!« Da horcht der Bürgermeister auf: »Ein Gelehrter?« Sogleich wendet er sich Lorenz zu: »Herr Doktor, Sie suchen eine angemessene Anstellung in Ulm, wenn ich richtig gehört habe? Wie wär's, wenn Sie am Freitag kurz vor Mittag bei mir im Rathaus vorbei kommen? Ich hätte da vielleicht etwas für Sie!« Dann lacht er auf und meint: *»Lassen Sie uns darauf anstoßen: Der Kopf tut weh, die Füße stinken, da müssen wir ein Bierchen trinken!«* – und jetzt Sie, mein Lieber!« Lorenz überlegt kurz, er ist ja in Trinksprüchen nicht wirklich bewandert, bemüht dann aber Ovid: *»Wer kunstvoll singt, soll singen, wer kunstvoll trinkt, soll trinken! – Zum Wohle meine Herrn!«*

»Lass dich nicht lumpen, hoch die Humpen!«

In vornehmen Diensten

Wie vereinbart, wird Lorenz beim Stadtoberhaupt vorstellig. Wer sich wirklich hinter diesem mächtigen Mann verbirgt, ahnt er nicht. Ganz anders als beim Fischerfest tritt ihm der Schultheiß jetzt sehr förmlich gegenüber. Ihm ist daran gelegen, dass seine Tochter in einigen Künsten wie zum Beispiel Algebra und Geometrie, Grammatik so wie Lyrik und Gesang unterrichtet wird. Aber auch Latein wäre nicht schlecht, wenigstens ein paar Grundlagen, wenn dies möglich wäre. Zumindest sollte sie auf all diesen Gebieten sich Grundwissen aneignen. Das wäre das Ziel! Bei den Lehrmethoden würde er dem jungen Pädagogen selbstverständlich freie Hand lassen. Bei gönnerhaftem Salär sind täglich, außer Samstag und Sonntag, drei Stunden an Unterweisung zu erfüllen; so die Vereinbarung, die mit Handschlag besiegelt wird. Anderntags wird der neue Lehrer bei Kuchen und Tee schon mal der Tochter und der Ehefrau des Stadtoberhauptes vorgestellt. Auch dieses Mal beschleicht Lorenz ein innigliches Gefühl, als er die Tochter sieht, eine Art Vertrautheit, die mit nichts zu begründen ist. Auch »Teresa«, so heißt das Mädchen, scheint ähnliche Empfindungen zu haben, denn als er die vornehme Familie verlässt, flüstert sie ihm zu: »Wir haben uns kürzlich schon einmal gesehen – beim Fischerstechen – stimmt's?«

Womit soll er seinen Unterricht beginnen? Das Motto des Heraklit von Ephesos hat sich Lorenz mit Beginn seiner Lehrtätigkeit selbst zu Eigen gemacht: *»Was man sehen, hören, erfahren kann, dem gebe (ich) den Vorzug.«* In Latein gleich mit der Deklination von Substantiven zu beginnen, scheint dem jungen Lehrmeister wenig angebracht zu sein. Besser und interessanter wäre es, vielleicht doch zuvor ein wenig die frühe römische Geschichte zu beleuchten, beginnend mit dem Palatin, der Urzelle der römischen Machtmetropole, und den

Legenden zu Romulus und Remus. Während seiner Ausbildung in der Klosterschule und der Universität waren gerne und häufig die Fabeln nach Aesop Gegenstand von Betrachtungen. – Gleichnisse, welche die menschlichen Schwächen unterhaltsam offenlegen. Sich mit den Tierfabeln zu befassen und anhand dieser Texte sich rhetorisch üben zu können, dürfte auch Teresa gefallen. Das vertiefende Lesen und die Analyse von Cicero-Texten wäre ein anzudenkendes Fernziel. In der Mathematik, so seine Überlegung, könnte er mit der Geometrie zur Winkelberechnung von Dreiecken beginnen. Nach und nach erstellt Lorenz für die nächsten Monate seine Stoffdisposition und dort, wo es sich anbietet, versucht er Inhalte entsprechend miteinander zu verknüpfen, denn alleine von sturem Auswendiglernen hält er nichts, wohl wissend, dass antike Rhetoren all ihre Reden gerne auswendig vorgetragen hatten. Teresa und ihr Lehrer treffen sich zwei Mal die Woche am Vormittag und drei Mal nachmittags für jeweils drei Stunden, entweder in der großen Wohnstube des Schultheißen oder in der Gartenlaube, je nach Wetterlage. Zu Beginn einer jeden Unterrichtseinheit studieren sie frommes Liedgut ein, wie zum Beispiel: »*Almechtige got, here Jheſu criſt, Wat lifnaringe du uns gheworden biſt.*« Vor allem die Momente, in welchen sie zusammen im Duett singen, liebt Teresa über alles. Die dabei so positiv aufkeimende Stimmung trägt sie über den ganzen Tag, was auch die Eltern wohlwollend registrieren. So vergehen viele Monate und alles scheint in bester Ordnung zu sein. Dann ziehen plötzlich dunkle Wolken auf. Das Stadtoberhaupt ertappt die beiden im Garten, eben als sie sich fest an der Hand halten, und Lorenz den Kopf Teresas tröstend an seine Schulter drückt. »Da missbraucht wohl der Herr Pädagoge seine Vertrauensstellung!« Wütend wie ein Berserker stürzt der Schultheiß, die Situation völlig falsch deutend, hervor und zieht drohend gegen Lorenz den Degen. Weder Tochter noch

Hauslehrer kommen zu Wort, und um ein Haar hätte der Wüterich Lorenz aufgespießt. Doch diesem gelingt es knapp, dem tödlichen Stoß auszuweichen und zu fliehen.

Flucht und tragisches Ende

Schon seit mehreren Wochen hat Lorenz Nachforschungen betrieben, um herauszubekommen, wer sein Erzeuger ist. Er wusste, dass jener, als dieser seine Mutter hat sitzen lassen und an ihrer Stelle eine reiche Patrizierin heiratete, vermutlich Kämmerer der Stadt Ulm war. Doch der jetzige Kämmerer kommt dabei nicht in Frage, der ist viel zu jung und überdies auch nicht verheiratet. Also forschte er weiter und stieß dabei auf den Namen des jetzigen Stadtoberhauptes. Damit hatte er nicht gerechnet! Nun ertappt der Schultheiß die beiden, scheinbar eng vertraut im Garten, als Lorenz gerade versucht, seiner Schülerin schonend beizubringen, dass diese seine Halbschwester sei.

Lorenz sucht sich vor der Nachstellung durch den Schultheiß Donau aufwärts in Sicherheit zu bringen. Im Kloster Wiblingen würde er Schutz und Aufnahme finden! Just, als er Gögglingen erreicht, um sich hinüber nach Wiblingen zu wenden, wird er von den gedungenen Häschern abgefangen und gebunden. Diese halten den jungen Gelehrten so lange in Schach, bis der wutentbrannte Bürgermeister auf seinem feurigen Schimmel von Ulm kommend daher prescht. Das Stadtoberhaupt verdächtigt Lorenz, sich seiner Tochter unziemlich genähert zu haben. Von einem Diener lässt er dem verzweifelten Lorenz einen goldenen Becher unterschieben und klagt den Delinquenten dann auch noch des schweren Diebstahls an. Geifernd und verhöhnend lässt er den Armen auf ein schmiedeeisernes Gitter anketten und darunter ein Feuer entfachen, damit Lorenz gleich seinem Namenspatron ein qualvolles Ende nehme. Alle

Unschuldsbeteuerungen sind umsonst und so verdammt der qualvoll Sterbende seinen Peiniger auf Ewigkeit, als man von Donaustetten her das »Sankt Laurentius-Glöcklein« ertönen hört. Diese unvorhergesehene Begleitmusik versetzt den frevelnden Schultheiß unmittelbar in Angst und Schrecken. Kreidebleich rafft er sich auf und hetzt davon, zurück nach Ulm. Zu Hause angekommen, eilt ihm schon seine Gattin schluchzend entgegen und berichtet, dass ihre gemeinsame Tochter schwer erkrankt und vom Wahn befallen sei. Auch ihm gelingt es nicht, das völlig hysterische Mädchen zu beruhigen. Schrill und wie mit fremder Stimme ruft sie ihm entgegen, dass seine Hände auf ewig mit Blut besudelt seien. Gegen Abend taucht ferner unerwartet im Hause ein Ratsbediensteter mit einem Medaillon auf, das der zu Tode Gemarterte um seinen Hals getragen habe. Der Schultheiß öffnet das Schmuckstück und erkennt im fein auf Porzellan gemalten Medaillon das anmutige Bildnis der vor vielen Jahren von ihm so schändlich verleugneten Laurentia. Nun dünkt auch ihm, dass er vor wenigen Stunden vor den Toren der Stadt seinen eigenen Sohn hat heimtückisch ermorden lassen. Schwerste Schuld hat er auf sich geladen und der Fluch des eigenen Blutes dringt ihm tief bis in den letzten Winkel seiner Seele. Von Stund an ergraut er völlig. Seine tiefe Schuld ist auch vor dem Rat der Stadt nicht mehr zu leugnen und sein Geist beginnt, sich in raschen Schüben zu verfinstern. Unaufhörlich verfolgen ihn die weit entfernten Schreie seines gemarterten Sohnes begleitet vom Klang des »Sankt Laurentius-Glöckleins« aus Donaustetten. Völlig apathisch und ausgezehrt, ohne geistige Berührung zur Außenwelt, nimmt es nach wenigen Monaten mit dem ehemaligen Stadtoberen ein tragisches Ende. Schon bald wird sein Name auf Beschluss des Rates aus den Analen der Stadt Ulm für immer getilgt. Die tragische Legende vom schuldbeladenen Schultheiß jedoch wird immer noch weiter erzählt.

»SO WIE DER SCHREINER KANN'S KEINER«

»Am Bahndamm«
Steinige Böschung,
auf steilem Hang ziehen sich
endlos wie ein Strang,
blank und glitzernd Schienen hinan.
Ein Weg,
ein Pfad unten an, vom Regen zerfressen,
geleitet die Bahn.
Altgras,
entflammt und zu Asche erloschen,
wird zaghaft von knospendem
Grün durchbrochen.
Warmer Wind streichelt den Hang,
aus dunklen Höhlen blinzeln mich
Augen von Eidechsen an.
Kleine Büschel veilchenblau,
gewachsen hier auf steiniger Au,
verschwenden betörenden Duft
und wärmend umschlingt mich
spielend die Luft.
In meinen Armen ein Mädchen sich wiegt,
und knospenzart sie ihren Kopf
an meine Wange schmiegt.
Ich bin entzückt,
und seh' beglückt, ihre gesenkten Lider.
(Herbert Arbter)

Ausfahrt

Heute ist ein wunderbarer Frühsommertag, wie geschaffen für eine Radtour. Da sonntags auf dieser Strecke kaum mit Autoverkehr zu rechnen ist, genießen Jörg und sein Herzblatt die Fahrt von Ulm nach Blaubeuren, immer schön an der Blau und der Regionalbahn »Ulmer Spatz« entlang. Am »Brunnenstein« und am »Nägelesfelsen« machen sie Halt, genießen die Umgebung und schauen der vorüberfahrenden Regionalbahn nach, so als würde sie an einen weit entfernten Sehnsuchtsort fahren. Jörgs Empfindungen kommen in dieser Situation der des vorangestellten Gedichts recht nahe. In Blaubeuren aber möchte Jörg seiner Liebsten im ehemaligen Kloster gerne die Werke seines Namensvetters Jörg Syrlin zeigen. Wenn man auch mit der christlichen Religion nicht viel am Hut haben mag, was die Meister der »Ulmer Schule« zum Ende des 15. Jahrhunderts im Übergang von der Hochgotik zur Renaissance dort hinterlassen haben, ist bewundernswert und künstlerisch von höchster Güte.

Unzweifelhaft hat *Jörg Syrlin* mit seiner Werkstatt das Chorgestühl in der Klosterkirche geschaffen. Doch lange hat man darüber gestritten, welcher Anteil ihm am Hochaltar zuzuschreiben sei. Inzwischen scheint vieles jedoch geklärt zu sein. Sicherlich lagen die Gesamtkonzeption und Planungshoheit in seinen Händen, während die anderen Künstler, ebenfalls von Rang, seinem Entwurf zugearbeitet haben.

»Doch folgen wir nun zusammen mit Jörg und Ellen aufmerksam dem überkommenen Mythos des Ulmer Meisters. – Das Paar ist inzwischen am Kloster angekommen und durchschreitet durch den Lettner eben den Mönchschor mit seinem prächtigen Hochaltar und imposanten Chorgestühl. Kurz bleiben sie stehen, lassen den Raum auf sich wirken und bemerken sehr wohl, dass dies ein ganz besonderer Ort sein muss. Im Chorgestühl nahe dem Hochaltar unterhält sich ein älterer Herr mit einem Jugendlichen – vielleicht dessen Enkel? Offensichtlich kennt der Betagte auch die Legende zur Entstehung der Werke hier, weshalb sich Jörg und seine Freundin, an einem der Lesepulte vorbeihuschend, in das Gestühl setzen, um aufmerksam dem Zwiegespräch der beiden zu lauschen.

Der Auftrag zum Mönchschor in Blaubeuren

»Stell dir vor, wie die Situation damals wohl gewesen sein mag«, wendet sich der ältere Herr dem neugierigen Jungen zu: »In seinem Holzlager sortiert Jörg Syrlin schon seit Tagen Bretter und Leisten für den Großauftrag, der ihn Jahre beschäftigen und ernähren soll. Für die Benediktinermönche des Klosters Blaubeuren hat er eine bezaubernde Risszeichnung für einen prächtigen, spätgotischen Hochaltar angefertigt. Für die Realisierung zieht er dabei in Betracht, als Subunternehmer die bedeutendsten Ulmer Künstler zu engagieren. Für den Figurenschmuck würde er *Gregor Erhard* verpflichten, für die Tafelmalereien des Wandelaltars kämen *Bartholomäus Zeitblom* und *Bernhard Strigel* in Frage. Dann braucht's noch einen versierten Fassmaler und Vergolder. Abt *Heinrich Fabri* ist ob des Entwurfs völlig aus dem Häuschen. Am besten wäre es, dem

Meister auch gleich noch den Auftrag für ein repräsentatives Chorgestühl zu erteilen, was ja dann auch unverzüglich geschieht. Platz gäbe es da für 68 Sitze. »Vielleicht wächst ja die Ordensgemeinschaft irgendwann nochmal an?« »Tja, wie der Schreiner, kann's keiner«, lächelt Jörg in sich hinein, während er Holzdiele für Holzdiele in Augenschein nimmt. Dass diese Ausstattung alles Bisherige im weiten Umkreis in den Schatten stellen muss, dafür will er sich ins Zeug legen. Wertvolle Erfahrungen als Schreiner und Bildschnitzer konnte er bereits im väterlichen Betrieb sammeln, so auch bei der Herstellung des Chorgestühls zum Ulmer Münster. Nach dem Tod seines Vaters übernahm er die gesamte Werkstatt mit allen Gesellen und ließ sich in der Reichsstadt als Meister eintragen.

Da der beabsichtigte Hochaltar bis unter die Chordecke reichen soll müssen alle Teile von der Predella bis zum Gesprenge in einem komplizierten Stecksystem konzipiert werden, sodass später alles vor Ort passgenau gefügt und verleimt werden kann. Somit müssen schon die Rohlinge von den Gesellen entsprechend vorbereitet werden. Auf keinen Fall darf sich das Holz werfen. Unter Ausschluss der Öffentlichkeit ist der Meister mit dem Bau des Retabels und den geschnitzten Dekorationen vollauf beschäftigt. Parallel zu ihm arbeiten der Figurenschnitzer Meister Erhart und die Zunft der Maler an ihren Werken. Gesprenge mit Fialen, Krabben und Kreuzblumen sowie das Schnitzretabel mit dem gesamten Figurenschmuck und der liebreizenden Mutter Gottes als zentraler Figur und auch die herrlichen Tafelbilder, all das mag dem Auge und Gemüt später wie ein »Himmlisches Jerusalem« erscheinen. Noch während alle Teile des Hochaltars gefasst und vergoldet werden, beginnt schon die Arbeit am großen Chorgestühl. Halbfiguren mit Propheten und Schriftzitaten an den Wangen zieren die vorderen Sitzreihen, mittig links und rechts des Durchgangs finden die gräflichen Stifter des Klosters zusammen mit ihren Ehefrauen Platz. Ja, sogar die Unterseiten der hochklappbaren Sitze, ausgestaltet mit kleinen Sitzkonsolen, den sogenannten »*Misericordien*« (lateinisch: misericordia = »Mitleid«), die bei langer Liturgie dem Stehenden etwas Halt bieten, schmückt Jörg Syrlin humorvoll mit Fabelgestalten. Diese kleinen »Steißstützen« nennt der Volksmund auch »Faulenzer«.

Tragisches Ende

Alle Gewerke waren zur vollsten Zufriedenheit der Mönche ausgefallen. Doch was, wenn der Meister an einem anderen Ort Ähnliches vollbringt? Daher befragt ihn der Abt, ob er nochmals in der Lage sein würde, weitere Altäre und Chorgestühle dieser Güte zu schaffen? Freudig bejaht dies der erfolgreiche Schreiner, in der Hoffnung einen weiteren Auftrag zu erhalten. Doch da hat er die Rechnung ohne den Wirt, sprich die Ordensbrüder gemacht. Die Mönche fallen über ihn her und versuchen den Meister mit ätzender Flüssigkeit zu blenden, was ihnen vorübergehend auch gelingt. Monate lang halten sie den begnadeten Handwerker gefangen. Fast erblindet und sich ganz auf sein Gefühl verlassend, schnitzt er während seiner Gefangenschaft auf der linken Seite des Gestühls sich selbst in der Person des biblischen Propheten und Schriftgelehrten »Obadja« (Abdias), allegorisch zum Paradigma »Erwählung und Verwerfung« – bittere Erfahrungen, die er am eigenen Leib hat erdulden müssen. Endlich, als er den Benediktinern das Versprechen abgibt, von dem schändlichen Verhalten der Klosterbrüder nichts nach außen zu tragen und auch keinen vergleichbaren Altar mehr schaffen zu wollen, lassen sie ihn frei. Noch werden hernach einige wenige Werke von ihm bekannt, doch gerät er alsbald wegen Aufruhrs mit der Obrigkeit von Ulm in Streit, da er sich als Fürsprecher für die entrechteten Bauern engagiert. Damit nimmt seine gestalterische Kariere ein jähes Ende. – Nahezu unbekannt und unter ärmlichsten Verhältnissen segnet er das Zeitliche.«

Geteilte Freud ist doppelte Freud«

Noch schaut sich das Liebespaar Jörg und Ellen die Wunderwerke spätgotischer Bildnerei etwas eingehender an, ehe sie wieder in die Pedale steigen und die Heimfahrt antreten. Der Name des *Jörg Syrlin* und die Bewunderung für seine hohe Schnitzkunst haben sich heute mit Sicherheit den verliebten Ausflüglern tief ins Gedächtnis eingeprägt. Und darin sind sie sich einig: »*Geteilte Freud ist doppelte Freud*«. Sie beschließen in nächster Zeit noch häufiger im Oberland auf Entdeckungstour zu gehen, denn links und rechts der Donau gibt es viele Kleinodien und Legenden aufzuspüren und zu entdecken.

Nach Ägypten wär's nicht so weit.
Aber bis man zum Südbahnhof kommt.
(Karl Kraus, Sprüche und Widersprüche, 1909)

Der Wandelaltar wird im Chor eingebaut.

DIE HEILERIN AUS DEN LUTHERISCHEN BERGEN

Die Familie Schunter

Über einem Seitental im Süden der »Lutherischen Berge« nordwestlich von Ehingen, dem Rauhtal, befindet sich am Fuße des Rappensteins die Schunter-Höhle. Die Bezeichnung »Lutherische Berge« entstand, nachdem durch das Aussterben des Geschlechts der Freiherren von Freyberg-Steußlingen mit Sitz »Schloss Neusteußlingen« das vormals vorderösterreichische Lehen erlosch und Herzog Ludwig von Württemberg 1581 hier auf der Südalb die Reformation einführte. Mit dem politischen Wechsel galt wie überall im Lande üblich die Parole: *»Wes Brot ich esse, des Lied ich sing«*. Fürderhin blieb in dieser Gegend ein Großteil der Bevölkerung protestantisch, während umliegende Orte mehrheitlich dem Katholischen sich zugehörig fühlen. In der Schunter-Höhle suchten, so die Überlieferung, bereits während des Dreißigjährigen Krieges die Bauern aus der näheren Umgebung Schutz vor dem herannahenden schwedischen Heer. Dann wurde die Höhle kaum mehr aufgesucht, bis 1790 die evangelische Landstreicherfamilie Friedrich und Katharina Schunter mit ihrer kleinen Tochter hier auftauchte. Weder im Weiler Briel und schon gar nicht in Altsteußlingen wollte man das asoziale Gesindel dauerhaft dulden, weswegen man ihnen die verlassene Höhle im Rauhtal als Wohnstätte zuwies. Einen Mietle im Rauhtal als Wohnstätte zuwies. Einen Mietzins konnte die Familie nicht aufbringen. Als Gegenleistung sollten die Schunters für die Bauern von Briel mittels kleiner Leuchtfeuer und Fackeln die Schwarzkittel (Wildschweine) von deren Feldern fern halten. Ihren Lebensunterhalt mochten sie von den Früchten des Waldes und dem Stellen kleiner Tierfallen bestreiten. Mitunter half die Familie gegen ein Almosen den Bauern auch bei der Feldarbeit oder ging auf Betteltour. Unter diesen harten Bedingungen wuchs die kleine Käthe, zumeist »Käthra« genannt, auf und erlernte alles Notwendige, was man zum Überleben in dieser Wildnis braucht. Allerdings, so munkelte man, sei ihr Vater sehr unberechenbar und jähzornig gewesen. Da kam es der jungen Käthra sehr gelegen, dass ein Bursche aus Altsteußlingen namens Bartholomäus – leider katholischer Konfession – sich in sie verguckt hatte. Die Aussichten, einen eigenen Hausstand zu gründen, beflügelte das Paar. Bald sollte Hochzeit gefeiert werden. Doch hatten sie in ihrer Euphorie nicht mit dem Veto des Pfarrers von Altsteußlingen gerechnet. Eine Ehe mit einer »Wüstgläubigen« käme überhaupt nicht in Frage, dazu wollte er seinen Segen nicht geben, ausgeschlossen, ließ er die beiden wissen. Damit platzten die Träume von einem gemeinsamen Lebensweg. Ihre Liebesbeziehung zerbrach unter dem äußeren Druck der Konfessionen.

Käthra alleine

Was in der »Schunter-Höhle« wirklich vorgefallen ist, weiß niemand. Haben die Eltern ihre Tochter im Streit verstoßen oder hat Käthra nach der gescheiterten Hochzeit mit Bartholomäus die elterliche Behausung freiwillig verlassen, um alleine ein selbstbestimmtes Leben zu führen – ohne Menschen um sich herum, ohne irgendeine christliche Religion, ohne das Joch bürgerlicher Moral, eben ohne jegliche Bevormundung? Ungefähr zwanzig Gehminuten von der elterlichen Behausung entfernt, über dem Riedgraben, dort wo das »Weite Tal« ins »Brieltal« übergeht, bezieht Käthra eine kleine grottenartige Höhle mit vorgezogenem, steinernem Dachvorsprung. Das neue Domizil ist nicht sehr tief und gut sieben bis acht Schritte breit. Ein vertrauter Ort – hierher hat sie sich schon als Mädchen immer wieder begeben, wenn sie alleine sein wollte. Vor das Höhlenportal flicht sie zunächst als Sicht- und Wetterschutz aus Hasel, Weidenruten und Fichtenzweigen zwei hohe, wahlweise übereinander oder nebeneinander versetzbare Paravents. Das bietet mehr Sicherheit und Flexibilität. Dann richtet sie sich nach und nach mit wenigen Habseligkeiten ein und das so bequem wie irgend nur möglich.

Dann kommt der Wintereinbruch: Die ganze Landschaft der Albregion bis hinab in die Täler ist tief verschneit und es ist knackig kalt. In der Nacht hört sie gar die Baumstämme im Wald vor Frost krachen. Mit den Paravents hält sie den weiten Eingang verschlossen und das Feuer in ihrer Höhle lässt sie jetzt nicht mehr erlöschen. Auch ihre Schlafstelle hat sie von der Höhlenrückwand näher vor ans Feuer, in die Höhlenmitte gerückt. Über Nacht gewähren ihr zudem mehrere Schaffelllagen wohlige Wärme.

Kurz nach Sonnenaufgang ist es draußen immer am kältesten, weshalb sie noch etwas am Feuer sitzend verweilt. Als dann die Sonne hoch genug steht, macht sie sich auf, um ihre Tierfallen entlang des »Weiten Tals« zu kontrollieren. Vor allem auf Hasen und Vögel hat sie es abgesehen. Auch Eichhörnchen sind ihr willkommen. Still lächelt sie in sich hinein, als sie einen steif gefrorenen Hasenbalg aus der Schlinge unterm Brombeergesträuch hervorzieht, denn nicht an jedem Tag ist ihr das Jagdglück hold. Der »Lümmelmann« hat ein schönes, dichtes Fell, aus dem sie sich eine warme Mütze nähen wird, und sein Fleisch wird, sobald es gut abgehangen ist, sie über mehrere Tage lang ernähren.

Große Not wird sie diesen Winter eh nicht leiden müssen, immerhin hat sie auch noch geschrotetes Korn, getrocknete Pilze und Trockenbeeren in Tontöpfen eingelagert. Weiteres Getier ist ihr heute nicht in die Falle gegangen. »Macht nichts, vielleicht ein andermal!« Bliebe das Jagdglück jedoch gänzlich aus, müsste sie widerwillig zu den Bauern auf Betteltour gehen. Käme auch da nicht genug zusammen, bliebe nur hinüber nach Ehingen, Blaubeuren oder gar nach Ulm zu vagabundieren. Wegen Landstreicherei wurde sie schon des Öfteren gefasst, was ihr mitunter recht gelegen kam, erhielt sie im Arrest doch immer ein Stück Brot und eine dünne warme Suppe. Bei den Gendarmen ist sie also keine Unbekannte mehr und verstohlen holten diese sich bei ihr in der Zelle gerne Rat für so manches Zipperlein, ehe man sie wieder laufen ließ.

Die Käthra kocht vor ihrer Höhle

Mit ihrer etwas gedrungenen Gestalt, gekleidet in zottiges Fell, ihren auffallend großen Händen und Füßen, ihren hochgezogenen Schultern und den langen, struppigen Haaren wirkt die scheue Käthra eher etwas plump und unbeholfen. Doch dieser Eindruck täuscht. Eigentlich ist sie sehr flink, und sie hat von klein auf gelernt, sich inmitten der ungezähmten Natur behände zu bewegen und dort gut klar zu kommen. Viele Geheimnisse konnte sie der wilden Natur entlocken und ihr Ruf als erfahrene Kräuterfrau hat sich zum Missfallen der Kleriker weit verbreitet. Manche Menschen behaupten, sie könne gar mit den Tieren des Waldes reden, insbesondere in den Rauhnächten und sie verfüge auch sonst noch über geheimen Zauber. Und steigt über ihrer Höhle weithin sichtbar der Rauch auf, dann heißt es »d'Käthra kocht« und jedermann denkt dabei an einen »Zaubertrank«.

Weihnacht in Allmendingen

Ganz gleich, ob ein Kind ins Eis eingebrochen ist und sich erkältet hat, ein Zahn Ungemach bereitet, sich Warzen an Gesicht und Händen ausbreiten, oder ob das Vieh krank ist, immer wenn professionelle Hilfe versagt oder weit ist, geht man heimlich zur Käthra. Das machen in der Gegend fast alle so.

Karl-Martin Scherer ist wenige Tage vor Weihnachten mit dem Pferdeschlitten hinüber nach Altheim gefahren, um seine 73-jährige Schwiegermutter abzuholen. Das hat in der Familie Tradition: Die Weihnachtszeit verbringen sie alle bis nach Dreikönig gemeinsam auf dem Hof in Allmendingen – Karl-Martin, Josephine, seine Frau, Michaela (Michi) ihre Tochter, der kleine Leonhard (Leo) und eben die Oma aus Altheim. Weihnachten und die Geburt des Herrn, das ist mit keinem anderen Fest zu vergleichen. Hierzu werden am Hof viele Vorbereitungen getroffen. Kranzkuchen und frisches Brot werden gebacken, alle Zimmer werden gefegt, das Vieh wird ordentlich geputzt, der ganze Stall frisch eingestreut und in der Mettnacht mit Weihrauch eingeräuchert – und, was neuerdings nicht fehlen darf, ein Weihnachtsbäumchen wird geschlagen und mitten in der guten Stube aufgestellt.«

Immergrüne Zweige steckten bereits die heidnischen Germanen zur Zeit der Wintersonnwende an die Eingangstüren ihrer Häuser und von den Protestanten auf der lutherischen Alb wurde schon sehr bald der Brauch, an Weihnachten ein geschmücktes Bäumchen aufzustellen gepflegt, gleich dem Bibelwort: »*Und sollt am ersten Tage Früchte nehmen von schönen Bäumen, Palmenzweige und Maien von dichten Bäumen und Bachweiden und sieben Tage fröhlich sein vor dem HERRN, eurem Gott (nach Martin Luther/3 Mose 23:40)*«. Doch nun hat sich auch seit einiger Zeit im katholischen Oberschwaben, trotz heftiger Gegenwehr der Pfaffen, der lutherische Brauch, an Weihnachten einen Christbaum aufzustellen, durchgesetzt. Erscheint dieser Brauch doch gar zu schön, zumal, wenn man dann das Bäumchen mit Äpfeln, Nüssen und anderem Zierrat schmückt. Und die Geschenke unter dem Baum mögen dabei mit an die Geschenkübergabe der Drei Könige an der Krippe zu Betlehem erinnern. Auch das Aufstellen der Krippe selbst mit all den traditionellen Weihnachtsfiguren erfüllt die Herzen. Den ersten Weihnachtsbaum schmückte in Allmendingen vermutlich die ansässige Adelsfamilie in ihrem Schloss, danach tat es die ganze Bevölkerung der Herrschaft gleich.

Alle Vorbereitungen im Hause Scherer sind getroffen, jetzt müssen nur noch Karl-Martin und die Oma eintreffen. Auf der Heimfahrt mit dem Schlitten setzt heftiges Schneetreiben ein, doch ehe es noch schlimmer kommt, treffen Karl-Martin und die Oma wohlbehalten ein. Dann sind alle beisammen, auch die Magd Mara ist mit dabei und die Freude ist groß, als die Oma Plätzchen auspackt, in Teller abfüllt und diese unter den Weihnachtsbaum stellt. Morgen ist Weihnacht, ein Fest der

Freude und des Friedens und die ganze Gemeinde wird sich bei der feierlichen Christmette in der Kirche treffen, Alt und Jung, Reich und Arm. Danach beginnt die Feier zu Hause mit einem eher einfachen Traditionsessen (das eigentliche Festessen gibt es erst anderentags zu Mittag), Gebeten, christlichen Liedern vor der aufgestellten Krippe wie *»Gelobet seist du, Jesu Christ«*, *»Vom Himmel hoch, da komm ich her«* oder *»Lobt Gott, ihr Christen alle gleich«* und dann endlich die sehnlichst erwartete Bescherung für die Kinder – Zumindest so ist der Plan.

Im Sommer als auch im Winter halten sich die Kinder des Ortes trotz der Warnungen ihrer Eltern oft und gerne an der Schmiech entlang auf, welche das Dorf umfließt. Vor allem vorm »Wasserneck«, der tief in einem der Gumpen sitzt und sorglose Kinder in die Tiefe zieht, mögen sie sich in Acht nehmen. Im Sommer toben die Kinder gerne im brusttiefen Nass oder die Jungs demonstrieren ihre Geschicklichkeit beim Forellenfang: So legen sie sich bäuchlings am Ufersaum auf die Lauer und ertasten vorsichtig die Unterhöhlungen im Ufersaum mit den Händen nach einem Fisch. Erspüren sie auf diese Weise eine Forelle, so streicheln sie behutsam deren Bauchseite. Das Tier scheint dabei in einen Trancezustand zu verfallen. Dann schließen die Burschen schlagartig die Hand, umgreifen den so überlisteten Fisch und werfen ihn an Land. Jetzt im Winter ist der Fluss zumeist zugefroren. Da geht das nicht. Doch das tut der Freude keinen Abbruch. Bei einer Schneeballschlacht hat man zusammen eine riesen Gaudi oder man spielt das Reiterspiel »Ringelstechen« oder »Faul Ei« und sobald man sich sicher ist, dass das Eis auf der Schmiech trägt, wird darauf gerutscht. Beliebte Plätze sind dort, wo der Weiherbach in die Schmiech mündet, oder weiter draußen, wo der Riedgraben aus dem »Brieltal« bzw. »Weiten Tal« zuströmt; so auch am Mittag des 24. Dezembers. Drüben auf der Aue und auf dem Eis herrscht buntes Treiben, so wie es Kinder immer lieben. Auch Michi und Leo sind dabei, denn was gibt es Schöneres als unter Freunden zu sein? Zum Teil ist das Wasser über die Ufer der Schmiech getreten und hat einen See gebildet, der jetzt eine ideale Eisfläche zum Schlittern und Eisstockschießen bietet, wobei ein Klötzchen mit Haselstöcken ins gegnerische Tor befördert werden muss. Leo erregt unter den Freunden besondere Aufmerksamkeit, hat er sich doch aus längs geschlitzten Kuhhörnern Kufen unter die Schuhe gebunden. Das imponiert, und im nächsten Winter werden sicherlich viele es ihm gleichtun. So vergeht der Nachmittag fröhlich. Michi fröstelt und sie stapft nach Hause. Als die Familie zum weihnachtlichen Kirchgang sich bereit macht, ist Leo vom Spielen immer noch nicht Heim gekehrt, weshalb man die Magd losschickt, um den Jungen zu holen. Doch Mara kann Leo nirgends entdecken. »Wenn ich den finde, der kann was erleben« schimpft sie verärgert vor sich hin. Dann läuft sie am Ufer entlang bis zum tiefen Gumpen, dorthin wo die Kinder im Sommer gerne ins Wasser gehen. Und tatsächlich, diese Wasserstelle scheint nicht in Gänze zugefroren zu sein. Eben tritt sie näher ans Ufer, als sie im Wasser einen Haarschopf erkennt. Ihr stockt der Atem. Rasch legt sie sich nieder, schiebt sich so weit als möglich vor und ergreift den Schopf eines Kindes. Es ist Leo, der hier mit seinen neuen »Gleitschuhen« eingebrochen ist. Heftig bewegt Mara die Arme des Unglücklichen, der kein Lebenszeichen von sich geben mag. Immer heftiger bewegt sie dessen Arme und drückt sie dabei immer wieder fest auf seinen Brustkorb, als aus Leos Mund plötzlich eine Wasserfontäne hervorströmt. Das war Hilfe in letzter Sekunde. Nun nimmt Mara den völlig durchnässten und stark unterkühlten Jungen in die Arme und trägt ihn eilends nach Hause, wo man ihn rasch entkleidet und in dicke Decken einpackt. Zwar lebt Leo, doch ist er nicht voll bei Sinnen. Auch bis zum Abend hat sich sein Zustand nicht gebessert – im Gegenteil. Fieber ist hinzugetreten, das seinen Körper schüttelt und ihn unverständliche Worte flüstern lässt. Die Oma legt dem Kranken

Wadenwickel an und Josephine versucht ihrem Jungen warmen Tee einzuflößen. Alles scheint nicht zu helfen. Das Fieber steigt und steigt. An eine Weihnachtsfeier ist jetzt nicht mehr zu denken und Karl-Martin beschließt, Hilfe zu holen. Doch wen soll er holen? Einen Arzt gibt es hier nicht. Der nächste ist vielleicht in Ehingen aufzufinden? Und ob der heute Abend überhaupt kommen wird, ist fraglich. – Also bleibt nur, die Käthra in den Lutherischen Bergen aufzusuchen. »Ja, die Käthra muss kommen!«

Karl-Martin sucht die Käthra auf und bittet sie um Hilfe

«ata gibor le-olam adonai"
(hebr. Zauberspruch: Du Gott bist allmächtig)

Karl-Martin spannt sein Pferd vor den Schlitten und verlässt den Ort in rascher Fahrt in Richtung Alb, immer dem Wald zu. Er kennt die Strecke, doch die Wege sind zum Teil stark verweht. Auf dem Lichseweg im Forst geht es zunächst bis zu einer Weggabelung, dann halbrechts weiter auf schmaler werdendem Pfad zum »Weiten Tal«. Hätte er sich vor Zeiten keine Marke in den Baum an der Gabelung geschnitten, er hätte bei diesem Wetter und der dürftigen Laternenbeleuchtung am Schlitten den Weg vermutlich nicht mehr gefunden. Wegen der einsetzenden Dunkelheit ist jetzt ein schnelles Vorwärtskommen unmöglich. Leichter geht's dann wieder, als er im »Weiten Tal« ankommt. Hier biegt er nach links ab, immer dem Riedgraben nach Westen folgend. Die Fahrt erfordert höchste Konzentration. Eine Panne wäre das Letze, was passieren dürfte. Endlich, er erreicht die Stelle, wo das »Brieltal« sich öffnet. Hier auf der linken Seite muss in der Anhöhe »Käthras Küche (Höhle)« sein.

Keuchend stolpert er den Hang hinauf und erreicht außer Atem das Domizil der Heilerin. Käthra hat den Fremden aus Allmendingen längst kommen gehört und ihn bereits erwartet. Es ist ja immer das Gleiche. Wenn sie jemand aufsucht, egal ob bei Tag oder in der Nacht, immer scheinen die Menschen in großer Not zu sein. Karl-Martin erzählt der Käthra kurz, was zu Hause vorgefallen ist und bittet sie inständig um ihre Hilfe.

Inzwischen schneit es nicht mehr, die Wolken sind verzogen und das Firmament ist übersäht mit funkelnden Sternen. Karl-Martin und Käthra machen sich zurück auf den Weg nach Allmendingen. Die Spur zurück ist noch gut zu erkennen, sodass sie zügig vorwärts kommen. Unterwegs versucht Karl-Martin ein Gespräch anzufangen, die Käthra nach ihrem Befinden zu fragen und wie das Leben in der Höhle so sei. Doch die Käthra will darauf nicht antworten. Also schweigen beide. Auf dem Hof in Allmendingen angekommen, schaut sich die Heilerin den kranken Jungen genau an, fühlt Stirn und Puls und streicht ihm sanft übers feuchtverschwitzte Haar. Nun bittet sie mehrere Töpfe im Raum aufzustellen und diese etwas mit Glut zu befüllen. Dann entnimmt sie aus ihrer Umhängetasche verschiedene Requisiten: getrocknete Kräuter, ein mumifiziertes Hühnerbein, kleine Wirbelknochen eines Tieres, den Flügel eines Habichts, Wildschweinborsten und eine Holzperlenkette. Alles breitet sie sorgsam auf dem Boden vor dem Krankenlager aus, wobei sie irgendwelche unverständlichen Formeln leise vor sich hin murmelt. Dann streut sie sorgsam verschiedene Kräuter in die inzwischen aufgestelltenGuttöpfe und fächelt den aufsteigenden Rauch mit dem Vogelflügel zu dem fieberkranken Leo hin, wobei sie kaum vernehmbar die Formel spricht: *»ata gibor le-olam adonai«*. Jetzt müssen sich alle zurückziehen, während die Käthra mit der weiteren »Behandlung« fortfährt. Bang und ungeduldig harren die Scherers betend in der Küche aus, als gegen Morgen die Käthra zufrieden lächelnd aus dem Krankenzimmer tritt und sagt: »Er schläft jetzt ganz ruhig und entspannt. Leo wird in ein paar Tagen wieder völlig gesund sein!« Zum Dank packt die überglückliche Josephine der Käthra ein Bündel voll guter Sachen, umarmt sie und Karl-Martin fragt sie verlegen, was man ihr noch schulde? Da wird die Wilde von den Lutherischen Bergen ziemlich sauer und meint nur »Fahr mich zurück!« In ähnlicher Weise hat die selbstlose Käthra vielen Menschen in der Umgebung aus tiefer Not geholfen, bis sie plötzlich selbst ein unerwartetes Ende nahm.

Die Flügel des Todes

Dumm gelaufen, könnte man sagen. Die Märzenbecher im »Weiten Tal«, durch welches der Riedbach fließt, sind schon fast verblüht. Die Käthra hat sich nun trotz widrigem Aprilwetter aufgemacht, um an den Talhängen die ersten taufrischen Heilpflanzen zu pflücken. Schon hat sie ein schönes Gebinde aus Gamander, Schachtelhalm, jungem Rainfarn, kriechendem Günzel, Huflattich und ein paar Weidenruten beisammen, als sie auf einem steilen und glitschigen Hangabschnitt plötzlich ins Rutschen gerät, das Übergewicht verliert und rücklings die Halde hinabstürzt. Mit Wucht schlägt sie mit ihrer rechten Schulter dabei hart auf einem großen Stein auf. Sie hört es krachen bis in die Haarspitzen. Wie ein Blitz durchfährt ein unbeschreiblicher Stich ihren Körper und ihr ist sofort klar, jetzt ist Schlimmeres passiert. – Mühsam versucht sie unter übelsten Schmerzen aufzukommen, was ihr fast nicht gelingen mag, und es dauert eine gefühlte Ewigkeit, bis sie schleppend ihr Lager erreicht. Zitternd und völlig zerschunden sinkt die Verletze dort nieder, unfähig weitere Hilfsmaßnahmen zu ergreifen. Sie weiß, ihre Schulter ist gebrochen und ohne Hilfe kommt sie hier nicht mehr weg. Die Nacht war entsetzlich und da sie auf feuchter, nackter Erde lag und sich nicht zu bewegen wagte, zog sie sich in kühler Zugluft noch eine heftige Lungenentzündung zu. Wie lange sie hier schon liegt, weiß sie nicht – Stunden oder Tage? Hat sie irgendwann mal um Hilfe geschrien? – Wohl kaum, die Schmerzen wären viel zu groß gewesen. Kaum wagt sie zu atmen. Außer ihrer zahmen Rabenkrähe Merkgenau ist niemand um sie herum. Aufgeregt hüpft der kluge Vogel vor ihr auf und ab und betrachtet die schwer Erkranke aufmerksam. Dann breitet er dicht vor ihren immer trüber werdenden Augen die Flügel aus. »Dies sind die Flügel des Todes«, das spürt Käthra genau. Ein heftiger Schauer durchläuft ihren Körper. Ihr wird kalt – dann brechen ihre Augen.

Nur 44 Lenze wurde die Käthra alt. Die geheimnisvolle, naturverbundene Käthra ist jetzt nicht mehr. – Erst Tage später, nachdem man von ihrer Höhle keinen Rauch mehr hat aufsteigen sehen, wird die Verstorbene am Eingang ihrer Höhle aufgefunden und alsbald in Weilersteußlingen zur letzten Ruhe gebettet. Die Menschen der Region, ob lutherisch oder römisch-katholisch, sie spüren den Verlust, denn niemand sagt mehr respektvoll und mit unterdrückter Stimme: »d'Käthra kocht«. Ihr Armengrab in Weilersteußlingen ist längst nicht mehr auffindbar, doch die Erinnerung an sie wird in der Bevölkerung immer noch wach gehalten.

Ich bin nicht tot,
ich tausche nur die Räume,
ich leb' in euch
und geh' durch eure Träume.
(Michelangelo)

FEURIO UND HOLDE MÄDCHEN

Wüten die Flammen in Deinem Haus,
rufst Du nach Gott und der Feuerwehr aus.
Ist aber gelöscht das Flammenmeer,
so vergisst Du Gott und schimpfst auf die Wehr.
(Aphorismus)

Feueralarm in Ehingen

Das Liebespaar Silvi und Gerd hat sich, wie schon so oft in den letzten Tagen, in einer Ecke des Stadtgartens getroffen und dort ein wenig auf einer der Bänke herumgeknutscht. Da sich der Publikumsverkehr dort in Grenzen hält, scheint sich dieser Platz fürs Liebesgeflüster durchaus anzubieten. Nachdem sie sich ihrer gegenseitigen Zuneigung zur Genüge versichert und einen Endorphin-Cocktail freigesetzt haben, beschließen sie, ein wenig durch die Stadt zu schlendern, um wieder etwas besonnener zu werden. Den weitläufigen Marktplatz mit dem »Theodul-Brunnen« vor dem Ständehaus kennen sie, nehmen ihn und das ganze schöne Ambiente drum herum kaum noch bewusst wahr – ist ihnen einfach schon viel zu vertraut. Silvia ist auch nicht gerade nach

Kulturhappen zumute, lieber möchte sie die schicken Auslagen in den Schaufenstern anschauen und Gerd geht halt mit – der Liebe wegen. Irgendwann kommen sie bei der barocken Liebfrauen-Kirche an und schauen dort zum Turm hoch, denn mit lautem Gekrächze umfliegen dort Dolen diesen »Fingerzeig Gottes«, wie Kirchtürme auch gerne bezeichnet werden. Da fällt Gerd zu diesem Ort eine Legende ein, die er vor Jahren mal gehört hatte. Silvia verliebt um die Taille fassend, fragt er sie: »Schatz, weißt du, warum wir Ehinger in der Umgebung Mückenspritzer heißen?« – Sie verneint, meint aber diese Bezeichnung schon mal gehört zu haben – irgendwo in einer Disco – vielleicht in Rottenacker oder Kirchen – oder war es doch in Munderkingen? »Auf alle Fälle war das gar nicht so schön gemeint«, sagt sie. »Ach ja, man darf das alles nicht so bierernst nehmen. Wenn man es recht besieht, sind andere auch nicht klüger.« »Nun, was war denn, sag schon!« »Es muss so in den 60er Jahren des 19. Jahrhunderts gewesen sein, zumindest hat dies so meine Uroma behauptet; sie ist ja leider schon verstorben, hatte aber immer eine Story auf Lager. – Die Freiwillige Feuerwehr also feierte auf dem Marktplatz mit viel Pomp ihre Gründungsfeier. Die ganze Bevölkerung war auf den Beinen und es gab neben den kulinarischen Genüssen eine Reihe von Festbeiträgen: Festreden, Volksmusik und Volkstänze, einen Parcours mit Kinderspielen wie Eierlauf und Sackhüpfen und auch eine Schiffschaukel war aufgebaut. Die musste man noch mit eigenem Körperschwung in Bewegung versetzen. Elektronik hatten die noch nicht. Das Marionettentheater spielte die »Teufelslegende« und ansonsten wurde jede Menge Bier vom Fass ausgeschenkt. So mancher bekam da seinen etwas vernebelten Blick weg. Da erscholl der Ruf: »Feuer, Feurio – die Kirche brennt! Alles schnell zur Stelle, wir müssen die Kirche retten! – Wo ist die Feuerwehr?« Alles, was Beine hatte, lief in Richtung Liebfrauenkirche. Die Wehr mit dem Spritzenwagen vorneweg. Es sollte überhaupt der erste Einsatz der Wehr seit ihrer Gründung werden. Hier angekommen, wurde die halb leere Wasserpumpanlage im Handbetrieb in Gang gesetzt. Das meiste Wasser hatte man beim Fest auf dem Marktplatz bei Vorführungen schon verspritzt. Oben aus den Schalllochfenstern sah man dichten Rauch hervorquellen. Die Feuerwehrmänner pumpten und pumpten, doch die Wasserspritze war auf eine solche Höhe nicht ausgelegt. Da, allmählich verzog sich der Rauch in Wirbeln und man erkannte, dass dies gar kein Qualm war, sondern ein Schwarm Mücken, der dort im späten Nachmittagslicht getanzt hatte. Die Aktion machte bald in den Nachbargemeinden die Runde und so kam Ehingen zu seinem Spottnamen »Muckenspritzer«. Als sich der Insektenschwarm nach Westen, in Richtung der Schmiech verzogen hatte, benannte man die Mühle unterhalb der Kirche »Mucken-Mühle«. Und auch dieser Name blieb bis heute so erhalten.«

Das Ungeheuer aus der Schmiech

»So Silvi, gehen wir jetzt zu dir oder zu mir? Was meinst du?« »Ich glaube, bei mir ist es gemütlicher. Da steht auch nicht so viel Zeug herum wie in deiner Bude.« Gesagt, getan. Die beiden zieht es zu Silvi nach Hause, sie schalten dort etwas Hintergrundmusik ein und »flacken« sich entspannt aufs breite Sofa. »Du Silvi, da gibt es noch eine weitere Geschichte zu Ehingen, allerdings etwas »grufti«, wie ich meine, so in Richtung »fantasy«. – Möchtest du die hören?« »Ach ja, warum eigentlich nicht? Als Kind habe ich viele Geschichten gehört. Hatte da tatsächlich auch noch Kassetten, die ich mit einem Recorder abspielen konnte. War echt easy – Bibi Blocksberg und so. Aber jetzt?«

Silvia streicht Gerd durchs Haar und blickt ihm verliebt in die Augen. »Wenn du Geschichten erzählst, dann höre ich gerne zu und ich stelle mir die Szenen dann immer auch recht lebendig vor. – Kopfkino, weißt du! Also leg los!« Gerd richtet sich etwas auf und beginnt: »Vor Urzeiten, zumindest zu Zeiten, als man es an verwunschenen Orten noch mit Ungeheuern zu tun hatte, da lebte in einem tiefen Loch der Schmiech ein Untier. Es hatte einen breiten Schädel mit einer langen Schnauze und sein Maul war dicht an dicht mit spitzen Zähnen besetzt. Der massige Körper war gegen jede Attacke mit einem schimmernden, dichten Schuppenkleid überzogen, und seine Klauen sahen aus wie krumme Dolche und glichen denen eines Adlers. Insgesamt also eine wirklich schauderhafte Gestalt. Jeden Monat, wenn das Untier Hunger bekam, kroch es aus seinem sumpfigen Loch hervor und verschlang alles, was es greifen konnte. Insbesondere auf die hübschen Damen der Stadt hatte es das Monster abgesehen. Angeblich hat sich dann, als die Not am größten war, ein tapferer Jüngling gefunden, der den Kampf mit dem Ungeheuer mutig aufnahm und es mit seinem Spieß unter der Kehle tödlich getroffen zu Fall brachte. So zumindest die offizielle Version, wie der Rat geneigt war, sie weiter zu erzählen. – Doch tatsächlich war der Sachverhalt ein ganz anderer.« »Ein anderer Sachverhalt? Warum? Was war geschehen?« »Dem Rat der Stadt und allen Bürgern war die Situation äußerst unangenehm. Um dem Spuk ein Ende zu bereiten, musste man nämlich der Forderung nachkommen, jeden Monat ein holdes Mädchen zu opfern, und zwar so lange, bis eine »Jungfrau« dabei sei, durch die das Ungeheuer erlöst werde. Weitere Bedrohungen seien danach nicht mehr zu befürchten. Da war guter Rat teuer. Mit den Jahren hat die Stadt so fast alle hübschen Mädchen an das Ungeheuer verloren. Schon glaubte man, in einem frommen Mädchen eine Jungfrau gefunden zu haben, so war auch sie auf nimmer Wiedersehen im tiefen

Schlammloch der Schmiech verschwunden. – Da, eines Tages, zog eine Unschuld vom Lande in die Stadt, um eine Anstellung in höherem Haushalt anzutreten. Über ihre Ankunft war man hoch erfreut. Allerdings musste sie bei der Stadt gemeldet werden. Als Bedingung, um in Ehingen arbeiten zu dürfen, musste sie runter an die Schmiech gehen und das Ungeheuer rufen. Kaum trat sie ans Ufer, da fuhr das Biest mit Gebraus aus seinem schwarzen Loch heraus und ward nie mehr gesehen.«

Lächelnd blickt Silvi ihren Gerd an und meint: »Da sind wir aber froh, dass solche Zeiten vorbei sind – gell!« Beide kuscheln sich noch enger aneinander und schlafen dann selig träumend ein.

»Verleumder«
Die Mücken singen erst,
bevor sie einen stechen;
Verleumder lästern bald, die erst so lieblich sprechen.
(Friedrich Freiherr von Longau)

DER SCHATZ VON »OHSINHUSIN«

Zwei Besucher

h, war das schön! Eben, nach einer circa einstündigen Dampfzugfahrt entsteigen zwei begeisterte Freunde oberschwäbischer Kultur und Lebensart in Ochsenhausen dem Wagon der Museumsbahn. Von Warthausen bei Biberach führt diese 750 Millimeter-Schmalspurbahn, genannt »Öchsle«, über eine heimelig anmutende Hügellandschaft vorbei an mehreren alten Bahnhöfen. Am 30. November 1899 ging die Strecke der Königlich Württembergischen Staatseisenbahn in Betrieb, bis der Verkehr 1983 schließlich in Gänze eingestellt wurde. Doch seit Mai 2001 wird die Strecke wieder recht erfolgreich als Museumsbahn unterhalten.

Die zwei, Otmar und Sigmar, wollen sich heute ein wenig in Ochsenhausen umschauen, das Städtchen etwas kennenlernen. Auf ihrem Weg stadteinwärts kommen sie an einem »kultigen« Café vorbei. Der Blick ins Innere ist vielversprechend, weshalb sich die Bummler zu heißer Schokolade und leckerem Kuchen verführen lassen, ehe sie ihren Weg weiter fortsetzen. Da Sonntag ist und das Verkehrsamt geschlossen hat, haben die Freunde während ihres süßen Verzehrs auf der offiziellen Homepage der Stadt nach Sehenswürdigkeiten gestöbert und festgestellt, dass der Ort, abgesehen von seiner reichhaltigen Gastronomie, viel mehr zu bieten hat, als sie bis zu ihrer Rückfahrt wahrnehmen können. Vor dem historischen Rathaus betrachten sie kurz den Brunnen mit den Bronzefiguren eines Bauern und seines Ochsen. »Vermutlich eine Reminiszenz an die vormals bäuerlich geprägte Gesellschaft Oberschwabens«, mutmaßen sie nicht ganz zutreffend. Aber auch das Stadtwappen zeigt einen Ochsen im Portal einer Kirche. Hat das alles doch eher etwas mit einer besonderen Verehrung des Evangelisten und Marienmalers Lukas zu tun? Als sie sich umwenden, sehen sie nach kurzer Weile hoch über der Stadt die Fassade eines barocken und sehr repräsentativen Gebäudeensembles thronen, die ehemalige Reichsabtei der Benediktiner, heute als Landesakademie für die musizierende Jugend in Baden-Württemberg weithin bekannt. Klar, dass man sich dort ein wenig umschauen mag. Auf dem Berg oben angekommen, führt der Weg die Ankömmlinge zunächst in die Basilika »Sankt Georg« mit ihren religiös-gehaltvollen Deckenfresken, dem Figurenschmuck über den Arkaden und Gesimsen und der übrigen Ausstattung. Alles in allem ein wahrer Augenschmaus. Auf der Westempore, nicht zu vergessen, steht die weltberühmte Gabler-Orgel. Otmar und Sigmar setzen sich in eine Kirchenbank, lassen den Kirchenraum auf sich wirken und hören dabei den Fingerübungen des Kantors auf der Orgel, einem Präludium, zu. Dann wenden sie sich um, um das einmalige Orgelprospekt zu bestaunen. Ein wahres Fest der Musik; die ganze Orgel wird zu Ehren Gottes bekrönt von weißen, musizierenden Engeln. Fast hätten sie die kleine, schwarze Figur eines Ochsen über dem vorderen Brüstungspositiv übersehen. – »Also doch eine Lukasverehrung?« Während sie so leise miteinander diskutieren, tritt ein älterer Herr mit wissendem Lächeln an sie heran und bedeutet, dass sie ihm nach draußen folgen mögen. Draußen angekommen, lädt sie der ergraute Herr freundlich ein, auf einer Sitzbank unter einer Linde Platz zu nehmen. – Ja, er habe die beiden in der Kirche beobachtet und wohl bemerkt, dass sie sich über den Ochsen am vorderen Orgelprospekt gewundert hätten. Gerne würde er ihnen erzählen, welche Bewandtnis es mit dem Ochsen für »Ochsenhausen« auf sich habe. »So genau weiß man das alles ja nicht. Namen, Ereignisse und selbst die Zeitbezüge haben sich über die Jahrhunderte ineinander verwoben, dennoch sind Erzählungen zur Gründungslegende von »Ohsinhusin«, wie Ochsenhausen im Mittelalter genannt wurde, überkommen. Doch so wie ich es euch jetzt frei erzähle, so könnte sich die Geschichte vor langer, langer Zeit tatsächlich zugetragen haben.«

»Man kann nicht allzeit mit eigenen Ochsen pflügen«

So mag sich dies der schlaue welfisch-alemannische Fürst des Ertigaus Hatho von Wolfertschwende, im Herzogtum Schwaben, südlich von Memmingen nahe Grönenbach gelegen, gedacht haben. Also verpachtete er viele seiner Ländereien an seine ortsansässigen Bauern. Otmar fragt: »Hatho war wohl jener sagenhafte Fürst Mitte des 11. Jahrhunderts, der alsbald im Plankental bzw. dem planctus vallis bei Bad Buchau im Kampf gegen die Hunnen sein Leben hat lassen müssen und dessen Gemahlin Adelindes II. hernach in das Kloster Buchau eintrat – stimmt's?« »Da haben Sie sicherlich Recht! Hier auf diesen Höhen, auf denen jetzt die barocken Gebäude stehen, betrieben dereinst die Bauersleute Belfried und Adda, wie ich sie nennen will, ihren Pachthof. Sowohl die Ländereien, als auch das Anwesen selbst gehörten aber dem Ministerialen Hatho, der sie zu entsprechenden Gegenleistungen an Belfried abgetreten hatte.« »Im Winter hat sich der Bauer aus armdicken Eichenholzbalken einen neuen Pflug gezimmert. Die Deichselverlängerung aus Ahorn hat er mit dem Bogenstück am hinteren

Ende, durch welches der unterschlächtig mit Eisen beschlagene Pflugholmen gesteckt und verkeilt wird, breit verplattet und mit starken Holzdübeln durch vorgebohrte Löcher miteinander fest verbunden. Ein Haltegriff am Pflugholm oben soll zur einhändigen Führung dienen, während man mit der freien Hand die Gerte oder die Zügel für das Zugtier festhalten kann. Sicherlich, das Ganze hat ihn sehr viel Mühe gekostet, doch er ist sich sicher, die Arbeit wird sich lohnen. Fast sämtliche Arbeiten, die übers Jahr anfallen, müssen Belfried und Adda selbst bewältigen. Auch ihre drei Kinder müssen zeitig mit anpacken. Während also Belfried im Winter mit der Herstellung und Instandhaltung von Gerätschaften beschäftigt ist, spinnt seine Frau Wolle, näht die Kleidung für die Familie, kocht und flicht Korbwaren. Die Tiere am Hof werden zumeist von allen gemeinsam versorgt: mehrere Ziegen und Schafe, zwei Ochsen, Schweine, Federvieh, der Hund und die Katzen eingerechnet. Mit dem Morgengrauen und dem ersten Hahnenschrei kommt das allgemeine Erwachen und mit der untergehenden Sonne richtet man sich sein Schlaflager aus Stroh.

Es ist früh am Morgen und das Leben auf dem Hof macht sich allmählich durch ein geschäftiges Grundrauschen bemerkbar. Menschen und Tiere am Hof sehen dem Tag entgegen, Ketten rasseln im Stall und die Bauernfamilie rüstet sich für das anstehende Tagwerk. Die Luft der letzten Tage ist milder geworden und der Vorfrühling zeigt sich bereits mit neuem Leben in den Fluren. Der Schnee ist über Nacht nun gänzlich geschmolzen, die Palmkätzchen an den Weiden haben ausgeschlagen und weitere Frühlingsboten ducken sich hervor. Es herrscht Föhnwetterlage. Tiefliegende Wolkenfetzen huschen wie Gedankenfragmente über den morgendlichen Himmel, an den Berghängen konterkariert von ihren eigenen Schattenbildern, welche über die Landschaft ziehen und diese dadurch verunklären. Wenn es nicht regnet, wird Belfried am Nachmittag einen Ochsen vor den neuen Pflug spannen, und sein Ältester wird das Tier an der Deichsel vorne in der Spur halten müssen, da das Zugtier sonst ausbrechen würde. Man sagt ja auch von einem krummen Pfad, dass dieser verläuft wie der Ochse seicht! Mit einem Pferd könnte man ja alleine ackern, nicht aber mit einem einzelnen Ochsen. Dennoch, Ochsen sind genügsam, kräftig und nicht sehr teuer im Gegensatz zu einem Pferd, das wesentlich anspruchsvoller in der Anschaffung und der Haltung ist. Allerdings verrichtet ein Ochse seine Arbeit deutlich gemächlicher als ein erhitztes Zugpferd. Doch was ist schon Zeit?«

»Als Gott die Zeit machte, sagen die Iren,
habe er genug davon gemacht«.
(Heinrich Böll)

Hakenpflug

Überraschender Fund

»Schon etliche Furchen hat der Landmann Belfried für die neue Einsaat mit seinem neuen Pflug gezogen, obgleich das Hornvieh vorne in seinem Geschirr, nachdem es den Winter über nicht gefordert war, etwas schwer zu führen ist. Auch für den Sohn Belfrieds mit seinen zwölf Jahren ist die Arbeit noch ungewohnt. Immer wieder halten sie inne, um zu verschnaufen, und um danach wieder mit vollem Einsatz weiter zu ackern, als der Ochse abrupt stehen bleibt, zieht und zieht, jedoch nicht von der Stelle kommt. Immer wieder tritt das Tier schnaubend auf der Stelle, was sich sehr seltsam und dumpf anhört. Da blickt der Bauer zu seinem Sohn und meint: »Müde Ochsen treten hart.« Die beiden befreien den Ochsen aus seinem Joch und graben nahe am festgefahrenen Pflug mit ihren bloßen Händen in der Erde nach. Wie überrascht sind sie, als sie auf eine sargähnliche Kiste stoßen, in welcher, sich die eisenbeschlagene Spitze des Pflugholmens festgerammt hatte. Sie bekreuzigen sich drei Mal, ehe sie argwöhnisch den Deckel abheben, in Erwartung einen Leichnam vorzufinden. Doch dann ist die Freude groß, denn die Kiste ist über und über gefüllt mit kostbaren Schätzen wie Edelsteinen, Goldgefäßen, liturgischen Gewändern und vielem mehr. Hätte der Ochse nicht so entschieden auf den Boden gestampft, sie hätten den Schatz niemals entdeckt. Doch was nun? Guter Rat ist teuer! Sollen sie ihren Fund behalten und allmählich versilbern? Das macht keinen Sinn, irgendwann würde das auffallen und dann, wehe ihnen, droht der Galgenstrick. In aller Heimlichkeit bergen sie nach Einbruch der Nacht ihren Fund, verladen ihn auf einen Leiterwagen und decken die Fracht sorgsam mit Stroh zu. Schon in aller Frühe machen sie sich am nächsten Tag mit ihrer kostbaren Fuhre auf nach Wolfertschwende an den Hof von Graf Hatho, ihrem Landesherrn. Als Wegzehrung hat ihnen Adda einiges eingepackt: Frischkäse, einen halben Laib Brot aus Emmer und Dinkelmehl, einen Ranken frischen Specks, einen Krug Buttermilch sowie zwei Hände voll Hutzeln (gedörrte Junkersbirnen). Als sie am Hof des Grafen angelangen und dem hohen Herrn ihren Fund eröffnen, lacht der Welfe hoch erfreut seinen kräftigen Bariton, lobt den Landwirt und lädt ihn und seinen Sohn zum Mahle bei Getreidesuppe, hellem Brot, so wie *vivia faba* (Pferdebohnen) mit Speckeinlagen ein. Als Erfrischung steht für alle ein großer Krug Sauermilch auf dem Tisch.

»Saecculum obscurum« – Die Weltenseele leidet!

In allen Einzelheiten lässt sich Hatho die Umstände des Fundes schildern und erklärt den verdutzten Bauern dann, dass dies wohl der Schatz von frühen Nonnen eines Laienordens aus dem 9. Jahrhundert sein dürfte, welchen diese vor den herannahenden Hunnen vergraben hatten, ehe sie sich selbst auf die Flucht in Richtung Salzburg begaben. Das kleine Kloster aber, das sie zurückließen, wurde zur Keimzelle der jetzigen Hofstelle von Belfrieds Familie. Zu Beginn des *saecculum obscurum,* der dunklen Zeit »unwürdiger Päpste«, hatten sich die frommen Frauen in totaler Ich-Aufgabe als Nonnen auf dem Berg über dem Ort »Husen« in ihrem Kloster »Hohenhusen« niedergelassen. In Gebet und Armut wollten sie zur Heilung der Weltenseele beitragen. Über ein halbes Jahrhundert, von 904 bis 965, dauerte die sogenannte »Pornografie«, die Hurenherrschaft der Päpste, wogegen die frommen Frauen mit Inbrunst anbeteten. Etwa zwei Drittel der 45 Päpste wurden

entweder ihres Amtes enthoben oder endeten im Kerker bzw. wurden ermordet. Die Simonie (Kauf geistlicher Ämter) wurde bei den vermeintlichen Petri-Nachfolgern zur gängigen Praxis. Und dann kommt da die immer noch anhaltende Gefahr der Hunneneinfälle hinzu, die jetzt schon mehrfach unsere Gaue heimgesucht haben. – Hoch zufrieden und dankbar entlässt Graf Hatho den Bauern Belfried und seine Familie aus der Leibeigenschaft und wünscht den zwei Männern auf dem Nachhauseweg alles Gute. Zur Erinnerung an den kostbaren Fund – durch einen Ochsen, soll die Ortschaft aber von nun an »Ohsinshusin« genannt werden, was so viel wie »Ochsenhausen« bedeutet. Auf der Heimfahrt trällert Belfried leise vor sich hin: *»Ich bin ein freyer Bauernknecht! Ob mein Stand gleich ist eben schlecht, so acht ich mich doch ebenso gut, als einer, der am Hoffe thut, traltiralla! Ich bin jetzt mein eigen, darf mich vor Keinem bücken, noch neigen«.*
Ob Belfried mit seiner Familie die schreckliche Hungerkatastrophe, die von 1043 bis 1045 über das Land hereinbrach, überlebt hat, ist leider nicht überliefert.«
Ja, das war die Legende, wie Ochsenhausen zu seinem Namen kam. Der Klosterschatz ging nach dem tragischen Tod Hathos an dessen Söhne über, die ihn 1093 zum Grundstock ihrer Stiftung für das neue Benediktiner-Kloster hoch über Ochsenhausen machten. Seither gab es hier entwicklungsgeschichtlich viele Veränderungen, bis das Kloster schließlich 1813 mit der Säkularisierung aufgehoben und anderen Nutzungen zugeführt wurde.

GEHEIMNISVOLLE STIMME

»Frühlingslied«
Sperr das Herz auf,
Denn es will Frühling werden.
Und im Frühling,
Da ist das Paradies auf Erden.
Und dann setzen wir uns stundenlang
Auf die große Promenadenbank.
(Kurt Schwitters)

Ein Tourist in Laupheim

Laupheim liegt im Norden des Landkreises Biberach und etwa 20 km südlich von Ulm entfernt. Die Stadt, ein Mittelzentrum inmitten Oberschwabens, war Heimat vieler berühmter Persönlichkeiten, worauf man hier zu Recht stolz ist.

Eher per Zufall kommt ein Reisender hier an und beginnt, sich zu interessieren, weshalb er auch das Museum im »Schloss Großlaupheim« aufsucht. Unter dem Titel *»Nebeneinander, Miteinander, Gegeneinander«* wird hier eine sehr interessante Ausstellung gezeigt mit Exponaten zur Koexistenz der jüdischen und christlichen Konfessionen in der Vergangenheit. Der Fremde betritt die Ausstellung etwas unbedarft und ist dann froh, als ihn ein Sachkundiger des Hauses anspricht und ihn durch die Epochen der Laupheimer Stadtgeschichte führt. Am Ende der Führung kommen die beiden in ein nahezu persönliches Gespräch, wobei sich herausstellt, dass der Museumsführer nach dem Krieg selbst noch in Laupheim zur »Volksschule« gegangen war. Da ist ihm noch vieles im Gedächtnis verhaftet geblieben. »Ich sage ihnen, das ist mir noch heute fast so wie szenisches Theater«, meint er. »Was wir da alles erlebt haben! – Und Typen gab es da!« »Was für Typen? Können Sie mir da eine ihrer Anekdoten erzählen?« fragt der Tourist. »Sicherlich, gerne! Wie bei unserem Rundgang eben im Museum sollten wir wieder versuchen, das Geschehen uns so gut es geht, zu vergegenwärtigen, quasi wie real vor Augen führen, so als würden wir alles eben jetzt miterleben. Am besten, so denke ich, betrachtet man etwas aus der Zeit heraus und nicht primär aus einer fernen höheren Warte. In besonderer Erinnerung aus meiner Kindheit z. B. ist mir die Geschichte vom pensionierten Oberlehrer Krautschneider geblieben, der mich selbst noch in seinen letzten Dienstjahren an der Volksschule hier in Laupheim unterrichtet hat.«

Der pensionierte Oberlehrer

Der pensionierte Oberlehrer Krautschneider lebt auch nach seinem Schuldienst weiterhin hier in Laupheim. Vielen Kindern hatte er das Lesen, Schreiben und Rechnen beigebracht, wobei er manch schönen Moment erleben durfte. Täglich konnte er beobachten, wie sich die einzelnen Buben und Mädchen entwickeln. Der Eine brauchte etwas mehr Verständnis und Nachhilfe, anderen konnte es dafür nicht schnell genug gehen – die mussten extra »gefüttert« werden, damit sie die Aufnahmeprüfung ans Gymnasium schafften. Das individuell angestrebte Ziel, und das ist ihm heute noch Freude genug, hatten letztendlich alle erreicht. Ja, mancher Handwerker oder Würdenträger der Stadt ging durch seine Schule. Er kennt sie alle, ihre Eigenarten und ihre Vorzüge. Nun, seitdem er nicht mehr unterrichtet. macht er ausgedehnte Spaziergänge rund um das Städtchen, liest viel und kehrt einmal in der Woche zu einem Dämmerschoppen ein. Ganz besonders aber liebt er es, in seinem kleinen Gütle, das er einst von der Stadt hatte günstig erwerben können, »herumzukrautern«, wie man hier in Anspielung auf seinen Namen sagt. In diesem Gütle stehen ein paar Obstbäume und ein kleiner Schopf und davor eine Ruhebank. Auch einen kleinen Gemüsegarten hat er sich dort angelegt. Von seiner Gartenbank aus schaut er mit großer Freude dem Treiben und Gedeihen zu. An jeder erdenklichen Stelle hat er Nistkästen angebracht, weshalb auch viele Vögel dieses Grundstück aufsuchen. Treffen im zeitigen Frühjahr, oft schon ab Februar, die ersten Zugvögel ein, dann ist er voll des Glücks wie eben jetzt, als der eingetroffene »kluge Hans«, wie er den schillernden Star nennt, auf angestammtem Platz quasselnd sitzt und dabei mit den Flügeln schlägt. Stare, das hat er schon oft erlebt, können einen ganz schön narren, so variationsreich können sie fremde Geräusch imitieren. So mag man glauben, das Geschnatter einer Gans zu hören oder das Miauen einer Katze, den Ruf eines Habichts, und dann gibt der Vogel gleich wieder andere Flötentöne von sich, dass man sich nur wundern kann. Zum eigenen Zeitvertreib und Vergnügen spielt Krautschneider hier draußen immer wieder auf seiner alten Blockflöte Melodien wie »Bunt sind schon die Wälder« oder »Es geht eine helle Flöte, der Frühling ist über dem Land«. Daraus hat der »kluge Hans« sehr geschickt ein paar Sequenzen in sein eigenes Kauderwelsch-Repertoire aufgenommen.

Geheimnisvolle Stimme

Es ist nicht so, dass Krautschneider gerne zu tief ins Glas schauen würde. Immerhin steht in seinem Schopf an geheimem Ort immer eine Flasche Zwetschgenwasser, ein Produkt aus eigener Ernte bereit – »für innere und äußere Anwendungen«, wie er scherzhaft zu behaupten pflegt. Zumindest sitzt er, mit sich und der Welt im Reinen, auf seiner Bank, als er ein leises Stimmchen vernimmt. Verwundert schaut er sich um, kann aber niemanden entdecken. Nach geraumer Zeit – die Stimme ist wiederum vernehmbar und wieder kann er die Quelle nicht ausfindig machen. »Also wirklich, so viel Schnaps habe ich ja doch nicht getrunken«, bruddelt er vor sich hin. Und wieder hört er die Stimme. »Wirklich kein gutes Omen«, denkt er. Wenn man Stimmen hört, das weiß er, ist irgendetwas im Oberstübchen durcheinander. Bedrückt steht er auf und beschließt einen Spaziergang zu machen. »Vielleicht muss ich doch mal zu Dr. Admonition in die Sprechstunde gehen?« Doch dieser Gedanke verschafft ihm keine Zuversicht, eher das Gegenteil. »Was, wenn der eine entsprechende Diagnose stellt und mich gar einweisen lässt?«

Herr Krautschneider, Oberlehrer a. D., schlägt den Weg in die Stadt ein. »Vielleicht besser, ich komme ein wenig unter die Leute, statt mich verrückt zu machen.« In den folgenden Tagen vermeidet er es, hinaus in die selige Einsamkeit seines geliebten Gütles zu gehen. Dann hält es ihn nicht mehr, denn der Frühling hat begonnen, dort Einzug zu halten. Zufrieden und entspannt setzt er sich auf seine Gartenbank. Da, ganz in der Nähe hört er wieder eine flehende Stimme. »Das geht ja wirklich nicht mit rechten Dingen zu«, sagt er sich konsterniert. Also steht er auf und stöbert überall herum. An der Haselnusshecke entdeckt er ein hübsches Fläschchen. »Sieht fast orientalisch aus! Hat wohl jemand im Herbst am Heckensaum beim Ernten von Haselnüssen verloren.« Das seltsame Fläschchen steckt er sogleich ein und nimmt es mit nach Hause. Dort legt er es in die Schublade seines Sekretärs. Tags darauf, er ist gerade beim Frühstück, hört er ganz deutlich die Stimme: »Krautschneider,

Krautschneider, lass mich hier raus!« Nach wenigen Momenten wieder: »Krautschneider, Krautschneider, lass mich hier raus!« Da öffnet er die Schublade mit dem orientalischen Fläschchen und bemerkt, dass der Rufer aus dieser Bottel kommt. »Ein Flaschengeist!«, – fährt es ihm durch den Kopf. Nach einem Augenblick des ungläubigen Staunens kommt er mit dem Flaschengeist ins Gespräch. Dieser verspricht ihm einen ungeahnten Schatz, wenn der Herr Krautschneider ihn erlösen und freilassen würde. Doch der alte Krauterer traut den Worten des Flaschengeistes nicht und möchte zuvor genau wissen, wo er den Schatz heben kann. »Vorher mach i des Fläschle net auf!«, ruft er dem Flaschengeist zu. Also verrät dieser ihm genau den Ort an dem er graben solle, nämlich exakt an jener Stelle, an der er das Fläschchen gefunden habe. Da öffnet der alte Oberlehrer vorsichtig das Glasgefäß und mit Brausen quillt zischend der Flaschengeist hervor. Dieser wird größer und größer und entschwindet mit dumpfem Grollen in einer rosa Wolke durch den Schornstein, sodass dieser zu beben beginnt und zu bersten droht. Daraufhin geht der »Krauterer« eilig hinauf zu seinem Gütle, greift sich eine Schaufel und fängt nahe der Haselnusshecke an zu graben. Er gräbt und gräbt und gräbt, bis ein tiefes Loch entstanden ist – jedoch ohne Ergebnis. Weit und breit bzw. hoch und tief – kein Schatz ist zu finden. Alle Mühsal war umsonst. Da geht ihm auf, dass der Geist aus der Flasche ihn nur genarrt hatte.

Gleich am folgenden Tag sucht der alte Lehrer bestürzt Dr. med. Admonition, seinen Hausarzt, auf, der ihm umgehend eine Kur verschreibt.

Nach diesem einschneidenden Erlebnis hat der Oberlehrer a. D. Herr Krautschneider nie wieder von irgendwo her eine Flasche aufgelesen, geschweige denn eine solche mit nach Hause gebracht.

SCHLANGENBRUT

»Kundaline«
Nachtleuchten, kältefahl –
auf dunklem Grund
nach spätem Mahl voll Qual,
bedächtig sich windet Kundaline
vorbei an Saum, Verhau und Gral,
hin zu des tiefen Brunnens Höhlung.
Gar wie in Trance sie pendelt,
bereit zum vielesten Mal,
gebiert sie auspressend
mit der Verdauung Wehen
schon wieder einen General.
Sie ist die Mutter –
ward niemandes Kind –
so ihre Nachtgeburten
werden sorgen,
dass Kinder niemals Kinder sind.
(Herbert Arbter)

Ein rätselhaftes Bild an magischem Ort

Hoch über dem Donaustädtchen Munderkingen, vom »Venushügel« bzw. Frauenberg aus grüßt die barocke »Frauenbergkirche«. Das barocke Heiligtum mit seinem Gnadenbild der »Schmerzhaften Muttergottes« zieht gerne Pilger und Wallfahrer an. Ein surreal anmutendes Bild zu einer »Schlangenlegende« aus der Zeit der Christianisierung berichtet im Inneren des Gotteshauses in schwer lesbarer Frakturschrift und volkstümlicher Darstellung von einer aufsehenerregenden Wunderheilung. Eine Frau, nennen wir sie Agnes *(die Keusche)*, soll nach inbrünstigen Gebeten von circa 60 Schlangen, die sie in ihrem Leib trug, erlöst worden sein. Die skurrile Szene, allerdings erst 1498 niedergeschrieben und gemalt, zeigt im Vordergrund das betroffene Ehepaar, wobei der Ehemann mit spitzem Hut und Bart seine hochschwangere Frau nach vorne von sich weg zu schieben scheint. Agnes wendet sich ihrem Mann, den wir Daniel *(Gott ist mein Richter)* nennen wollen, zu und weist mit der rechten Hand auf den Boden, der von unendlich vielen, kleinen Schlangen bevölkert wird – mit ihrer linken Hand deutet sie auf ihren Busen. Eine weiße Haube zeichnet die Frau als verheiratet aus (daher der Ausdruck: *Unter die Haube kommen*). Des Weiteren trägt sie eine dunkle Bluse und über ihrem langen roten Rock eine dunkle Schürze. Ihre nackten Füße stecken in Sandalen.

Es war die Kirche, die im Mittelalter für Frauen Kopfbedeckungen vorschrieb. In der »*Epistula ad Corinthos*«, seinem 1. Brief an die Korinther, schrieb der Apostel Paulus: »*Der Mann aber ist das Haupt der Frau. Jede Frau aber, die betet oder prophetisch redet mit unbedecktem Haupt, die schändet ihr Haupt; der Mann aber soll das Haupt nicht bedecken, denn er ist Gottes Bild und Abglanz; die Frau aber ist des Mannes Abglanz. Denn der Mann ist nicht von der Frau, sondern die Frau von dem Mann. Und der Mann wurde nicht geschaffen um der Frau willen, sondern die Frau um des Mannes willen.*«

Tja, liebe Leserinnen und Leser, so sah dies der Apostel! Das musste seiner Meinung nach unbedingt klar gestellt werden ◡̈. Das weibliche Geschlecht hatte somit gesellschaftlich leider für sehr lange Zeit das Nachsehen. Im Bildhintergrund erkennen wir zudem vor der Frauenbergkirche einen eingefassten Brunnen, aus welchem ein großes Reptil sich herausschlängelt. Eine Glaubensprozession im »Sonntagsstaat« bewegt sich auf die Kapelle zu. Soweit der Bildbestand.

Doch was steckt hinter diesem Bild?

Die »Frauenbergkirche« steht sowohl auf historischem als auch magisch-mystischem Boden und den abgebildeten Brunnen auf dem Bild gibt es heute noch. Seit Urzeiten werden Quellen von den Menschen als Heiligtümer betrachtet. Kelten und Germanen brachten an solchen Orten ihre Opfer dar. War dieser Brunnen ein Zugangstor der weltumspannenden *Midgardschlange* der Germanen, der von *Loki* und dem Riesen *Augrboda* gezeugten Seeschlange? Ist es dem obersten Germanengott *Thor* nicht wirklich gelungen, die Schlange mit seinem Hammer zu erschlagen? Die Midgardschlange beißt sich bei ihrer Weltumspannung in den eigenen Schwanz und symbolisiert so das Weltenrund. Doch wehe, wenn sie ihren Schwanz loslässt, dann beginnt der apokalyptische Weltenbrand, *Ragnarök* genannt. Dann wird eine neue Zeit anbrechen und eine neue Welt entstehen. – Eins ist alles. »Allem Zukünftigen beißt das Vergangene in den Schwanz.« – Mit dem *Ouroboros* und ähnlichen Symbolen wird die »Ewige Wiederkunft« auch schon im Alten Ägypten symbolisiert und noch in alchemistischen Schriften des 16./17. Jahrhunderts vermerkt. Aus der römischen Antike ist uns der Fruchtbarkeitskult mit Äskulapschlangen im Tempel der Göttin »Bona Dea« überliefert. Oder könnte es sein, dass der Brunnen mystische Wohnstatt der Schlange *Kundaline* ist, jener Schlange, die, wenn sie mit ihrer Magie von uns Besitz ergreift, unerträgliche Hitzewallungen sowie maßlose Kälteschübe verursachen kann oder spastische Zuckungen und unkontrollierte Laute sowie Ekstaseausbrüche, gekoppelt mit wirren Visionen auszulösen vermag? Die Schlange ist ein Faszinosum und sehr viele Kulturen in der Menschheitsgeschichte haben sie in ihre Mythologien eingebunden. Ja, wird nicht auch in der Schöpfungsgeschichte des Alten Testaments von einer Schlange berichtet, der es gelang die »Ripp« des Adams zu verführen?

Von all den vielen Mythen dürften die abgebildeten Eheleute nur wenig gewusst haben. Und dennoch scheint die Votivgabe in der Kapelle eine allegorische Umschreibung einer realen Begebenheit zu sein, in den Bildinhalten vielleicht gar eine Mischform germanischen und christlichen Volksglaubens? Allegorisch abbilden meint eine Sache sinnbildlich wiedergeben. So mögen nachfolgende Mutmaßungen Hinweis sein, um das ominöse Bilderrätsel ein Stück weit aufzulösen.

Wir könnten uns fragen: »Hatte die Bürgersfrau einst mehrere Kinder geboren, die sie an ihrem Busen genährt und später dann als üble »Schlangenbrut« bezeichnet hat? Auch der Evangelist Matthäus nennt die Philister Pharisäer (Heuchler) und »miserable Brut«. Steigen wir also ein in eine fiktive Geschichte:

Abwesend

Jedes Jahr, so ab August, begibt sich der ehrenamtliche Mesmer Daniel für etwa zwei Monate mit seinem Muli auf Handelstour, im Geleit einen Packesel für den Warentransport. Ein gutes Pferd kann er sich nicht leisten, wäre für ihn viel zu teuer. Häufig zieht es Daniel gen Westen, hinüber zum Rhein, an die Mosel oder gar in den Norden nach Amsterdam. Seine besten Geschäfte macht er aber in Köln. Hier tauscht er Waren seiner Heimat wie Schaffelle, Leder, Eisenbarren oder schwere Stoffe, gewoben aus grobem Leinen oder aus Brennesselgarn, gegen Dinge ein, die man in Munderkingen und Umgebung braucht oder gerne hätte. Er betreibt vorwiegend Tauschhandel. Münzen als Zahlungsmittel mögen für die Städter recht sein, für sich jedoch erkennt er wenig praktischen Wert, außer man durchlöchert die Geldstücke und nutzt sie als Knöpfe. Der Zahlenraum, den Daniel bemüht, ist simpel, aber für ihn zumeist ausreichend, nämlich so groß, wie er Finger an beiden Händen hat. Was darüber hinausgeht, addiert er wie folgt hinzu: So besteht die Summe 32 beispielsweise aus 3 x 10 + 2. Häufig verwendet er auch ein zwiefaches Kerbholz, ein längs durchtrenntes Rutenstück, um Positionen festzuhalten. Dieses kann man dann vor dem Verstauen des erworbenen Guts gut überprüfen, wenn man die Hölzer von Verkäufer und Händler parallel nebeneinander legt. So erkennen die Geschäftspartner ziemlich rasch »was sie noch auf dem Kerbholz haben«. Das Kerbholz macht sich Daniel auch als jährlichen Kalender zu Nutze. Die abgelaufenen sammelt er, befestigt an jedes ein Erinnerungsstück wie z.B. ein Medaillon oder eine Muschel und hängt sie aufgefädelt in seinem Warenlager auf. So behält er immer einen guten Überblick und weiß, wo er in den vergangenen Jahren Handel getrieben hat. Denn lesen und schreiben kann er ja nicht. Dunkel eingefärbte Kerben zeigen ihm die Zeiten an, in denen er nicht zu Hause verweilte, und kleine Bohrungen oder Kreuzschnitte, wann jemand in der Familie geboren oder verstorben ist. – Während Daniel also jährlich etwa zwei Monate in Sachen Handel unterwegs ist, bleibt Agnes als »züchtige« Hausfrau zu Hause zurück und kümmert sich geflissentlich um die Kinder und den Hausstand – so die Annahme Daniels. Leider, und das zeigt sich mit den Jahren immer mehr, missraten die Bälger, wie er seine Kinder bezeichnet. Alle seine Söhne geraten auf die schiefe Bahn. Der eine wird zum Landstreicher, der andere driftet ab zu einem berüchtigten Säufer und Raufbold, der keinem Streit aus dem Wege geht, und wieder ein anderer hat in seiner Raserei einen hoch angesehenen Bürger der Stadt erschlagen und wurde daraufhin selbst aufgeknüpft. Auch der jüngste Bangert, obschon erst vier Jahre alt, fällt durch Hinterhalt und List auf. Für Daniels Geschäfte ist dies alles nur schädlich. Er merkt, wie in der Stadt hinter seinem Rücken getuschelt wird. Alle Kinder, die ganze Bagage ist völlig aus der Art geschlagen, was ihm große Sorge bereitet, und Agnes hat dabei das Gefühl, als ob sie da eine ganze Schlangenbrut an ihrer Brust genährt hätte.

Umdeutung eines Rätsels

Wie konnte es nur so weit kommen? Da der fromme Mann sich seiner Unschuld sicher ist und zu zweifeln beginnt, ob all diese missratenen Bälger seiner Lende entsprungen sind, verfestigt sich die Annahme, dass Agnes wohl regelmäßig aus einem mit Schlangeneiern verseuchten Wasser getrunken haben müsse und auf diese Weise die Kinder empfangen habe, quasi als orale Schwangerschaften durch das Böse, den Teufel selbst. Hatte nicht auch die Jungfrau Maria durchs Ohr empfangen? Und wurde nicht auch Eva, deren Erstgeborener zum Brudermörder wurde, von der Schlange verführt? Was soll er tun? Daniel blickt immer wieder in seinem Warenlager auf die alten Kerbholzkalender der vergangenen Jahre. Da geht ihm ein Licht auf. Wenn er unterwegs war, so konnte er zu jener Zeit auch nicht das Lager mit Agnes geteilt haben. Und immer genau in dieser Zeit, wenn er jeweils neun Monate Schwangerschaft einrechnet, muss sie zu der missratenen Brut gekommen sein – zumindest hatte sie dazu Gelegenheit, was Agnes mit gespielter Entrüstung von sich weist. Soll er sie verstoßen oder war es doch das Wasser vom Brunnen auf dem Venusberg oben und nicht, die lüsternen Burschen, die dort in den Hecken ihr aufwarteten, was sie tunlichst verheimlicht?

Läuterung

Der Maler dieses Bildchens in der Wallfahrtskirche hat die Situation wohl erkannt. »Daniel« schiebt seine wieder mal schwangere Frau vor, damit diese im Angesicht des Herrn ihre Beichte ablegt und all ihre Sünden bereut. Doch das alleine will Daniel nicht genügen. Er vereinbart mit dem Ortsgeistlichen ein vertrauliches Gespräch. Soll er seine Frau verstoßen? Dann wird offenkundig, dass er »gehörnt« wurde. Einem Spottgelächter möchte er tunlichst entgehen. Also kommt man überein, dass ein »Exorzismus« durchzuführen sei, ein Ritual, bei welchem die Dämonen aus der Frau und vom Ort ihrer Heimsuchun-

gen ausgetrieben werden sollen. Der Beichtvater, der eh schon seit langem über die unzüchtigen Verfehlungen der Agnes Bescheid weiß, dies aber für sich behalten muss, bereitet dann alles vor. Doch nichts ist umsonst – auch nicht in der Kirche. Es bedarf eines »*beneficiums*« (einer Wohltat), meint der minister Dei (Diener Gottes). Daniel soll für diesen Dienst die Steine für ein kleines Kirchlein auf dem Frauenberg stiften. Er willigt ein. An einem Sonntag wird im Beisein der ganzen Gemeinde statt einer Steinigung wegen Ehebruchs der Exorzismus durchgeführt. Nach lateinischem Ritus und den Beschwörungsformeln durch den Priester fahren die Dämonen aus der Frau aus, Augenblicke lang, wie im Bild wiedergegeben, sichtbar als kleine Schlangen. Die unheilige Stätte der vielen verwerflichen, amourösen Verfehlungen wird gesegnet und erhält nun zu Ehren der »unbefleckten Gottesmutter Maria – der neuen Eva«, den Namen »Frauenberg«. Luxuria *(die Wollust)* muss nun der pietas *(Frömmigkeit)* weichen. Und siehe da, aus dem Brunnenloch heraus windet sich unter wehensvollen Schmerzen eine dicke, diabolische Schlange hervor und sucht ihr Heil in der Flucht. Die untreue Ehefrau und der Ort für das neue Kirchlein sind von nun an allen bösen Einflusses bar. Den alten Brunnenschacht aber verschließt man sicher mit einer Haube. – Und, wie gesagt, es kann sich ja jeder seinen Reim auch selber machen!

Anno 1498 ist dieße hier angemahlte Slang in dem brunen nechßt der Capellen gefunden worden hat in der Lenge gehabt 20 gemeine Werckshüe und 3 Zoll.

DER SINGENDE KARPFEN

»Karpfengesang«
In dem Marktfleck Biberach,
Wasser hoch beherrscht die Stadt.
Keller laufen nächtens über
Und die Menschen leiden Not.

Ach wie sind die Fluten trübe –
Entziehen sie sich unsrem Blick
Bleiben Schlamm, Gestank und Kot zurück.
Kein Tanz, kein Spiel behagt da mehr,
Das Städtchen scheint gar freudenleer.
Ich mag das gut verstehen.

Alle Vöglein sind verflogen,
Manch Fenster und die Türen auch.
Und in den Dunken wie den Gassen
Pfuiteufelts lang, hoch bis zum Bauch.

Glatter als des Spiegels Glätte
Schmiegt sich da ein Karpfen ein –
In den Käfig der verlassen
Von 'nem klein Singvögelein.
In höchster Not sich schrecklich windend
stimmt tonlos er dies Liedlein an:

OOO – O – OOOO – OO – O

(Herbert Arbter)

Stadt im nördlichen Oberschwaben

Biberach, heute Kreisstadt, liegt knapp 40 km südlich von Ulm an dem Flüsschen Riß, welches Namensgeberin für eine der Eiszeiten war. Kurz vor der Wende zum 12. Jahrhundert (1083) taucht der Name Biberach erstmals in den Annalen des Herzogtums Schwaben auf und etwa 90 Jahre später avanciert der Ort zu einer »Marktsiedlung«, die 1226 zur Stadt erhoben wird. Unter den Habsburgern entwickelt sich Biberach stetig weiter und mit Beginn der Baumwollweberei im 14. Jahrhundert wächst die Stadt zu einer bedeutenden Produktionsstätte für Barchent und Leinwand heran, wovon heute noch am »Weberberg« historische Weberhäuser aus dem 15. Jahrhundert künden. Gleich einem Ei liegt die alte Kernstadt eingebettet zwischen Gigelberg und Ratzengraben, welcher dann im Osten in die Riß mündet. Ein weiterer Bach entlang der Bachstraße führt durch das Gerberviertel, das man im Mittelalter wegen des bestialischen Gestanks an den Stadtrand verlegt hatte. In diesem Bach flossen Abwässer quer durch die Stadt, über den Marktplatz hinweg und so diente er der städtischen Bevölkerung lange als Entsorgungsanlage für allerlei Unrat.

Die unglaubliche Geschichte vom »singenden Karpfen« zeitlich richtig einzuordnen überfordert den Geschichtenerzähler. Doch mag man die Geschehnisse in eine Periode einordnen, nachdem der Rat von Biberach die Narretei beschlossen hatte, die imposante Stadtbefestigung, bestehend aus einem sehr dicken doppelten Mauerring, den Zwingermauern und den Wallgräben sowie fast alle Türme (etwa 25 sollen es gewesen sein), schleifen zu lassen. Boten die überkommenen Anlagen zwar wenig mehr Schutz vor Feinden, so bewahrten sie bisher doch stets vor den Unbilden der Wetterküche. Nachdem man sich des vermeintlich unnötigen Schutzes dieser unzeitgemäßen Bauten entledigt hatte, begann über Jahrhunderte hinweg, ja, bis hinein in unsere Gegenwart, eine unaufhaltsame Serie von Hochwassern, welche die Stadt seither regelmäßig heimsuchen. Jedes Jahr, in der »Fünften Jahreszeit«, erklingt Mitte Juli in der Stadt beim »Schützen«, wie das örtliche Heimatfest benannt wird, die heimliche Nationalhymne *»Rund um mich her ist alles Freude«* aus vielen hundert Kehlen. Dort taucht, gar wie das Pfeifen im Walde, diese beschwörend klingende Passage auf:

»Wie segnet unser Gott so gern!
Mir sagt das Rauschen seiner Fluten:
Gott ist der Urquell alles Guten!
Der Bach sagt lispelnd:
Lobt den Herrn!«

Und was, wenn nicht? Was, wenn die unbändige Kraft von Wind und Wasser sich frei entfaltet? Hat die Stadt irgendwann den göttlichen Beistand verloren – oder war es eher dem Schildbürgerstreich des hohen Rates geschuldet, die Stadt den Unwetterkapriolen fürderhin schutzlos auszuliefern?

Beobachtungen aus einer Kellerbehausung

Der alte Taglöhner Xaver wohnt alleine in seiner winzigen Kellerbehausung in einer schmalen Gasse, die später mal »Karpfengasse« genannt wird. In diese Gasse, in der vorwiegend kleine Leute wohnen, gelangt man über den »Holzmarkt«. Dort beginnt die Karpfengasse und sie endet ein Stück weiter an der etwas breiteren Viehmarktstraße. Nur ein kleines vergittertes Fensterchen, das zum Teil kurz über das Niveau des staubigen Geh- und Fuhrweges hinausreicht, belichtet Xavers Unterkunft. So wie es eben seine bescheidenen Verhältnisse erlauben, hat er sich eingerichtet: ein roher, mit einem Strohsack gepolsterter Bettkasten in einer Ecke, ein kleiner, wackeliger Tisch in der Mitte, zwei Hocker, ein kleines, derbes Holzregal für die wenigen Haushaltsutensilien wie Ess-Schale, zwei innenglasierte Tassen aus gebranntem Lehm, ähnlich so eine Kanne für Wasser, Milch oder Tropfbier, und eine Schüssel. Ein kleines Messer trägt er eh immer bei sich und sein selbst geschnitzter Holzlöffel hängt stets angebunden seitlich an einem der Tischbeine. Für die wenigen Kleidungsstücke hat Xaver sich mit einfachsten Mitteln ein brauchbares Übereckregal konstruiert, welches er vorne mit einer Bahn von derbem Leinen abgehängt hat. Vor kurzem konnte er auch ein kleines Holzöfelchen an den Kamin anschließen, was ihm an kühlen Tagen deutlich mehr Behaglichkeit zulässt, als er es bisher gewohnt war. Außer heißem Wasser, Brei oder einer dünnen Gemüsesuppe mag er sich auf der kleinen Ofenplatte nichts anrichten. Reicht ja auch; mehr benötigt er nicht. Sollte er darüber hinaus weiteren Bedarf haben, so ist der Marktplatz ja nicht weit. Immer wenn der Markt aufgehoben wird, und die Händler und Bauern die Restware zusammenpacken, bleibt genug übrig, das er umsonst einsammeln kann – oft sogar mehr, als er benötigt. Auf dem Land geht es da der einfachen Bevölkerung oft schlechter als einem alten Tagelöhner hier in der Stadt. Ach ja, und dann sind da noch eine Topfpflanze und der Käfig mit dem Kanarienvogel am Fenster. Diesem Tierchen, einem »Harzer Roller«, ist er von Herzen zugetan. Mit ihm kann er sprechen und wenn das Vögelchen mit den Flügeln schlägt, singt und zwitschert, ist ihm gänzlich wohl zumute. Häufig pfeifen sie miteinander gar im Duett, das ist besonders schön. Auf diese Weise konnte er dem Kanari schon ein paar kleine Weisen beibringen. »Ohne Vogelgesang – das wäre ein verlorener Tag«, das denkt er sich oft.

Häufig sitzt Xaver versonnen unter seinem Fenster und blickt hinauf zum Käfig und zu den Beinen der Passanten, die vorübergehen, ohne dass die Vorübergehenden ihn wahrnehmen. Eigentlich kann er mehr von seiner Behausung aus auch nicht sehen – diese Beine eben. Da gibt es krumme, schlanke, gepflegte und verdreckte, in Beinkleidung oder unter Röcken hervorschauend, barfuß oder in Pantinen – manche auch mal in Stiefeln. Sein ganzes Menschenbild ist völlig fixiert von diesen Beobachtungen aus seinem kleinen Ausguck. Ja, er weiß die Menschen anhand ihrer Beinkleidung gut einzuschätzen, dafür hat er über viele Jahre hinweg ein untrügliches Gespür entwickelt. Er sieht, wie die Vorübergehenden hergerichtet sind: schlampig, nachlässig oder gepflegt, vornehm oder ärmlich, trägt jemand aufgebügelte Hosen, oder ist das Beinkleid verbeult und fleckig, kommt da ein Handwerker daher oder jemand, der vermutlich in einer Schreibstube oder einem Kontor arbeitet. Auch die Art des Ganges ist für den alten Herrn sehr aufschlussreich. Geht da ein Herr oder eine Dame eiligen Schritts vorbei, schlurft da jemand von der Last des Alltags geprüft, oder schwankt dort einer, der seinen Becher zu voll genommen hat? In der Tat, es ist zumeist gar nicht nötig, die Gesichter der Leute zu sehen, um zu wissen, wie die allermeisten von ihnen ticken. Betritt er die Gasse, richtet er seien Blick stets nach unten, um nicht in das Antlitz anderer Menschen schauen zu müssen. Denn dies würde ihm Unbehagen bereiten, ihn verunsichern. Auf zwischenmenschliche Kommunikation ist er schon lange nicht mehr eingestellt. Muss er jemandem ins Gesicht schauen, so ist er sich einfach nicht sicher, ob das, was er da sieht, auch echt oder nur eine aufgesetzte Larve ist. Das tausendfach angelegte Mienenspiel überfordert ihn, weshalb er sich lieber bei seinen eher introvertiert anmutenden Betrachtungsweisen aufhält – denn dumm ist er ja nicht – halt ein bisschen sonderbar und einfältig, würde man konstatieren. Ihn, da ist er sich sicher, kann keiner betrügen, denn die meisten präsentieren sich mit ihrem Fuß- und Beinkleid unbewusst so, wie sie tatsächlich auch sind. »Nee – verstellen ist da nicht!«, murmelt er vor sich hin.

Wetterkapriolen

Einer festen Arbeit geht Xaver in seinem hohen Alter schon lange nicht mehr nach. Von der Spitalgemeinde bekommt er wöchentlich ein paar Groschen zum Lebensunterhalt, hat er doch die meisten Jahre seines Lebens hier in der Stadt als Tagelöhner verbracht. Da kann man sich einfach nichts auf die Seite schaffen! Wäre ihm auch niemals eingefallen. Nun, so ist es eben. Gebückt, den Blick stets nach unten gerichtet, bewegt er sich in Richtung Spitalkirche. Zum einen ist es ihm ein Bedürfnis dort Einkehr zu halten, zum anderen ist er wegen seiner Zuwendungen von Seiten der Spitalgemeinde dazu verpflichtet, dem Herrn für seine Güte Dank zu sagen und ein kleines Gebet für seine Wohltäter zu sprechen. Als er loszieht, bemerkt er noch nicht die von südosten aufziehenden Gewitterwolken.

Nur recht schwül ist es halt. Kaum, dass er in der Kirche anlangt, verdüstert sich der Himmel und Blitze zucken über das Firmament, gefolgt von tief grollendem Donner. Immer heftiger peitscht jetzt der Wind den prasselnden Regen vor sich her, Blitz und Donner zerreißen die Luft. Er ist nicht alleine in der Kirche. Mehrere Gläubige haben sich zur Abwehr der Unbilden draußen hier noch rechtzeitig versammelt, um gegen das Wetter anzubeten. Der Seelsorger erteilt Mensch und Natur seinen Wettersegen, doch scheinen sich alle Schleusen geöffnet zu haben. Das Treiben will und will nicht enden. In der Nacht, keiner konnte oder wollte bisher das Gotteshaus verlassen, strömt Wasser in den Kirchenraum und alle Anwesenden flüchten auf die Empore. Rasch ergreift der Priester noch die Monstranz vom Altar und folgt seiner verängstigten Gemeinde nach oben: »*Gott, du Schöpfer aller Dinge, du hast uns Menschen die Welt anvertraut, und willst, dass wir ihre Kräfte nützen. Aus dem Reichtum deiner Liebe schenkst du uns die Früchte der Erde: den Ertrag aus Garten und Acker, Weinberg und Wald, damit wir mit frohem und dankbaren Herzen dir dienen. Erhöre unser Gebet: Halte Ungewitter und Hagel, Überschwemmung und Dürre, Frost und alles, was uns schaden mag, von uns fern. Schenke uns alles, was wir zum Leben brauchen. Darum bitten wir durch Christus, unseren Herrn. – Amen!*«

Alle Anwesenden haben zum innständigen Gebet die Knie gebeugt. Nun erhebt der Priester zum Segensgestus die Monstranz und spricht die Segensformel:

»*Der Segen des allmächtigen Gottes, des Vaters und des Sohnes und des Heiligen Geistes, komme auf euch herab und bleibe bei euch allezeit. – Amen!*«

Je wilder die Wetter draußen toben, umso mehr rückt die Gemeinde mit ihrem Seelsorger zusammen. Gebet folgt auf Gebet:

Priester: *»A fulgure, grandine et tempestate.«* (Vor Blitz, Hagel und Unwetter.)

Gemeinde: *»Libera nos, Domine Jesu Christe.«* (Erlöse uns, Herr Jesus Christus.)

Priester: *»Ostende nobis, Domine, misericordiam tuam.«* (Erzeige uns Deine Huld, oh Herr).

Gemeinde: *»Et salutare tuum da nobis.«* (Und schenke uns Dein Heil.)

Priester: *»Domine, exaudi orationem meam.«* (Herr, erhöre mein Gebet.)

Gemeinde: *»Et clamor meus ad te veniat.«* (Und lasse mein Rufen zu Dir kommen.)

Priester: *»Dominus vobiscum.«* (Der Herr sei mit euch.)

Gemeinde: *»Et cum spiritu tuo.«* (Und mit deinem Geiste.)

Nun folgt ein »Vaterunser« nach dem anderen, daran anschließend stimmen die Gläubigen in den »Rosenkranz« ein. Bis zum Morgengrauen nehmen die Wetterkapriolen draußen kein Ende und das Wasser im Kirchenschiff steigt und steigt. Als die Menschen am frühen Morgen die Kirche endlich verlassen können, steht ihnen das glucksende Nass bis zur Brust. – »Eine Katastrophe ist über unsere schöne Stadt hereingebrochen«, so jammern sie. »Wie sollen wir das alles nur wieder aufbauen? So viele Häuser, Geschäfte und Wohnungen sind zu stark in Mitleidenschaft gezogen!« Der Sturm hat viele Gebäude zum Teil abgedeckt. Die Wassermassen schießen immer noch gefährlich den Marktplatz hinunter und ergießen sich auch in den Gassen. Kein Keller bleibt verschont und viele Waren und Vorräte sind für immer verloren.

Auch Xaver, der glücklicherweise in dieser Nacht sich nicht in seiner Kellerwohnung aufgehalten hat, macht sich mühsam auf den Heimweg. »Sowas hat die Welt noch nicht gesehen! Momentan noch sind die Schäden völlig unüberschaubar. Ob auch Menschen zu beklagen sind?« All dies geht ihm durch den

Kopf, als sich plötzlich vom Trauf eines Daches ein Ziegel löst und ihn an der Stirn trifft. Sofort geht er bewusstlos zu Boden und hätten dies nicht Passanten gesehen und ihn gerettet, so wäre er auf dem Marktplatz, immerhin vor beeindruckender Kulisse, jämmerlich ertrunken. Nach zwei Tagen erwacht Xaver mit mächtigem Brummschädel in einem der dürftig eingerichteten Spitalsäle, immer noch recht benommen und verwirrt. Glück habe er gehabt, so sagen die Pfleger. Wenn er gute Fortschritte mache, dann mag man ihn in zwei Tagen entlassen, denn der Pflegeplatz werde dringend gebraucht.

Ein kurioser Fang

Xaver verspürt immer noch ein Surren im Kopf, als er etwas verwirrt den Heimweg antritt. Das Hochwasser hat sich inzwischen aus der Innenstadt zurückgezogen, doch die Wege sind weiterhin vermatscht von Lehm und Dreck, den es in die Stadt und aus den Behausungen gespült hat. Die Aufräumarbeiten sind voll im Gange und zum Teil schöpft man aus verschiedenen Kellern immer noch Schmutzwasser. Da hört er auf einem Dach einen Vogel singen. Sofort fällt ihm sein »Harzer Roller« ein. Ihm wird doch während seiner unfreiwilligen Abwesenheit nichts zugestoßen sein? Über die Schrannenstraße biegt er zu seiner Unterkunft ein, die ganz und gar nicht gut ausschaut. Anwohner haben bereits, während er im Spital lag, auch seine Kellerwohnung von Schmutzwasser und Schlamm befreit. Nun betritt er seine gute, wenn auch schäbig anmutende Stube und scheint dabei sehr verwundert zu sein. Statt seines viel geliebten Kanarienvogels, der so schön singen und pfeifen konnte, liegt nun ein prächtiger Karpfen im Käfig und schnappt nach Luft. Die Wogen des Unwetters hatten die Käfigtüre aufgedrückt, sodass das Vöglein namens Hansi Reißaus

DUETT
H 2020

nehmen konnte. An seiner Stelle hat sich der Karpfen in Hansis Käfig verfangen. »Nun«, so denkt Xaver, »das Wasser hat meinen Kanari wohl aufgeschwemmt, immerhin versucht er schon zu singen.« Im Laufe der Jahre konnte Xaver als Vogelexperte im Abrichten von Singvögeln eine Menge an Erfahrungen sammeln. Als erstes steckt er dem seltsamen »Vogel« einen Hirsekolben zwischen die Gitterstäbe, denn das mögen Singvögel ja am liebsten. Sodann beginnt er mit dem Singunterricht: »Mal sehen, ob Hansi noch alles drauf hat?« Leise singt Xaver dem vermeintlichen Hansi den Anfang des Liedleins vor *»Alle Vögel sind schon da, alle Vögel alle«*. Wieder und wieder versucht er es, bis der Karpfen die Augen völlig verdreht und seinen letzten Schnapper macht. Da muss Xaver schmunzeln und meint: »Geht doch – geht nicht, gibt's nicht«! Und so übt er weiter tagein, tagaus mit dem verschiedenen Tier immer wieder die gleiche Melodie.

Die Geschichte vom »singenden Karpfen« in Biberach hatte Folgen. Als die Ausdünstungen des toten Fisches bis hinauf in die Gasse gedrungen waren, wurde man auf Xaver aufmerksam. Es war Zeit, mal nach diesem liebenswürdigen Sonderling zu schauen. Die Hausgemeinschaft drängte in Xavers Kellerwohnung. Immer noch saß Xaver mit verbundenem Kopf selig singend und pfeifend vor seinem Käfig, in dem sich ein übel stinkender Fischkadaver befand. Dieses groteske Ereignis machte im Städtchen alsbald die Runde und so beschloss man kurzerhand die Gasse, in welcher Xaver zu Hause war, »Karpfengasse« zu nennen. Wenige Monate nach diesem Vorfall verstarb Xaver lächelnd im »Siechenhaus« der Stadt und mit einem kaum hörbaren Liedchen auf den Lippen: *»Alle Vögel sind schon da, alle Vögel alle«*.

DIE UMMENDORFER MOOR-GRADDL

»Es unkt«
oder: Das Liebeskonzert
Es unkt der Unk
Im nahen Sumpf;
Die Unke hört ihn sitzend
Auf einem faulenden Birkenstumpf.
Er unkt herüber,
Sie unkt hinüber
Und Sehnen
Umspannt beide Gemüter.
Fürs Weitere:
Er sprang drüber!

(Herbert Arbter)

Ein Dorf nahe Biberach

Ummendorf im Landkreis Biberach ist eine selbständige Gemeinde. Wie archäologische Funde belegen, hatten sich schon römische Gutsherren hier niedergelassen. Im heutigen Ortszentrum steht markant das 1555 erbaute Schloss, welches von 1623 bis 1633 von der Ordenshochschule der Benediktinerabtei Ochsenhausens für Philosophie-

und Theologieseminare genutzt wurde. Die Hochschule wurde also in jenem Jahr geschlossen, als die Inquisition Galilei in Italien zu unbefristeter Haft verurteilte. Dem Schloss gegenüber steht die von einem »Gottesacker« umgebene, weithin sichtbare Dorfkirche »Sankt Johannes Evangelist«, welche innen u. a. mit Werken von Hans Mulscher, einer Madonna (um 1450) und einem Christus auf dem Palmesel, aufwartet. Das Chorgestühl wird mit originalen Relieftafeln zur Passion Christi geschmückt, die der Bildhauer Gabriel Lämmle einst im Auftrag von Prälat Hofele für einen Kreuzweg geschaffen hatte. Eine Gedenktafel aus rotem Sandstein für den immer noch hochverehrten Prälaten befindet sich neben dem südlichen Nebeneingang der Kirche. Diese allgemeinen Hinweise zum Ort, in dem es neben weiteren Unternehmen auch noch eine Brauerei gibt, mögen an dieser Stelle genügen. Die nun nachfolgend erzählte Sage ist keineswegs verbürgt, könnte sich aber zwischen 1625 und 1630 so zugetragen haben.

Vom Rißtal von Biberach bis zu den Forchenwiesen zwischen Hochdorf und Ingoldingen hinauf erstreckt sich eine ausgedehnte Riedlandschaft mit vielen sich verzweigenden Wasserrinnsalen inmitten der Niedermoorvegetation. Gradewegs gleich hinter Biberach, eingefasst von den Flüsschen Umlach und Riß, liegt die Ansiedlung Ummendorf. Neben dem ansässigen Klerus und den Seminaristen der Klosterhochschule leben hier vor allem einfache Bauersleut. Gegenüber den »Städtern« aus Biberach verhalten sich die Dörfler eher reserviert, wiewohl sie natürlich ihre Erzeugnisse gerne auf dem nahen Wochenmarkt anbieten. Auch zum Wundarzt oder Bader muss man hinüber in die Stadt, sofern man sich eben nicht selbst zu helfen weiß. Eine echte Alternative zum teuren Arzt sehen die Leute, und das ist in Oberschwaben wie im Allgäu ein weit verbreitetes Phänomen, in der Konsultation sogenannter »Weißer Frauen« – verfügen diese doch über ungewöhnliche magische Fähigkeiten und geheimes Wissen. Oft leben die »Graddle« außerhalb einer Ortschaft auf einem Weiler, einem abgelegenen Gehöft oder sogar inmitten der Wildnis. Kleriker und Kirchenleute gemeinhin sind nicht sonderlich gut auf diese Frauen zu sprechen, sehen sie in ihnen doch eine ernst zu nehmende Konkurrenz. Helfen das Gebet und der (gut zu honorierende) Segen der Kirche nicht, dann wenden sich die Menschen heimlich an eine »Graddl« bzw. ein »Hutzelweible« und erfahren von diesen zumeist alten und erfahrenen Weibern Linderung oder gar Heilung ihrer Beschwerden – kostenfrei! Nach Ansicht fanatischer Geistlicher kann da nur der Teufel mit im Spiel sein. Solche »Hexen« müssen verfolgt und ausgemerzt werden. Übrigens, der Name »Graddl« bezeichnet im Schwäbischen eigentlich »Schrittfalte« und verweist somit auf eine wenig ansehnliche Gestalt, ähnlich wie mit Hutzelweible eine von tiefen Falten gezeichnete Frau gemeint ist, denn unter Hutzeln versteht man haltbar gemachtes, gedörrtes Birnenobst.

Das Kind von Josef und Maria Hirt

Nahe dem »Bannwald Buch« befindet sich die Schäferei von Josef und Maria Hirt. Aus bescheidenen Anfängen heraus, man könnte fast sagen, sie seien zuvor Hungerleider gewesen, konnten die Eheleute Hirt ihre Schaf- und Ziegenherde aufbauen, die sie jetzt leidlich gut ernährt. Zwischen Rottumtal im Osten und Rißtal im Westen gibt es für sie genug Wildbrache zum Abweiden. Was sich die frommen Leute zu ihrem Glück sehnlichst noch wünschen, ist ein Kind. – Die Zeit streicht dahin, dann wird Maria schwanger und bringt eine Tochter zur

Welt. Ob ihres Aussehens sind die Eltern zutiefst erschüttert, glauben aber, dass das Kind wohl kaum überleben werde. Es ist also Eile angesagt, das Mädchen taufen zu lassen. Josef sucht umgehend den hochwürdigen Abt auf, welcher gleichzeitig auch Ortsgeistlicher ist, um die Nottaufe der Umstände wegen nicht in der Kirche, sondern zu Hause vorzunehmen. Schon anderentags klopft der Geistliche an. Doch wie erschrickt er, als er das Kind sieht. So etwas Hässliches hat er in seinem ganzen Leben noch nicht gesehen. Der Säugling war fast am ganzen Körper behaart, die Haut von tiefen Falten durchzogen, die Nase lang und verdreht und die Augen quollen unnatürlich aus ihren Höhlen hervor. »Das soll ein Menschenkind sein?«, ruft der Abt entsetzt. »Das ist ein Kind des Teufels – das kann, darf und will ich nicht taufen! – Weh der Mutter, die mit dem leibhaftigen Teufel gebuhlt hat.« Die Eltern hören es mit Schrecken und fürchten nun auch um das Leben Marias, die sich keiner Verfehlung bewusst ist. Von grausamen Hexenverfolgungen hatten sie ja schon gehört: aus Ravensburg, Waldsee oder Veringenstadt. Nun droht auch ihnen wegen eines Maleficiums, der Teufelsverehrung und Hexerei, die Verfolgung und Anklage. Inbrünstig bitten sie den Abt um Gnade. Dieser ist nach langem Ringen dazu bereit, sofern die vor ihm liegende Kreatur den nächsten Tag nicht überlebt, und der Schäfer Dreiviertel seiner Herde dem Konvent freiwillig und ohne Gegenleistung übergibt. Sich über dieses Gespräch zu äußern, würde übrigens schlimmste Folgen nach sich ziehen. Den armen Leutchen bleibt keine Wahl als einzuwilligen. Der folgende Morgen dämmert herauf und das Baby des Schäferpaares ist immer noch am Leben. »Meinte der Abt etwa, wir sollen unser eigenes Kind töten? Überlebt das Mädchen, so ist auch unser eignes Leben keinen Heller mehr wert, von den zu erwartenden Qualen ganz zu schweigen.« Doch wie sollen sie es anstellen? Da ersinnt Josef einen Ausweg: »Ich schlachte ein Zicklein und vergrabe es oben am Waldsaum unter einem sichtbaren Hügel. Sein Herz aber zeige ich dem Abt als Beweis dafür, dass unser Kind nun nicht mehr lebt.« – Auf diese Weise wurden die lieben Leute fast ihre ganze Habe los, doch das Kindlein hatten sie gerettet und konnten es heimlich noch lange gut versteckt halten.

Die Moor-Graddl führt ein heimliches Leben

Das Schäferpaar begann nach und nach, ihre Herde wieder aufzubauen, wurde aber immer wieder dazu genötigt, weitere Tiere an den Konvent abzugeben. Um ihre Tochter zu schützen, legten die Eltern dem Mädchen ein Fell über. So getarnt, muss das Kind sich ständig inmitten der Herde auf allen Vieren aufhalten. Doch das verunstaltete Kind wächst heran, so dass man seine Existenz nicht länger mehr wird verheimlichen können. Was ist also zu tun?

Im Zentrum der unheimlichen Ried- und Moorlandschaft unterhalb des Ortes, die sich fast bis Winterstettenstadt hinauf ausdehnt, eine überaus düstere Gegend, welche niemand freiwillig betritt – irren dort nicht doch Dämonen und die Geister von Toten umher – errichtet Josef für seine heranwachsende Tochter, die spätere »Moor-Graddl«, eine getarnte und sichere Behausung. Den Ort hat er mit viel Bedacht ausgespäht, und das Mädchen über viele Monate hinweg auf seinen neuen Lebensabschnitt vorbereitet. Alles, was ein Mensch für ein selbständiges Leben in der freien Natur wissen und kennen muss, haben ihm die Eltern beigebracht. Über längere Zeit versorgen sie die Entstellte noch mit Nahrung und anderen Habseligkeiten, dann, als die Eltern nicht mehr sind, ist die junge Frau völlig auf sich allein gestellt. Unentdeckt führt sie im Röhricht ihr heimliches Leben, umgeben von wilden Tieren, deren Sprache sie wohl zu deuten weiß. Viel Weisheit hat sie sich erworben und sie hat gelernt, auf alle Zeichen der Natur zu achten. Das Moor ist ihr zur echten Heimat geworden. Hätte es nicht den einen oder anderen Zwischenfall gegeben, in dem sie helfend eingriff, so wäre ihre heimliche Existenz sicherlich für immer verborgen geblieben.

Philosophischer Spaziergang

Verlockend wie das sehnsuchtsvolle und leise Wispern von Menschen erklingt im Frühjahr nach der Schneeschmelze die Liebesmelodie der Unken aus dem Ried. Wenn der Abt in der Nacht nicht schlafen kann, und dies geschieht immer häufiger, durchwandert er das Umland, um dabei seinen philosophischen Gedanken nachzugehen, und um mental seine Vorlesungen für das theologisch-philosophische Seminar vorzubereiten. Aktuell analysiert er mit seinen Studenten den Dissenz zur Naturauffassung von »Peter Abaelard« und »Thomas von Aquin«, dem Doctor Angelicus unter der Überschrift *»Veritatem medicabitur guttur meum et labia mea detestabuntur impiu«* (»Meine Kehle wird die Wahrheit wirksam machen und meine Lippen werden die Gottlosigkeit verfluchen«), wobei es vor allem um die Begründungen zu den »fünf Gottesbeweisen« des Thomas gehen soll. Für seine einsamen Nachtrunden steckt sich der Abt gerne eine ordentliche Flasche Rotwein unter die Soutane, quasi als Schmiermittel für freie Assoziationen. Leider ist ihm dabei entgangen, dass er längst dem Alkohol verfallen ist. Seine Morgenvorlesungen scheint er geistig immer noch durchzustehen, doch »post mensai« (nach dem Mittagsmahl) ist er bis zur Vesper nicht mehr ansprechbar.

Heute Nacht irrt er wieder umher. Er kann keine klaren Gedanken fassen und er scheint etwas verwirrt zu sein. An welchem Ort befindet er sich momentan? Er kann es nicht sagen; er hat einfach die Orientierung für Zeit und Raum verloren. Da hört er, Menschenkindern gleich, leises Wispern im Gesträuch. Hoffnung keimt auf. Der hohe Magister wähnt sich bei seiner nächtlichen Tour zurück zum Konvent wieder auf dem richtigen Pfad. Dann stapft er hinein in das anfangs noch lichte Röhricht. Er registriert, wie kurz vor ihm lautlos eine Eule auffliegt: »Der antike Vogel der Weisheit verheißt mir den richtigen Weg«, konstatiert er. »Fürwahr ein gutes Omen!« Tiefer und tiefer dringt er ins morastige Gelände ein, immer den melancholisch klingenden Lauten entgegen. Schon sinkt er ein bis zu den Waden, beim nächsten Schritt bis zu den Knien. Von unten her saugt sich seine Soutane wie Löschpapier mit Wasser voll, wodurch er immer tiefer im Moorboden versinkt. Er sitzt fest und zeitlupengleich droht er, langsam, aber stetig im Schmodder zu versinken. In seiner Verzweiflung ruft er jetzt laut alle »guten Geister« an, ihn zu erretten. Da ergreifen ihn sehnige Hände und helfen ihm aus der Todesfalle heraus. Als er aufblickt, schwinden ihm fast die Sinne. Vor ihm steht der wahrhaftige Teufel, über und über behaart, die Augen quellen rollend hervor und aus dem entstellten Gesicht windet sich gleich einem Wurzelholz eine lange, gedrehte Nase hervor. Ihm scheint, Ähnliches habe er vor vielen Jahren schon einmal irgendwo gesehen. Dass ihn der Teufel oder eine Hexe errettet und nicht die Engel des Herrn, dafür hat er im Moment keine plausible Erklärung. Mit knöchernen Fingern schiebt die unheimliche Gestalt den Geistlichen langsam vor sich her, bis sie freies Gelände erreichen, und sich unweit gegen den Himmel der Kirchturm von »Sankt Johannes Evangelist« abzeichnet. Wortlos wie die Schreckgestalt erschienen war, so wortlos verschwindet sie wieder im dichten Schilfwald. Zitternd vor

Der antike Vogel der Weisheit

Nässe und Kälte und unter dem tiefen Eindruck seiner seltsamen Errettung erreicht der Abt das Konventsgebäude. Von dem Vorfall im Ried hat niemand etwas bemerkt, doch von der Ferne hört man immer noch das sehnsuchtsvolle Rufen der Unken aus dem Riedmoos entlang der Riß.

Die nächtliche Begegnung mit der Graddl, die zu taufen der Abt einst versagt hatte, stürzte ihn in tiefe Depression, aus der heraus er keinen Ausweg mehr fand, weshalb er sich bis zu seinem traurigen Ende dem Suff hingab. Die Moor-Graddl aber hat noch über viele Jahre hinweg heimlich und zumeist unentdeckt den Notleidenden des Dorfes hilfreich beigestanden.

DER HERRGOTT IN DER EICHE

Mann mit zugeknöpften Taschen,
Dir tut niemand was zulieb:
Hand wird nur von Hand gewaschen;
Wenn du nehmen willst, so gib!

(Johann Wolfgang von Goethe)

Der habsüchtige Bauer

Ahlen liegt an der Straße zwischen Biberach und Riedlingen. Dort lebte einst ein reicher und geiziger Bauer. Er nannte viele Wiesen und Äcker sein Eigen. Wenn er pflügte, dann auch gerne ein Stück weit in die angrenzenden Fluren der kleineren Bauern hinein, um dann zu behaupten, dass auch diese Streifen sein Eigentum seien. Auch verwehrte er allen anderen die Zufahrt zu ihren Feldern, welche ihnen nach Gewohnheitsrecht lange schon zustanden. – Da er keinerlei Respekt vor allem Kreatürlichen besaß, rodete er rücksichtslos sämtliche Bäume und Hecken seines Besitzes, wodurch viele Vögel und anderes Getier ihren Unterschlupf verloren. Was für ihn alleine zählte, war der Ertrag seiner Felder und der Gewinn, den er damit erzielen konnte. Auch ein kleiner überdachter Bildstock, der die Figur eines »Herrgotts an der Saul« beherbergte, stand ihm im Weg, sodass er das kleine Heiligtum, Ort des stillen Gedenkens, kurzerhand abriss und die hölzerne Schnitzfigur in die Grube eines nahe gelegenen Wäldchens warf. Vor langer Zeit hatte man hier Kies abgebaut, dann ist die Mulde eingewachsen und diente den Dorfbewohnern häufig als Abfallgrube. – Am Ort des abgebrochenen Bildstocks aber quoll von nun an unentwegt Wasser aus einer Quelle hervor und überschwemmte alles Land des reichen Bauern über Monate und Jahre hinweg. Seine Ernteerträge blieben aus, der Boden trug keine Frucht mehr und der Geizkragen verarmte völlig.

Ausblick von Ahlen

Auffindung der Herrgotts-Figur und Aufstellung derselben

Eines Tages kommt einer der Kleinbauern in das Wäldchen um Reisig zu sammeln. Da hört er eine Stimme, die leise ruft: »Hol mich hier raus! – Hol mich hier raus!« Der Bauer buddelt in der Abfallgrube den Unrat zur Seite und findet die alte Christusfigur, die der reiche Bauer dorthin entsorgt hatte. Zu Hause angekommen, reinigt er die Figur und gibt ihr einen neuen Anstrich. Dann stellt er sie in den verglasten Eckkasten seines Herrgottswinkels, wo sich noch weitere Devotionalien befinden. Täglich schaut er die Figur an, bis ihm wieder eine heimliche Stimme aufträgt: »Bring mich hinauf zur Höh – dort in der Eiche will ich stehn!« Das Bäuerlein macht, wie ihm geheißen, denn dieser Herrgott war ja auch schon früher in seinem alten Bildstock Anlaufstelle für viele Bittsteller und Notleidende aus der Gegend. Um der Heiligenfigur Schutz zu gewähren, stemmt das Bäuerlein in den Stamm der dicken Eiche eine rechteckige Höhlung, stellt den mit Ketten an eine Säule gefesselten Erbärmerchristus in den neu geschaffenen Kerker hinein und verschließt das Gehäuse mit einem schmiedeeisernen Gitter. Seither ist der kleine »Nothelfer« in der über 700 Jahre alten Eiche von Ahlen, einem von Wind und Wetter gezeichneten Naturdenkmal, mit den Jahren mehr und mehr eingewachsen und dabei mit dem knorrigen Baum quasi eine Symbiose eingegangen.

Der Wanderer findet dieses barocke Kleinod der Volksfrömmigkeit auf dem Weg hinauf zur »Ahlener Höhe« gleich hinter dem Dorf. Eine Tafel erinnert an Begebenheiten, die der junge Mundartdichter Michael Buck erlebte, als er ab 1843 in

Biberach das Gymnasium besuchte und wohl des Öfteren hier vorbei kam, was ihn später zu nachfolgendem Gedicht anregte:

»Voar Ahla stoht a Linda« *Voar Ahla stoht a Linda,*
A Linda mächtig alt,
Zua dean er menger Pilger
In seini Näuta wallt.

Sie birgt im Nascht en Kerker
Im Naschtloch hohl ond foul
Do sitzt der Heiland gfange
Wohl an der Matersoul.

Sei Blick ischt zum Verbärma,
Daß s Heaz oim mächtig klopft
Und s Wasser uß die Auga
Voar Loid und Jomer tropft

Oh i verstand sei Klaga,
Miar saits jo sei Geduld:
»Daß i so schwer muaß leida,
Bischt du, o Sünder schuld.«

Noch isch mer d Wealt a Grousa
Mit äller iahrer Luscht,
I fall uffs Bänkle nieder
Und klopf betrüabt an d Bruscht.

Und z Ahla voar der Linda
Do stoht ma rtrourig na,
Doch fröhlich goth ma' weiter,
Drum kaihr i gera a'.

(Michael Buck, 1848)

JOCHA TRÄUMT

Ein Gymnasiast und sein Dorf

Konrad, fast alle im Dorf rufen ihn jedoch »Jocha«, ein durchaus gewieftes Bürschchen aus Uttenweiler, jenem stink-normalen Dorf vor dem Bussenberg (andere wiederum verorten das Dorf hinter den Bussen) inmitten von Oberschwaben, verfällt des Öfteren in abschweifende Tagträumereien. Seine Eltern, der Vater – ein angesehener Bürger – arbeitet als Werkstattleiter in einem größeren Unternehmen nahe der Kreisstadt Biberach und die Mutter, sie ist halbtags als Verkäuferin im Laden der Dorfbäckerei beschäftigt, haben oft ihre liebe Not, Jocha an das Hier und Jetzt zu erinnern. Jochas kleine Schwester Erna, eine völlig verzogene und »ischige Hupfdole«, wie ihr Bruder sie nennt, besucht noch die örtliche Grundschule. Ihren großen Bruder himmelt sie über alles an, weshalb sie ihm auch überall hin folgt. Doch nicht immer erscheint dies Jocha gelegen. Die Kleine kann zuweilen ja auch ganz schön lästig sein. In der Ortschaft selbst ist die Familie Fuchs (mit Hausnamen Jochmacher, daher Jocha an Stelle von Konrad) gut verankert, sowohl durch verwandtschaftliche Verhältnisse als auch, was fast noch wichtiger sein dürfte, über die örtlichen Vereine. Vater Max (für die Familie »Daddy-Max«)

engagiert sich als gewissenhafter Gerätewart in der örtlichen Freiwilligen Feuerwehr, Mama Lisbeth (Lissi) singt voller Inbrunst die Altstimme im Kirchenchor »Sankt Cäcilia«. Jocha seinerseits spielt an den Wochenenden leidlich Fußball in der linken Verteidigerposition. Zumeist sitzt er jedoch als Ersatzspieler, quasi als Notnagel, auf der Reservebank. Überdies erlernt er seit nahezu zwei Jahren mit Verve auch das Trompetenspiel im Jugendblasorchester des Musikvereins »MV Goldenes Blech«. Die kleine Erna klinkt sich mal hier, mal da ein, gerade wie es ihr einfällt, Hauptsache es ist ordentlich was los. Über den Gemeindeort selbst ist nicht viel Außergewöhnliches zu vermelden, doch fällt er bei den Ortsansässigen wie den gelegentlichen Besuchern zeitweilig, das heißt gar nicht so selten, ja eigentlich eher des Öfteren, durch exzessiven Güllegestank auf, der die Ortschaft vor allem an Wochenenden oder kurz vor Feiertagen zuwabert. Man erzählt sich hier in der Gegend, dass sogar die Engel, welche gerne über dem »heiligen Berg Oberschwabens« zu schweben pflegen, sich immer häufiger in ihrem Flug auf den Rücken drehen würden, ihre barocken Bäuchlein zum Himmel recken und sich gleichzeitig die Nasen zuhalten, um dem bestialischen Gestank, welcher zeitweise von den Jauche überschwemmten Maiskulturen penetrant hochdampft, zu entgehen. »Stink normal« scheint also durchaus keine despektierliche, sondern zeitweise eine eher stimmige Einschätzung für diese oberschwäbischen Raumschaft zu sein. Keinesfalls aber gilt dies als Alleinstellungsmerkmal für Uttenweiler. So duckt sich das verwinkelt gewachsene Dorf am Reutibach in eine tiefe Mulde einer Endmoräne, besitzt eine barocke Kirche mit Doppelturmanlage und die über viele Jahrzehnte entwickelte Infrastruktur ist durchaus bemerkenswert. Hinzu kommt ein kleines Industrie- und Gewerbegebiet in westlicher Ortsrandlage und im Ort selbst sind immer noch unterschiedliche Handwerksbetriebe ansässig. Dass in der

Gemeinde das Vereinsleben nicht zu kurz kommt, wurde ja schon angedeutet. Gelangweiltes Abhängen ist nicht! Unter der Woche haben eh alle Bewohner genügend zu tun. Die Erwachsenen gehen zur Arbeit und die »Kids« besuchen die entsprechenden »Bildungsschuppen« am Ort oder im nahe gelegenen Riedlingen, wo sie sich von den »Paukern« zutexten lassen. Doch im Grunde genommen besucht Jocha das »Psychosium« - wie er statt Gymnasium sagt, ganz gern, wenngleich er auf den einen oder anderen »Spacko« von Lehrer liebend gerne verzichten könnte. Vor allem einer der Germanisten, genannt »Schildkröte«, ist da so ein richtiges A… . Dass Jocha selbst manchmal die »Peilung«, sprich der Durchblick fehlt, liegt aber weniger an den Pädagogen des »besten allgemeinbildenden Gymnasiums von Riedlingen« – weil das einzige, sondern daran, dass er sich häufig Tagträumereien hingibt. Nein, »Intelligenzallergiker« ist Jocha keineswegs, was zudem durch sein »voll krasses Zeugnis« belegt wird. Und übrigens, wozu hat man eigentlich einen »Nebenchecker mit Laufwerk«, sprich einen »Intelligenzbolzen« als verlässlichen Nebensitzer? Alles so weit, so gut. Die allgemeinen Lebensumstände von Jocha, dem Helden dieser Geschichte, wären damit grob umrissen. Ähnlichkeiten mit realen oder überlieferten Begebenheiten im weiteren Verlauf dieser Erzählung sind vorwiegend rein zufälliger Art. Alle Geschehnisse oszillieren dementsprechend zwischen Legende, Phantasie und Wirklichkeit.

Misslungener Auftritt

Ja, wer hätte das wohl gedacht? Kathleen Fleischhauer, Kathy genannt, um präzise zu sein, die Tochter von Mama Lissis Base Hedwig, hat sich tatsächlich einen Bräutigam geangelt – den eher still in sich gekehrten Wolgadeutschen Boris Smirnow aus einem Nest nahe Saulgau, dessen Eltern mit ihrem Sohnemann Ende der 70er Jahre aus dem südlichen Uralgebirge (nahe Tscheljabinsk) hierhin übergesiedelt waren. Lediglich marginal vermerkt, die Verwandtschaftsverhältnisse in einem oberschwäbischen Dorf sind häufig nicht gar einfach zu durchschauen, da man ja auf irgendwelche Weise immer noch nachweisbar miteinander verwandt ist, und man sich bei passender Gelegenheit auch darauf berufen kann. Bei persönlichen Äußerungen über nicht anwesende Personen ist also Außenstehenden immer tunlichst Vorsicht angeraten! Dessen ungeachtet, an Kathy selbst hat Jocha wirklich nicht die erbaulichsten Erinnerungen. Auch ist er der Überzeugung, dass der Name Kathleen sowieso nicht zu ihr passt: »Kathleen Fleischhauer« Und dann ist sie obendrein auch noch eine richtige »Bratze«, die eher einem sabbernden Hofhund als einem grazilen »Bunny« ähnelt. Noch vor wenigen Jahren verdiente sie sich ihr Taschengeld bei Jochas Eltern als Kindsmagd, besser gesagt als »Aufpasserin übelster Art«, wenn Daddy-Max und Lissi wegen Vereinsveranstaltungen ab und zu am Abend länger aus blieben. Da war dann mit der widerlichen Kathy nicht gut Kirschen essen. Immerzu schikanierte sie vor allem Jocha bei jeder sich bietenden Gelegenheit und schwärzte ihn hernach bei dessen Eltern an. Dass sie jetzt den gut gebauten, aber eher mittellosen Boris mit dem Lasso eingefangen hat, versetzt nicht nur Jocha in Verwunderung. Onkel Josef meinte dazu nur lapidar: »Geld macht eben sexy«. Ja, so wird es wohl gewesen sein. Denn Kathy, so kann man feststellen, ist ja wirklich vermögend. Ihre Eltern hatten nach der Aufgabe ihrer Landwirtschaft und dem Verkauf von Bauplätzen einen enorm guten Schnitt gemacht und ihr nun zur Hochzeit drei Viertel des gesamten Vermögens überschrieben. Ihr Zukünftiger dagegen hat pekuniär eher wenig aufzuweisen, bietet dafür aber seiner Zukünftigen einen optisch attraktiven Rahmen, um den sie manches der Mädchen aus der näheren Umgebung beneidet.

Nun steht heute also groß, wie in der Einladung angekündigt, die Hochzeit von Kathleen Fleischhauer mit Boris Smirnow (und umgekehrt) an. Mama Lissi ist total aus dem Häuschen und gerührt, während Daddy-Max alles eher cool nimmt. »Feste sind immer gut, da trifft man viel Verwandtschaft und kann sich ausgiebig mit Bekannten und Freunden austauschen«. Erna ihrerseits nervt alle ihrer geflochtenen Haare wegen oder wegen der vermeintlich unpassenden Schleife an ihrem Kleid. Auch Jocha wirft sich in Schale, gelt sich die Haare und überprüft gleich nochmal den Akkustand seiner neuen Digitalkamera. Der Ladezustand scheint ausreichend zu sein, doch sichert er sich mit einem weiteren Ersatz-Akku ab, den er sich in eine Jackentasche steckt. Jocha wurde zum »Zeremonienkameramann« in der Kirche auserkoren, worauf er eigentlich stolz sein dürfte. Aber er traut der hintertriebenen Kathy einfach nicht über den Weg. »Wahrscheinlich will die so nur die Kosten für einen professionellen Filmemacher einsparen. Sicherlich bekomme ich danach von dem »Brotgehirn« zum Dank einen nassen Händedruck und einen Beutel abgelaufener Schokoriegel«, denkt er still bei sich. Trotzdem ist Jocha bereit, sein Bestes zu geben, ohne sich später dafür blamieren zu müssen. Die Familie Fuchs alias Jochmacher ist gerichtet und marschiert nun gemeinsam zur Kirche. Die Turmuhr zeigt 13:05 Uhr, auf dem Kirchplatz haben sich bereits viele Verwandte und etliche Neugierige eingefunden, als Vater Max mit seinem Familienanhang eintrifft. Die Zeremonie beginnt. Man begrüßt sich, macht sich bekannt und schüttelt viele Hände. Hallo, guten Tag und dóbry djen! Wie geht's, kak dilá, und was machen die Kinder? Die drückende Hitze des Tages treibt bereits etliche der Anwesenden in den kühlenden Schatten am Rande des Kirchplatzes. Jocha schreitet die einzelnen Gruppen der Festversammlung ab, schießt schon mal die ersten Aufnahmen. Das Brautpaar selbst ist noch nicht zu sehen. Wahrscheinlich warten die Brautleute in Habachtstellung im angrenzenden Pfarrhaus. Der auswärtige Posaunenchor, dessen Notenwart Boris ja in seinem Weiler ist, trifft nun mit neun Musikanten und ihrem Dirigenten, alle komplementär in grün-roter Uniform, etwas abgehetzt ein. Zur kurzen Einstimmung, viel Zeit verbleibt nicht mehr, steigen sie sogleich in der Kirche hinauf zur Orgelempore. Nun suchen auch die Festgäste ihre Plätze im Kirchenschiff auf. Die Gruppe der Donauschwaben, aus der halben Republik angereist, ist dabei in den Kirchenbänken gegenüber den Oberschwaben relativ leicht auszumachen. Deren Männer tragen zumeist, trotz der Hitze, dunkle Lederjacken und karierte Hemden mit Bordürenbesatz. Die Damen andererseits präsentieren sich »voll aufgebrezelt«. Ihre Frisuren haben sie sich ornamental mit vielen eingedrehten Locken aufstecken lassen und ihre bonbonfarbenen Festkleider in Rosa, Himmelblau oder Türkis sind über und über mit Rüschen besetzt. Die Augenbrauen und Wimpern haben sich die Mesdames kräftig getuscht, auf die Wangenknochen fett Rouge aufgetragen und die Lippen leuchtend rot angemalt. Nun ja, die Geschmäcker sind nun mal nicht überall gleich! In den oberschwäbischen Reihen dagegen dominiert bei den Herren der traditionell dunkle Anzug mit weißem Hemd und Krawatte, und die Damen sind zwar festlich angemessen, aber dennoch etwas zurückhaltend »kostümiert« – der Braut darf man ja keinesfalls Konkurrenz machen. Die Kirchenglocken läuten. Das Gemurmel in den Bänken wird leiser, als pünktlich um 13:30 Uhr der Posaunenchor zum Einzug des Brautpaares sein *»Großer Gott, wir loben dich«* von der Empore herab schmettert. Vom Hauptportal im Westen betreten vier Ministranten gefolgt vom Ortsgeistlichen, dem Pater Paul in gülden schimmerndem Messgewand, und dem Brautpaar die Kirche. Alle Augen sind freudig, aber auch neugierig auf die Prozession gerichtet, in erster Linie natürlich auf die Braut, auf Kathy. Sie ist kaum wiederzuerkennen. Der Teint ihres roten, vierschrötigen Gesichts ist einer zurückhaltenden Blässe gewichen, ihr ansonsten strohiges, mittelblondes Haar hat sie unter einem aufgesteckten, kastanienbraunen Haarteil versteckt, an dem auch die blütenapplizierte, lange Schleppe befestigt ist, welche abschließend von zwei kleinen, weiß gekleideten Brautmädchen getragen wird. Lange Schleier hat man hier bei Hochzeiten schon seit vielen Jahren nicht mehr gesehen, was sogleich von den anwesenden Weibspersonen erspäht und tuschelnd konnotiert wird. So wie dieser Aufzug wird auch der von Boris wahrgenommen, der stolz seinen taubenblauen Anzug über weißem Hemd mit Rosenbordüre und einer roten, großgemusterten Krawatte trägt. All diese wundersamen Erscheinungen wirken auf Jocha wie ein indirekter Verweis zum Strophenabschnitt *»...vor Dir neigt die Erde sich und bewundert Deine Werke ...«*. Ja, der Tiergarten des Herrn ist fürwahr sehr bunt und unglaublich vielfältig!

Also schreitet der Priester mit seiner Ministranten-Schar, gefolgt vom Brautpaar mit den Schleiermädchen, einschließlich der wichtig dreinschauenden Trauzeugen, gemeinsam vor zu den Stufen des Altars. Jocha hat längst Stellung bezogen und bereits etliche Aufnahmen im Kasten, als er bemerkt, dass der Akku der Kamera schwächelt. *»Und das Unglück schreitet schnell...«*, um es mit Wilhelm Busch auszudrücken. Hals über Kopf versucht Jocha die Akkus auszuwechseln, als ihm der vollgeladene aus der Hand fällt und über die lange Schleppe des Schleiers der Braut purzelt. Mit einem beherzten Schritt stürzt er der entglittenen Batterie nach, um diese noch zu erhaschen, wobei er mit einem Fuß auf den Schleier der sich im Wiegeschritt nach vorne bewegenden Braut tritt. Alsdann geht ein entsetztes Raunen durch den Kirchenraum. Jocha, seitlich mit gebeugten Knien und dem rechten Fuß fest auf der Schleppe, das Brautpaar, welches die Chorstufen noch nicht ganz erreicht hat, im Vorwärtsgang – und ratsch – der Kopf der Braut wird abrupt nach hinten und ihr falsches, aufgestecktes Haarteil samt Schleier vom Kopf gerissen. Das strohige Naturhaar hängt dem Gespons jetzt, gleich dem des ehemaligen englischen Premierministers Johnson, wirr vom Kopf, und durch den blass geschminkten Teint Kathys schimmert jählings bedrohliche Zornesröte, als Jocha, der vermeintliche Starfilmemacher, auch schon die schmetternde rechte Pranke der noch Kathleen Fleischhauer zu nennenden Braut mitten in seinem Gesicht verspürt. Ihm wird schummerig, alles dreht sich, und als er seine Hände vom Gesicht wegzieht, läuft ihm der rote Nasensaft direkt über den unschuldig auf dem Boden liegenden Brautschleier. Er hört nur noch, wie Katy ihn hasserfüllt »du Ratte« anzischt, und dann seine Kamera mit einem kräftigen Fußtritt unter eine Kirchenbank befördert. Was unmittelbar danach geschieht, bekommt Jocha nicht mehr mit. Der Schlag auf die Zwölf war für ihn doch zu kräftig. Auf jeden Fall hat man ihn wortreich aus der Pfarrkirche hinausbugsiert und ihm dabei deutlich nahegelegt, sich auf der anschließenden Hochzeitsfeier im »Gasthaus zum Weißen Ross« ja nicht blicken zu lassen.

Niedergeschlagen, mit hängendem Kopf kommt Jocha am Boden zerstört zu Hause an und sucht dort sofort sein Zimmer auf, um sich vor Scham zu verkrümeln. »So ein beschissener Samstag«, wimmert er vor sich hin. Mit einem nassen Waschlappen wischt er sich das verkrustete Blut aus dem verschmierten Gesicht und legt sich mit über dem Kopf verschränkten Armen auf sein Bett. »Was war denn das? – Und sowas musste ihm passieren!« Er fühlt sich hundeelend – »So eine Schande«! Am liebsten würde er losheulen und das alles nur wegen dieser blöden Kuh Kathy. »Die soll doch morgen schon die Krätze kriegen!« Dann, nach einer gefühlten Ewigkeit, fallen ihm vor Erschöpfung die Augen zu, während in der Nachbarschaft wütend ein Hund bellt. Vor seinem inneren Auge entwickelt sich eine völlig neue Szene, die weit in die historische Vergangenheit zurückreicht.

»Lügenreim«
Eine Kuh, die saß im Schwalbennest
Mit sieben jungen Ziegen.
Die feierten ihr Jubelfest
Und fingen an zu fliegen.
Der Esel zog Pantoffel an,
Ist übers Haus geflogen,
Und wenn das nicht die Wahrheit ist,
So ist es doch gelogen.
(Volksgut/Kinderreim)

Hebung des Bussenschatzes

Was ist das für ein schreckliches Gebell? Man schreibt das Jahr 1350. Jochas Familie lebt am äußersten Ortssaum in einer einfachen, schon etwas in die Jahre gekommenen Lehmhütte, daran angebaut eine niedrige Stallung aus grob zugehauenen Holzbalken und Brettern für wenig Vieh – einer Kuh, vier Ziegen und einem Schwein. Dazwischen gackern ab und an noch ein paar Hühner, die im Mist kratzen. In den Wintermonaten versuchen die Eltern als Korbmacher ihr Auskommen zusätzlich etwas zu verbessern. Viel bleibt sowieso nicht, da sie als Leibeigene des Ritters von Göffingen, wie fast alle Bewohner des Ortes auch, zu empfindlich hohen Abgaben gepresst werden. Und auch die Geistlichkeit fordert zusätzliche Opfer. Das ist üblich, da streckt man sich, wie es eben geht, nach der Decke oder schnürt den Leibriemen halt etwas enger. Sowohl mit den geistlichen, als auch den weltlichen Herren sollte man es sich nicht verscherzen. Die Höhe der Kirchenabgabe wird übrigens jährlich im weit entfernten Schwarzwald vom Abt des Klosters Sankt Blasien festgelegt, denn die Pfarrkirche Sankt Sebastian von Uttinvillar, im Volksmund Sankt Bastiani genannt, ist eine Filialkirche des Klosters aus dem Schwarzwald. Die Namen Uta oder Uttin bedeuten eigentlich Besitz, Uttinvillar also Besitz-Weiler. – Das Dorf der Seligen Uta, so lautet hingegen die vom Volksmund bevorzugte Deutungsversion zum Ortsnamen.

Das große, eineinhalb Stockwerk hohe Tuffsteinwohnhaus der Herrendomäne steht auf einem weiten, eingeebneten Platz, umfriedet mit etwa vier Ellen hohen Bruchsteinmauern und von großen, Schatten spendenden Kastanienbäumen umsäumt. Kastanienbäume haben neben ihrem kühlenden Schatten den Sommer über zusätzlich den Vorteil, dass sich unter ihrem Laubdach lästige Mist- und Stechfliegen ungern aufhalten. Rückseitig, den Feldern zugewandt, hatte man von Beginn an die Ställe und die große Scheune hinzugebaut. Dieser Gutshof ist, bis auf den Kirchhof, das einzige Anwesen im Dorf mit einer gemauerten Umfriedung. Auf diesem Herrenhof, in dem der Ammann oder Amtmann als Mittelsmann zwischen dem Rat, der Kirche und dem ritterlichen Fronherrn von Göffingen residiert, unterhält man Dienstboten. Mehrere Knechte und Mägde sind dort das ganze Jahr über bei kargem Brot beschäftigt. Mit ihrem kaum nennenswerten Lohn gehört das Gesinde quasi zum frei verfügbaren Inventar.

Nun trug es sich zu, dass seit Monaten in einem eingewachsenen, fast fensterlosen und abseitig gelegenen Nebengebäude zur Herrschaft sehr kleinwüchsige Gestalten, wie man sie sonst nur auf der Kirmes als Spaßmacher zu sehen bekommt, untergebracht waren. Kaum jemand hatte die Zwergwüchsigen aber je während der Dauer ihres Aufenthalts wirklich selbst gesehen. Obschon, sie führen hier bereits seit langer Zeit, vielleicht schon seit Jahren, ihr sehr heimliches und verstecktes Leben, bewacht und abgeschirmt von einem riesengroßen, schwarzen Pudel mit rotglühenden Augen, den man abscheulich bellen hört, sobald man sich dem abweisenden Gebäude auch nur nähert. Wen verwundert es, viele Gerüchte gehen deshalb in der Bevölkerung um. Ist dieses Nebengebäude ein Malefizhaus (Gefangenquartier) des Ritters von Göffingen bzw. des Halbgrafen aus der Bussenburg? Versucht dort jemand Gold zu machen oder zu verstecken? Oder finden dort gar geheime Rituale statt? Den Ammann danach zu fragen, hätte sich niemand getraut. Einem Patron hat man Dankbarkeit, und nicht Misstrauen zu erweisen.

Jocha, der zusammen mit seinem Großvater in Ruidlingen (Riedlingen) die Körbe seines Vaters auf dem Markt verkaufen soll, ist nun auf dem Heimweg nach Uttinvillar. Schon beginnt es zu dämmern, was nichts Gutes verheißt. Die Zeiten sind unsicher und vor mordlustigen Strauchdieben ist man nicht gefeit. Das größere Problem aber ist, dass in der Gemarkung rund um den Bussenberg, einschließlich Uttinvillar, nach Einbruch der Dunkelheit per Verordnung sich niemand mehr auf Wegen oder Plätzen aufhalten darf. Bis Göffingen kann der Großvater noch gut folgen, doch dann versagen ihm die Beine, sodass Jocha den Alten auf den Leiterkarren verfrachtet, um ihn nach Hause zu ziehen. Der Himmel verdüstert sich mehr und mehr, und dicke, drohend dunkle Wolken ziehen sich zusammen. Die ersten Blitze zucken knisternd über die Baumwipfel hinweg. Schon fallen schwere Tropfen. Heftiger Wind kommt auf und prasselnd stürzen die Wassermassen vom Sturm gepeitscht plötzlich nieder auf die erschöpften Wanderer. Jocha schleppt den Alten auf dem Karren mühsam weiter durch glitschigen Untergrund, bis er endlich die Köhlerhütte bei Dentingen erreicht, wo er um Unterschlupf bittet. Der von

Ruß und Kohlestaub schwärzlich gefärbte Köhler, ein Sonderling den man Carbone (= ital. Kohle) ruft, ist vielen unheimlich und wird daher lieber gemieden. Auch sein Nebenerwerb als Leichenbestatter verschafft ihm nicht gerade breite Sympathien, wenn auch einen gewissen Respekt. Das ungute Gefühl wird ferner dadurch verstärkt, dass Carbone eine Augenklappe trägt, und dass er ziemlich abgehackt und schwer verständlich spricht. Manche sagen, er käme aus Sizilien, doch so genau weiß es dann doch keiner. Carbone beäugt die Ankömmlinge mit schräg geneigtem Kopf von unten nach oben, und bedeutet ihnen dann mit einer kurzen Handbewegung, dass sie in seine Blockbehausung eintreten mögen. Stockdunkel ist es in der kleinen Hütte. Nur ein paar Kohlen glühen dunkelrot im offenen Kamin des rauchgeschwärzten Raumes. Die Augen gewöhnen sich nur allmählich an das schwache Glimmerlicht. Durch das aufzuckende, grelle Licht der niederfahrenden Blitze gewinnen Jocha und sein Großvater etwas Orientierung, und so setzen sie sich schweigend längs der Wand auf eine grob gezimmerte Bank. Keiner spricht, bis Carbone plötzlich sagt: »C'é del latte qui – trinken – bere latte – Milch!« Jocha versteht nicht gleich, doch dann nickt er und Carbone reicht ihm den irdenen Krug mit Ziegenmilch. Jocha hält den Krug zuerst seinem Großvater hin, dann trinkt er selbst ein paar kräftige Züge. Er liebt den deftig-würzigen Geschmack von Ziegenmilch. Zu Hause gibt es zu Mittag fast ausschließlich die von der Sahne getrennte Magermilch von der einzigen Kuh im Stall sowie schwarzes Mus, am Abend dann ein kleines Stück Krusten- oder Stockbrot, alternativ aufgekochte Haferkleie mit eingeschnittenem Obst – je nach Jahreszeit. Nur allmählich kommt stockend eine Unterhaltung zustande. Jocha ist überrascht, dass Carbone durchaus weiß, wer er und sein Opa sind, wer sonst noch im Dorf wohnt, und wer mit wem verwandt ist. Viele ehemalige Bewohner hat er schon auf dem Gottesacker verscharrt, Knecht und Herr, sodass er in manches Familiengeheimnis eingeweiht ist. Doch darüber will er nicht reden. Lediglich mit denjenigen, die durch den Strick umkommen, das klarzustellen scheint ihm wichtig zu sein, hatte er nie etwas zu tun. »Die dürfen nicht in geweihter Erde begraben werden; das ist dann Sache des Scharfrichters aus Ruidlingen – heil seiner Seele!« Als Jocha das geheimnisvolle, fast fensterlose Haus bei dem Herrenhaus und den wütend bellenden Pudel anspricht, legt Carbone einen Zeigefinger auf die Lippen. Darüber kann und möchte er nichts sagen. Nur so viel, dass wohl niemandem aufzufallen scheint, dass der Galgenberg vor dem Ort stetig etwas in die Höhe und in die Breite wächst. Mehr war nicht mehr aus ihm herauszubekommen. Das Gewitter ist inzwischen abgezogen und so legen sich alle bis zum frühen Morgen auf etwas aufgeschüttetes Stroh, um zu schlafen.

Bei Sonnenaufgang verabschieden sie sich durch ein kurzes Kopfnicken voneinander. Als Jocha und sein Opa kurz vor Uttinvillar am dortigen Galgenberg vorüberkommen, muss Jocha an die geheimnisvolle Andeutung von Carbone denken: »Der Galgenberg wächst stetig etwas in die Höhe und in die Breite.« Seltsam, ja, ist auch ihm bisher noch nie aufgefallen. Sie bleiben stehen. Vor den Holzstufen zum Galgen ist ein Schild mit einer Inschrift in Versalbuchstaben angebracht: DISCITE JUSTITIAM MONITI ET NON TEMNERE DIVUS. Kaum jemand im Dorf besitzt, bis auf die Kinder vom Meierhof des Ammanns, eine Schulbildung. Doch die Herrschaftskinder halten sich nicht im Dorf auf, sondern werden in der Klosterschule des Klosters von Sankt Blasien erzogen und unterrichtet. Auch Jocha hat beim Dorfgeistlichen etwas rechnen, lesen, schreiben und ein wenig Latein gelernt. Dafür wird der Pfarrer von Jochas Mutter zusätzlich mit Naturalien versorgt, die sich die Familie vom Munde abspart. Der Spruch, den Jocha eben liest,

Der Sonderling Carbone ist vielen im Ort unheimlich

bedeutet: »*Lasst euch das eine Ermahnung sein, Gerechtigkeit zu lernen, und Gott nicht zu missachten.*« – Über dieses Zitat nachdenkend, zieht Jocha in sich gekehrt weiter, der Großvater am Stock wortlos und gebeugt hinterher.

Wochen vergehen und immer, wenn Jocha am Galgenberg vorbeikommt, achtet er ganz genau und möglichst unauffällig auf die dortigen Bodenstrukturen. Tatsächlich! In regelmäßigen Abständen werden hier Gestein und Erdmaterial behutsam verteilt und aufgeschichtet. Jocha beschließt in der Nähe dieser unheiligen Stätte bei Vollmond und gegen Mitternacht sich auf die Lauer zu legen, was, wie wir inzwischen wissen, bei Strafe strengstens untersagt ist. Die Gelegenheit dazu scheint heute günstig zu sein. Mit frischem Knoblauch reibt sich Jocha die nackten Fußsohlen und die Handflächen ein und hängt sich sein an einer Lederkordel befestigtes, hölzernes Umhängekreuzchen, das er nach einer Lateinstunde vom Dorfpfarrer erhalten hatte, um den Hals. – Man kann ja nie wissen. Über Umwege, vorbei an Hecken und Baumgruppen, erreicht er in deren Schutz den Anger mit seiner mächtigen und freistehenden Stieleiche, unter der wohl schon seit Hunderten von Jahren Recht gesprochen wird. Ohne Not besucht kaum jemand diesen Ort, weshalb der junge Abenteurer sicher sein konnte, nicht entdeckt zu werden. Behänd klettert Jocha in das weit ausladende Geäst und wählt sich eine Position mit freiem Blick auf den vor ihm sich ausdehnenden Galgenberg aus. Er ist zeitig genug vor Ort, um im kalten Mondlicht die gesamte Umgebung überprüfen zu können. Ob sich heute Nacht etwas tut? Über ihm in der Baumkrone ruft ein Steinkäuzchen sein Hu-Huhu-Hu. Nahe dem Waldrand, in Richtung Bussen, äsen unbekümmert drei Rehe auf freier Flur und kleine Mausohrfledermäuse jagen flink im Zickzackkurs vor der vollen Mondscheibe Insekten. Jocha ist gefangen von den Eindrücken, die er ja sonst so nicht erleben kann. Fast hätte er vergessen, dass er auf ein völlig unbestimmtes Ereignis wartet, als vom Tal bergauf sich schemenhafte Gestalten bewegen. Zuerst sieht er lange nur zwei rot glühende Punkte, bis sich die Szene auf dem Galgenplatz klar abzeichnet. Ein riesengroßer, schwarzer Pudel zieht eine einachsige Karre mit großen Scheibenrädern, auf welcher ein auffällig uniformierter Gnom im Habitus eines Feldherrn steht, die Zügel fest in der Hand. Der nachfolgenden Kolonne von Kleinwüchsigen erteilt er zackig und kurz seine Anweisungen in fremder Sprache. Jeweils zwei der Liliputgestalten tragen eine hölzerne Gelde (Wanne) auf ihren Schultern, aufgefüllt mit Erde und Steinen, welche sie gleichmäßig über das Gelände verteilen. Der schwarze Pudel mit seinen glühenden Augen und den furchtbaren Lefzen scheint inzwischen das Umfeld abzusichern. Jocha atmet im Eichengeäst nur noch ganz flach. Sein Herz schlägt ihm bis zum Hals. Seinen Eigengeruch, den er mit Knoblauchduft überdeckt hatte, scheint das gefährliche Tier nicht wahrnehmen zu können. Dann rückt plötzlich auf ein Zeichen des uniformierten Anführers die ganze Horde ab, wieder das Tal hinab und weiter in der Talsohle »Badbrunnen« dem Lauf des Reutibachs folgend, bis sie am südlichen Ortsrand hinter der dunklen Silhouette von Kastanienbäumen verschwinden. – War dies das Geheimnis, auf das der Köhler Carbone Jocha in der Gewitternacht hinweisen wollte? War dies der Grund, warum die Bewohner der gesamten Umgebung nach Einbruch der Dunkelheit ihre Häuser nicht mehr verlassen durften? Vom nächtlichen Ausflug Jochas hat Gott sei Dank niemand etwas mitbekommen. Lange noch wirft er beim Vorübergehen unauffällige Blicke auf die stetigen, aber unmerklichen Veränderungen rund um den Galgenberg herum. Eines Tages stellt er fest, dass es dort zu keinerlei Erdablagerungen mehr kommt, auch weiter hinten im Westen Richtung Bussen nicht. Noch wartet er ab. Völlig ungewöhnlich erscheint ihm auch, dass vom Anwesen des Herrenhofes kein wildes, aggressives Gebell mehr zu hören ist. Was ist geschehen? Sind die Gnome abgezogen oder ist der schwarze Pudel verendet? Immerhin schien es jetzt möglich, sich dem Gutshof gefahrlos zu nähern. Die Frage nach dem Hund beantwortet das Gesinde nur mit Achselzucken. Weder das Personal noch sonst jemand, von dem man vielleicht denken könnte, er habe etwas gesehen, vermag Auskunft zu geben. Niemand hat auch je das abseitig gelegene, fensterlose Gebäude betreten. Immer schon hing dort am eisenbeschlagenen Tor an einer dicken Eisenkette ein schweres, nicht zu öffnendes Schloss davor. Zwergwüchsige habe man hier nie persönlich gesehen, so versichert man! Die Mauer des Schweigens wird also auch jetzt nicht gebrochen. Doch Jocha weiß es besser. Er hat ja schließlich den geheimen und heimlichen Arbeitstrupp mit eigenen Augen beobachtet. Eines Tages, als er verstohlen um das seltsame Gebäude herumstreicht, entdeckt er hinter einem blühenden Holunderbusch, der nahe an der rückseitigen Fassadenwand steht, kurz über dem Boden eine mit einer Lade verschlossene Öffnung in der Wand. Er kriecht unter den Busch und betastet kurz entschlossen die Lade, auf der schwach zu erkennen schon vor langer Zeit ein Pfeil aufgemalt worden war. Die Lade hat oben ein Scharnier, gibt nach, lässt sich schwingend nach innen und außen bewegen, gerade so wie eine etwas überdimensionierte Katzenklappe. Jocha bricht einen Holunderzweig ab und stützt damit die hochgestellte Lade ab. Dann kriecht er vorsichtig durch die Öffnung in das Innere dieses geheimnisvollen Hauses und versucht, sich ein Stück weit voranzutasten. Er kommt nicht weit, alles ist dunkel und vor ihm türmen sich Berge von Erdschutt auf. Er muss umkehren. Vorsichtig verschließt er die Klappe und entfernt sich. Bei nächstgünstiger Gelegenheit wird er wiederkommen, um zu versuchen, das Geheimnis stückweise zu lüften.

Jocha war nun schon einige Male unbefugt in »das Haus der Zwerge« eingedrungen. Hier hat er entdeckt, dass vermutlich von den zwergwüchsigen Arbeitern und unbemerkt von der

Öffentlichkeit ein niederer Stollen in westliche Richtung gegraben oder wiederhergestellt wurde, dessen Aushub man unbemerkt außerhalb des Ortes rund um den Galgenberg abgelagert hatte. Reste des Abraums türmen sich immer noch im Kellergeschoss des abgedunkelten Hauses. Soweit war er nun mit seinen Nachforschungen gekommen. Jetzt bereitet er sich vor, in das Stollensystem einzusteigen. Die Sache wird für ihn noch prickelnder, als er wenige Tage zuvor in der Kirchenbibliothek bei seiner Lateinlektüre zufällig eine alte Handschrift entdeckt, in welcher von einem verlorengegangen Schatz die Rede ist. Dieser wurde dereinst als Pfand für ein Ehrenwort hinterlegt und dann unrechtmäßig geraubt. Die Schatztruhe liegt seither, streng von Kobolden und einem wilden Hund bewacht, tief im Berg unterhalb der Bussenburg verwahrt. Weitere Unwägbarkeiten seien noch in Betracht zu ziehen. Nur wer das Zeichen mit dem Pfeil findet, ist auf der richtigen Spur! Bisher sind alle Versuche den Schatz zu bergen gescheitert. Ja, es soll unter den Glücksrittern auch Tote gegeben haben. Als Empfehlung für den Mutigen empfiehlt die Schrift, bei der Suchaktion unter der Erde sich zuvor kräftig mit Knoblauchsaft einzureiben. Des Weiteren solle man ein Kreuz umhängen haben und ein Wurfnetz mit sich führen, so wie es die Fischer vom nahen Federsee verwenden. Nicht fehlen dürfte auch ein Büschel stark riechender Bachminze.

Nachdem Jocha mehrmals in den Stollen eingestiegen war und immer wieder gezwungen war umzukehren, ist ihm jetzt klar, dass dies der sagenhafte Stollen zum Bussenschatz sein muss. Auch erinnert er sich, an der Zugangsluke zum Gebäude einen verwitterten, aufgemalten Pfeil erkannt zu haben. Braucht es da noch mehr Beweise? Einen Versuch will er noch wagen, dann ist Ende mit Darben und Not, dann ist er ein reicher Mann und kann sich und seine Familie von der Leibeigenschaft freikaufen – so träumt er vor sich hin.

Mühsam kriecht Jocha im niedrigen Erdstollen vorwärts. Er muss sich dabei völlig auf seinen Tastsinn verlassen. Um Wachs zu sparen, will er die Stalllaterne erst dann entzünden, wenn ihm dies als unbedingt geboten erscheint. Längst hat er in der absoluten Dunkelheit des Schachtes jegliche Orientierung für Raum und Zeit verloren. War er jetzt unter dem Kirchberg oder schon unter dem aufgefüllten Galgenberg angelangt? Die Luft wird allmählich immer stickiger, weshalb er sich wieder und wieder das Minzebüschel an die Nase führt, um freier atmen zu können. Schweiß rinnt ihm in Rinnsalen trotz der kühlen Erdumgebung über Gesicht und Rücken. Wohl schon eine halbe Ewigkeit hat er sich so auf allen Vieren mühsam voran gearbeitet. Doch plötzlich fühlt er, dass die Wände nicht mehr aus lehmiger, steindurchsetzter Erde, sondern aus eingewölbtem Mauerwerk bestehen. Liegt über ihm die Bussenburg? Soll er jetzt sein Laternenlicht anzünden? Er verzichtet darauf, da ihn der Lichtschein verraten könnte. Angespannt horcht er in die tiefe Dunkelheit hinein, als er ein immer lauter werdendes Surren vernimmt. Behutsam schiebt er sich vor, bis der Stollen sich zu einem stattlichen, grottenartigen Gewölbe-saal weitet.

Auf einem Dreifuß lodert eine bläuliche Flamme. Nahe dabei, auf einer Aufschichtung aus Gebeinen, sitzt Goldfäden spinnend ein uraltes, fast vertrocknetes Weib rittlings auf einem monströs großen, schwarzen Pudel, der mit seinen rotleuchtenden Augen und den unheimlichen Lefzen wahrlich Angst einzujagen vermag. Als Spinnwirtel benutzt die Alte einen Mühlstein, den sie so gezielt über dem Kopf des Eindringlings kreisen lässt, als wolle sie damit sogleich erschlagen. Jocha fasst sich ein Herz und wirft sein mitgeführtes Fischernetz über die Alte und den wilden Hund und kann so fürs Erste drohende Gefahren abwenden. Dann nimmt er den völlig verschrumpelten Zwergenkönig wahr, der selbstherrlich triumphierend auf einer schweren Schatztruhe thront und Jocha mit gallig sardonischem Grinsen anblickt. Sein Anblick verheißt nichts Gutes. Zu Füßen des »Schatzkönigs« windet sich am Boden eine giftiggrüne Schlange, die ähnlich dem Zwerg eine kleine Krone trägt, und die in ihrem Maul den Schlüssel zur Schatztruhe festhält. Mit Mut und unbändiger Entschlossenheit hält Jocha dem garstiggrünen Wurm beherzt sein hölzernes Umhängkreuz entgegen, wodurch die Schlange von spastischen Zuckungen ergriffen wird und den Schlüssel zur mit Kostbarkeiten gefüllten Truhe verliert. Jocha hechtet blitzschnell vor, greift danach, als er schon den spitzen Dolch des hässlichen Gnoms an seiner Kehle spürt. Ihm stockt der Atem, der Lebenssaft scheint ihm in den Adern zu gefrieren. Deutlich spürt er im Nacken den wüsten Atem seines Widersachers und – in höchster Not schreit er laut auf.

Zitternd und in Schweiß gebadet erwacht Jocha. Er öffnet die Augen und hört seine Mutter rufen: »Jocha, aufstehen, du hast jetzt lange genug geschlafen! Fertigmachen zum Kirchgang, der Pfarrer wartet schon auf seine Ministranten!«

KURIOSER FUND

Busfahrt nach Riedlingen

Steffen »haut die Hacken in den Teer«. Außer Atem erreicht er die Bushaltestelle beim Schlosshof, als eben der Schulbus nach Riedlingen ankommt. Wie fast jeden Morgen warten die Schulkinder dicht an dicht gedrängt und jeder möchte dabei als Erster einsteigen, wodurch es fast immer zu Drängeleien und Rempeleien kommt. Sind dann alle Sitzplätze belegt, beginnt für die, welche halt nur einen Stehplatz bekommen haben, die Schubserei ab der nächsten Haltestelle von neuem. Steffen sitzt heute am Fenster rechts neben dem bulligen Ewald mit Pickelgesicht und flaumigem »Gesichtspullover«, der ihn auch schon bald in die Rippen stößt: »Kerl, mach dich schmaler, sonst setzt's was!« Steffen kuscht, würde aber am liebsten gleich »am Teller drehen«, nur Ewald, dieser »Spaten«, ist vielleicht doch eine Nummer zu groß für ihn. Also ignoriert er ihn, blickt stumm zum Fenster hinaus und lässt die Landschaft an sich vorüberziehen. Die Kleinen in den vorderen Sitzreihen quietschen und kirren, und dass die von der Oberstufe schon morgens auf der hinteren Sitzbank »rumlöffeln« (knutschen), registriert inzwischen kaum jemand mehr. Die wollen sich ja eigentlich nur wichtigmachen! Würde man aber ganz offensichtlich hinschauen, würde man als »Glubschi« gelten, und das geht schon gar nicht. Steffen selbst findet es einfach nur peinlich und »keimig«, sich die Zungen schon am frühen Morgen gegenseitig in den Rachen zu schieben. Aber was soll's?

In der Morgensonne sieht er jetzt kurz vor Hailtingen unterhalb der Straße, die auf den Bussen führt, einen Fuchs schnüren, dessen rechter Vorderlauf nur noch ein Stummel ist, wie er rasch bemerkt, da der Meister Reineke bei jedem Schritt einknickt. Anfangs beschleicht Steffen etwas Mitleid mit dem Tier. Dann denkt er: »Seltsam! Könnte so der sogenannte »Geisterfuchs« ausgeschaut haben, von dem ihm seine Oma in Kindertagen als Gutenachtgeschichte erzählt hat?« In der Nähe der Burgruine soll ein Geisterfuchs mit auffallend buschigrotem Schwanz seinen tiefen Bau gebuddelt haben. Ihm nahe zu kommen war wenig ratsam, weshalb sich die Leute auch vor ihm fürchteten. Es hieß, der Geist einer unglücklichen Seele, die einst einen Meineid geschworen und deshalb nach dem Richterspruch ihre Schwurhand verloren habe, ginge seither in Fuchsgestalt um.

In der Morgendämmerung, von Burgau her kommend, befand sich vor langer Zeit ein junger Jäger auf der Pirsch. Im Neuschnee entdeckte er eine ungewöhnliche Fuchsfährte mit nur drei Abdrücken. Er folgte, das Gewehr fest im Anschlag haltend, der Spur. An einem Waldsaum bei Hailtingen traf er dann auf das stattliche wundersame Tier, das sich mit seinen drei Läufen unvermittelt gegen den jungen Jäger herumwarf und ihn wild anfunkelte, als dieser anlegte und schoss. Sichtlich verletzt flüchtete das waidwunde Tier auf seinen drei Beinen hoppelnd und zielgerichtet Richtung Bussen. Da begannen dem Jäger die Knie zu schlottern, und er suchte rasch das Weite, denn er erkannte plötzlich, wen er da eben angeschossen hatte. Der Schulbus schwenkt in Riedlingen zur Endstation beim Hallenbad ein und Steffen muss sich zunächst wieder kurz sammeln. Dann schwimmt er zu Fuß mit dem Strom der anderen Schüler in Richtung »Penne«. Am Abend, ehe er sich zu Hause an die Hausaufgaben macht, liest er im Lokalteil der Tageszeitung: »*Kurioser Fund. – Mittelalterliches, männliches Skelett mit nur einer Hand in Erdhöhle bei Rodungsarbeiten unterhalb der Bussenburg entdeckt. – Eine Bleikugel steckte immer noch im Hüftgelenk des geheimnisvollen Toten*«.

Oberschwäbische Landschaft mit dem legendären und sagenumwobenen Bussen-Berg

BEGEGNUNGEN

Wie der »Mauser« zu seinem Namen kam

Fast wäre Alex, obschon er ja wirklich keinerlei Vorurteile gegenüber Menschen fremder Herkunft hegt, eine ethnisch bezogene Verunglimpfung, ein sogenannter »Ethnophaulismus« laut über die Lippen gerutscht. Allzu gern stapft Alex nämlich barfuß, zumeist ab dem »Lehrerberg«, mit seinem selbstgebauten Kescher und einem leeren Gurkenglas in der Hand den »Reutibach« hinunter, um Frösche, Süßwasserkrebse oder anderes Wassergetier zu fangen und zu bestimmen. Seit er in diesem Jahr in Bio bei einem der eher »gruftigeren« Lehrer, einem Uraltsaurier mit »Lutschkopf« Unterricht hat, ist er Feuer und Flamme für das Fach und möchte deshalb auch eine freiwillige, schriftliche Arbeit erstellen zum Thema *»Kommentierte Bestandsaufnahme zur Fauna im Reutibach von Uttenweiler«*. Das alte Reptil von Pauker versteht es tatsächlich noch bestens seinen Schülern richtig Laune zu machen. Zudem weiß er ja wirklich enorm viel!

Leider liegen in letzter Zeit in Alex' Gewässereinstieg am Fallenstock immer wieder die Glasscherben zerschellter Wodkaflaschen im Bachbett, sodass er es nicht mehr wagen kann, barfuß ins Wasser zu steigen. Irgendwelche »Spackos birnen sich« hier am Fußweg zwischen Transformatorenhaus und dem Dorfladen regelmäßig »mit Hartgas zu« und entsorgen dann ihre gläsernen Hinterlassenschaften im Bach. »Bräsig« entschließt Alex ab jetzt seinen Untersuchungsabschnitt nach der Haldenwaldsteige bis etwa kurz vor Sauggart unterhalb des Falkenhofer Waldes festzulegen. »Macht ja sowieso mehr Sinn und ich werde vermutlich so auch von keinem *homo simplex* unnötig tangiert«, sagt er sich altklug.

Die Sommerferien sind längst vorüber und morgens liegt kühl der Nebel über den abgeernteten Feldern und den immer noch fetten Talwiesen. Das Laub der Bäume verfärbt sich zusehends goldgelb und rot. Erst am Nachmittag wird es noch angenehm warm, sodann sich Alex auf seine Bacherkundung begibt. Im festgelegten Abschnitt kennt er inzwischen jede Biegung, jede Verengung und all die kleineren Untiefen und kleinen Überhänge. Auch weiß er, wo der Grund mehr sandig oder eher morastig ist, und ab welcher Stelle das Wasser sehr ruhig fließt oder wo es rauschend dahinplätschert. Alles nicht ganz unwichtig für seine Nachforschungen! Bewegt er sich mit seinen diversen Expeditionsutensilien durchs eher schmale Bachbett, blendet er fast alles andere um sich herum, das nichts mit seiner aktuellen Passion zu tun hat, aus. Er fühlt sich dabei wie ein Alexander von Humboldt im riesigen Amazonasfluss auf Entdeckertour. Ja, in der Tat, er hat dem unscheinbaren Bächlein und seiner Uferzone inzwischen schon so manches Geheimnis entlockt, welches er sorgsam kartiert und in entsprechende Rubriken eingetragen hat. Allerdings, die nach Carl von Linné 1758 eingeführte Nomenklatur bereitet ihm noch Probleme, da seine Lateinkenntnisse hierfür kaum ausreichen. Doch wozu gibt es Nachschlagwerke und Suchmaschinen im Internet? Arten werden in der Wissenschaft international mit einem zweiteiligen, latinisierten Artnamen (Gattungs- und Artbeiwort) benannt. Weitere Klassifizierungsmodi (Taxa) kommen hinzu, geordnet vom höchsten zum niedersten Rang: Stamm, Klasse, Ordnung, Familie, Gattung, Art.

Alex ist nun unterhalb seines geheimen »Tropenlagers« angekommen. Er hat das Lager in einem Heckensaum unter einer Eiche auf einem Anger links des Baches versteckt eingerichtet. Von diesem Versteck, seinem »Basislager« aus, kann er das kleine Wiesental und die Hänge des Haldenwaldes gegenüber gut überblicken, ohne dass er selbst dabei entdeckt wird. Kurz schaut er sich um, dann steigt er geschwind zu seiner Laube im Dickicht hoch. Hier legt er seine Utensilien ab und steigt mittels einer Strickleiter hinauf in seinen Ausguck, das untere Geäst der alten Eiche. Von hier aus kann er nordwestlich gut bis zur Dieterskircher Straße und in südlicher Richtung zur Ortschaft blicken. Die Aussicht zum Anwesen Runkenmühle ist ihm verstellt, doch sieht er ein Stück zuvor auf der Wiese eben einen alten Mann im Grasboden herumstochern. Aufmerksam begleitet wird er von einem falben, etwas kurzbeinigen Schäferhundmischling. Die Gestalt scheint ihm vertraut. Er hat den Mann hin und wieder schon mal gesehen, doch wusste er nie so recht, wer er war und wie er mit richtigem Namen heißt. Die Leute im Ort sagen halt, das ist der »Mauser« von Uttenweiler. Doch was treibt der kauzige Alte da auf dem Feld? Alex steigt von seinem Baum und nähert sich dem Greis. »Guten Tag – Herr, Herr Mauser, grüßt Alex etwas verlegen. Der Mann mit grauem Schlapphut, den er gegen die tief liegende Sonne trägt, und langem, grauem Kittel, darunter hat er eine blaue Schürze um, fährt herum. An seinem Leibriemen hängen mehrere Maulwürfe, Wurstmäuse und andere Nager. Bestimmt blickt er dem Jungen in die Augen, dann lehnt er sich lächelnd auf seine seltsam geformte Grabschaufel und lächelt. »Na Junge, wie geht's?« »Schon recht. Was stochern Sie da in der Erde herum?« »Ich fange »Auwärter« (Maulwürfe). Sie untertunneln den Wiesenboden und fressen an der Grasnarbe. Werden es zu viele, so habe ich von der Gemeinde den Auftrag, sie zu jagen. Schau, sie sind fast blind, haben ein schönes samtenes

Fell und vorne richtige Grabschaufeln. Die erwischt man am besten im Herbst.« »Ach, deshalb nennt man Sie Mauser – ich dachte schon, – na ja, – Sie wissen schon«. Alex errötet etwas. »Mag schon so sein, doch für den Mäusefang ist eigentlich Harro, mein Hund, zuständig. Ihm entwischt keine Ratz und keine noch so fette Wurst- oder Schermaus. Für jeden Schwanz bekomme ich auf dem Rathaus 20 Cent.« »Und Sie haben keinen Familiennamen?« »Doch, doch – aber ich habe mich schon lange an meinen eher zweideutig klingenden Rufnamen gewöhnt. – Das liegt alles weit zurück, als ich ihn bekam. Damals, kurz nach dem Krieg, war ich etwas jünger, als du es jetzt bist. Ich dürfte so um die zehn oder elf Jahre alt gewesen sein.« »Erzählen Sie!« »Ja, Mopeds hatten die meisten Jugendlichen nach dem Krieg noch nicht. So fuhr man, sofern man hatte, eben mit dem Fahrrad, natürlich noch ohne Gangschaltung. Auch Autos waren eher selten im Dorf. Ich glaube, nur der Arzt hatte damals einen eigenen PKW. So einen grauen VW Käfer mit geteiltem Rückfenster und Winkerblinker am Türholmen. – Die älteren Jungs auf den Bauernhöfen taten sich nach der Arbeit immer wieder zusammen und fuhren dann gemeinsam auf der alten Landstraße nach Biberach rüber. Das war wohl jedes Mal eine riesen Gaudi. Eines Tages fragte ich die Burschen, wohin sie mit ihren Rädern wohl führen? »Nach Biberach«, gaben sie mir schelmisch grinsend zur Antwort, »zum Mausen«! »Da würde ich auch mal gerne mitkommen«, meinte ich arglos und grölend willigten alle ein. Ich schnappte mir also den alten schwarzen Göppel (der Marke Steiger) meines Vaters. Damals war ich einfach noch zu klein, ein sogenannter Magermilchkrüppel wie man damals sagte, sodass ich unter der Querstange hindurch die Pedale treten musste. Aufsitzen wie die anderen konnte ich also nicht. Als wir in Biberach ankamen, war ich völlig fertig und außerdem war es das erste Mal, dass ich in einer so großen Stadt war. Dort auf dem Marktplatz be-

findet sich ein prunkvoller Brunnen mit einem großen, gusseisernen Becken und einem farbig gefassten Krieger auf einer Säule. Für die Jugendlichen damals der angesagte Treffpunkt, um anzubandeln. Ich war tief beeindruckt von all dem, was ich sah. Aus einiger Entfernung schauten uns kichernd kleinere Gruppen von Mädchen zu. Alsdann fuhr ich mit den Burschen Runde um Runde immer wiederkehrend um den Brunnen herum. Es wollte und wollte kein Ende nehmen. Irgendwann hatte ich aber genug vom Mausen, als solches hatte ich die Aktion nämlich interpretiert, und bekundete, dass ich nur noch eine Runde mitmausen würde, dann aber nach Hause müsse, da ich müde sei. Die Burschen vielen vor Lachen fast von ihren Rädern, schlugen sich auf die Schenkel und kugelten sich. Seither hatte ich für alle Zukunft meinen Spitznamen weg. Später hat mich das dann doch immer wieder gewurmt. Besonders unangenehm berührt hat es mich vor allem Mitte der 50er Jahre. Aber das ist wieder eine völlig andere Geschichte und die ist heute fast völlig vergessen.« Der Maulwurf-Jäger hält inne, möchte das angeschnittene Ereignis ungern vertiefen, doch Alex bleibt hartnäckig. »Das möchte ich jetzt doch wissen, was damals so peinlich war. Wer A sagt, muss auch B sagen, oder?«
»Wenn du meinst. Doch lass uns dort am Reutibach in den Schatten sitzen. Harro kann sich währenddessen im Bach etwas erfrischen und vom Wasser saufen«. »Die Mäuse, die er heute schon gefressen hat, werden ja nicht zu salzig gewesen sein«, scherzt Alex. Nachdem sie sich ins Gras gesetzt hatten, fragt Alex: »Mitte der 50er Jahre müssen Sie so um die 15 Jahre alt gewesen sein, etwa so alt wie ich gerade bin. Was haben Sie da erlebt?«

Der Mäusejäger erzählt aus seiner Jugend

»Uns ging es damals allen nicht sonderlich gut. Und jeder hat während und nach dem Krieg geschaut, wo er bleibt. Nicht alles war da legal. Die Menschen bei uns im Dorf hatten zumindest immer noch genug zu essen. Meine Eltern hatten nur eine kleine Landwirtschaft, die gerade so ihren Mann ernährte. Also verdingte man sich so gut es ging, auch anderweitig. Meine Schwester zum Beispiel war während des Krieges und danach hier drüben auf der »Runkenmühle« Gänsemagd. Ich war nach dem Vormittagsunterricht so wie in den Ferien Stall- und Hütebursche bei einem anderen Bauern und bekam dafür Äpfel, Eier und als Futter für meine Stallhasen ein paar Rüben zum Lohn. Später, Jahre nach dem Krieg, kamen 5,-- DM Wochenlohn hinzu. An einem Winterabend, genauer am 17. Dezember 1944 kurz nach 19.00 Uhr, gab es ein weithin hörbares Grollen, Brausen und Dröhnen. Und schaute man von Uttenweiler Richtung Donau hinauf, vorbei an den Lutherischen Bergen nach Ulm, so konnte man am Abendhimmel ca. 30 Minuten lang die unablässig aufblitzenden Feuer der sogenannten »Christbäume« sehen, die über Ulm abgeworfen wurden. Aus der Ferne war dies faszinierend anzusehen und dennoch ein fürchterliches Desaster, das allen in die Glieder fuhr. Viele Hundert Menschen starben bei diesem Angriff und 80 Prozent der Altstadt von Ulm wurden in Schutt und Asche gebombt. Nur das Münster mittendrin blieb, wie durch ein Wunder, weitestgehend verschont stehen. Die Aufräum- und Wiederaufbauarbeiten in Ulm und Neu-Ulm gingen nach dem Zusammenbruch zügig voran. 1951 rückte dann als Besatzungsmacht die US-Army in Neu-Ulms Reinhart-Kaserne ein, die dann zu Nelson- Baracks umbenannt wurde. Entlang der Ringstraße entstanden damals für die Army-Angehörigen Wohnblocks, bekannt als Vorfeld Housing Area. Ein Bruder meines Vaters hatte dort in der Nähe seinen Bauernhof. Mit den Amis war immer gut Geschäfte zu machen. Viele Handwerker und Ladenbesitzer in der Stadt hatten von ihrer Kaufkraft profitiert. 1954 sollte ich mit dem Fahrrad ankommen, um meinem Patenonkel bei der Heuernte im Ludwigsfeld gleich beim Baggersee zu helfen«.

»Hier in Neu-Ulm bekam ich erstmals einen Eindruck vom sogenannten »American way of life«. Große »Amischlitten« mit Heckflossen fuhren auf und ab. Zivil kleideten sich die US-Amerikaner für unsere Begriffe recht schrill. Das war schon was Besonderes. Sie trugen Bermuda-Shorts und Busch- oder Hawaii-Hemden, dazu oft noch eine verspiegelte Sonnenbrille. Ihre Haare waren immer sehr kurz und als Stehhaarfrisur gebürstet. Dieser Mecki-Schnitt wurde auch von vielen Deutschen imitiert. Später kam alternativ die Tolle Welle hinzu, wie sie Elvis Presley trug. Luxusgüter, die nirgendwo zu bekommen waren, – die Amis hatten sie im Übermaß: Kaugummi, Schokolade, Bluejeans, Wind- oder Bomberjacken, Springerstiefel, Klappmesser, Autowerkzeuge, Transistorradios, Nylonhemden und Nylonstrümpfe und vieles andere mehr. Für uns Jugendliche war es das Größte im offenen Jeep mitfahren zu dürfen. Ja, die Amis waren immer sehr freundlich, hatten allerdings ein überaus großes Verlangen nach *German Frauleins*. Die Yankees wären ja schon recht, meinte damals mein Onkel, wenn sie nur nicht so unsere Mädchen mausen würden. Da habe ich mich dann wieder heimlich über meinen Spitznamen geärgert. Außerdem wurde ich während meines Aufenthalts in Neu-Ulm draußen im Ludwigsfeld immer wieder Zeuge der leichten Verführbarkeit. Wie die Schwalben (Asphalt- oder treffender noch Schotter-Schwalben) saßen die jungen Frauleins entlang des Schotterwegs auf den Saumgeländern und ließen sich, dass es eine Schande war, für ein Paar Nylonstrümpfe ... Na, du weißt schon was ich meine.« – Dabei zeigte der Mauser mit einer Hand das obszöne Feige-Zeichen. »Für etwas Schotter, Kies, Penunze oder Dollars, egal wie man das ausdrücken möchte, kamen die Yankees so zu recht billigem Vergnügen«. In einem Volksreim heißt es:

Denkt ihr denn, denkt ihr denn,
Mädchen wären teuer?
Eine für 'n Fünf-Pfennigstück,
fünfzehn kost 'n Dreier.
(Volksgut)

Nach einer Woche als Erntehelfer fuhr ich mit meinem Rad wieder nach Hause. In meinem Rucksack hatte ich für meine Familie vom Onkel drei Flaschen Most, einen halben Laib Brot und mehrere geräuchte Würste dabei. Da ich unterwegs Hunger und Durst verspürte, machte ich mich über die Mitbringsel her. Der Most machte sich bald darauf in Kopf und Darm bemerkbar. So beschloss ich, bei meinem weiteren Heimweg, inzwischen wurde es schon leicht dunkel, über den Falkenhofer Wald bis ins Reutibachtal hier unterhalb des Haldenwaldes zu fahren. Von hier bis zu unserem Haus wäre es dann nicht mehr gar zu weit. Kaum war ich in den dunklen Forst eingebogen, bekam ich das Krümmen, ließ die Hose herab und bückte mich hinter ein Fichtenbäumchen. Da fuhr mir plötzlich ein heißer, übel riechender Hauch ins Genick und der kalte Schauer erfasste mich. In Panik sprang ich auf und raste von Angst gepackt, ohne mich nochmals umzudrehen, bis hier her ins Tal. Doch auch hier, entlang des geräuschvoll rauschenden Wassers, war mir nicht wohl. Im Forst gehen nächtens die Geister der Toten um, so wurde erzählt. Nur wer gut gewappnet ist und das Herz am rechten Fleck trägt, übersteht die Prüfungen heil. Jeder Busch, jedes Rohrgesträuch oder jeder Fuchsbau kann Versteck oder Heimstatt der geisternden Seele sein. Ihre heimliche Präsenz verunsichert den Waldgänger. Ja, der Wald hat wirklich tausend Augen, und die reale oder auch nur scheinbare Gegenwart einer unglücklichen Seele lässt keine Spekulationen zu. Wer zur falschen Zeit in ihrem Revier sich aufhält, kann sicher sein, sich in ihrem Blickfeld zu bewegen. Immer wieder hatte man uns Kindern zu Hause die Mär vom *Falkenhofer Weible* und der des *Reutibach-Geistes* erzählt, damit wir die vom Dorf aus schlecht einsehbare Gegend zum Spielen und Unfug machen meiden sollten. – Doch nun lass gut sein. Es dämmert bereits und Harro drängt, wie du siehst, nach Hause.«

Die beiden sagen Tschüss und auf Wiedersehen und ein jeder geht seiner Wege.

Rotes Jäckchen, weißes Fleckchen

Alex kommt zu Hause gerade noch rechtzeitig zum Abendessen an. Es gibt weißen Presssack mit Gesäßhusten bzw. mit Musik (also mit grob geschnittenen Zwiebelringen) und dazu krustige Bratkartoffeln. Das Abendessen am Wochenende ist die Zeit, in der die ganze Familie zusammensitzt, erzählt und debattiert. Vater Josef war gestern als Kommandant bei der Feuerwehrsitzung und berichtet, dass nächste Woche eine Übung unten am Haldenweiher mit anschließendem Grillfest für die Familien quasi zum Sommerabschluss abgehalten werde »Der Weiher ist sicherlich schön gelegen, wirkt aber doch irgendwie unheimlich«, sagt Mama Monika. »Haben da nicht vor etlichen Jahren Männer aus dem Orient kommend des Nachts eine junge Frau ertränkt? Schrecklich, wenn ich nur daran denke!« »Mama, was erzählst du da für abscheuliches Zeug«, ruft die kleine Maike. »Ich bekomme ja gleich *Erpelfolie!*« Maike war den ganzen Nachmittag über bei ihrer Schulfreundin im Ortsteil Burgstall, nicht weit weg von der Uta-Kapelle und sie »texteten« miteinander vermutlich jede Menge Kinderkram zusammen durch. Alex kann Maikes Freundin, diese überdrehte Göre, nicht ausstehen, denn sie ist seinem Empfinden nach soo »dumm wie neun Meter Feldweg.« Gott sei Dank ist Wochenende, sodass Alex die Hausaufgaben in Englisch noch etwas auf den morgigen Vormittag schieben kann. Für morgen Nachmittag ist er dann auf jeden Fall, endlich seit langem wieder mal, im Tischtennistournier beim Doppel gegen Rottenacker vorgesehen. Das wird sicherlich wieder *»hammermäßig«*, denn in der Hinrunde hat der TSV mit 1:3 überlegen gewonnen. Heute Abend, so überlegt er, könnte er noch die Fußballübertragung des Spiels FC Bayern München gegen VfB Stuttgart anschauen. Wenn auch Bayern die erfolgreichere Mannschaft stellt, so gehört Alex' Sympathie doch dem VfB. Da ist er einfach Lokalpatriot! Im Wohnzimmer macht er es sich mit einer Cola und etwas Knabberzeug auf dem Sofa gemütlich. Noch hat das Spiel nicht begonnen. Also zappt er ein wenig in den Programmen hin und her und schaut sich zuletzt eine Doku über Pilze an. Unter der Lammfelldecke, die er über sich gezogen hat, ist es angenehm warm und saugemütlich. Seine Augenlieder werden daher schwerer und schwerer, als er unvermittelt in das Reich der Träume abtaucht: Vom moosigen Waldboden steigt ihm Pilzgeruch entgegen. Seine Augen müssen sich zu Beginn der eigentlichen Pilzsaison erst noch an die unregelmäßigen Lichtflecken auf dem Waldboden gewöhnen, um die Objekte seiner Begierde nicht zu übersehen. Pilzsammler entwickeln da mit der Zeit einen ganz besonderen Blick und dazu noch einen ausgeprägten Ortssinn. Schließlich ist es ja wichtig, an den richtigen Stellen zu suchen und zu wissen, welche Bäume wachsen hier, wie ist das Gelände ausgerichtet (Steinpilze z. B. findet man vorzugsweise an Nordhängen gemeinschaftlich mit Fliegenpilzen, hat er festgestellt), welche Böden lassen Rückschlüsse auf eventuell auftretende Pilzarten zu, wie ist der Niederwuchs über der Bodenkrume beschaffen und – und – und. Das besondere Interesse am Pilzsammeln hat bei Alex sein Onkel Karl geweckt. Er hat ihm auch die besten Fundstellen für Pfifferlinge, Rotkappen und Maronen sowie Rotfußröhrlinge, die Parasolschirmpilze als auch die Schopftintlinge verraten. Auch den honiggelben und dunklen Hallimasch, der bevorzugt auf Totholz gedeiht, verschmäht er in geringen Mengen nicht. In manchen Regionen wird dieser Pilz als schwach giftig eingestuft, und man schreibt ihm unter bestimmten Bedingungen auch die Fähigkeit zur Biolumineszenz zu. Als Biolumineszenz (griech.= *biós*, Leben, und lat.= *lumen*, Licht) wird, wie in ihrer Klasse kürzlich der betagte Biolehrer erzählte, die Fähigkeit von Lebewesen bezeichnet, selbst Licht zu erzeugen (siehe auch Glühwürmchen). Sie basiert auf chemischen Prozessen, bei denen freiwerdende Energie in Form von kaltem Licht abgegeben wird. Ursache für das kalte Leuchten ist das *Luziferin*, das mit Sauerstoff reagiert. Doch genug der wissenschaftslastigen Erörterungen. Unbedingt wichtig für jeden Pilzsammler ist es aber auch, die gefährlich giftigen Arten zu kennen, damit es zu keinen Verwechslungen mit eventuell fatalen Folgen kommt.

Eben tritt Alex im Dämmerlicht auf eine Lichtung des Falkenhofer Forstes, in deren Rund eine wunderschön anzuschauende Gruppe von Fliegenpilzen versammelt steht. Fliegenpilze, das weiß er, sollte man nicht genießen, obwohl sie, wie er gehört hat, z. B. in Teilen von Russland oder in Japan auf der Speisekarte zu finden sind. Schamanen und Hexen wissen schon seit langem um die halluzinogene Wirkung dieses hübschen Pilzes. Wer von ihm isst, ihn raucht oder seinen Saft trinkt, verfällt zeitweise in Zustände des Wahnsinns, die Realität um ihn herum löst sich auf, alle Handlungen erfolgen in der eintretenden Ekstase völlig unreflektiert, weshalb der Pilz auch als Narrenschwamm bezeichnet wird. Im Hochgefühl der Halluzinationen werden Raum- und Zeitvorstellungen, Sprache und Denken und das Gefühl für Dimensionen irreal verändert.

»Fliegenpilze, keiner will sie, ach wie sind sie schön.
Rotes Jäckchen, weiße Fleckchen, niedlich anzuseh'n ...«

Alex vernimmt in unmittelbarer Nähe die feine und betörende Stimme eines singenden Mädchens. Bald entdeckt er das bezaubernde Geschöpf am gegenüberliegenden Saum der Lichtung, wie sie Fliegenpilz um Fliegenpilz pflückt und bedächtig in ihr Körbchen legt, wobei sie mit zartem Schmelz immerwährend den Reim zu den »Fliegenpilzen« frei intoniert. Ganz in ihrer Nähe äst ein zahmes Reh. Um den Hals trägt es ein feines, seidenes Halsband mit einem kleinen Glöckchen dran. Die Szene wirkt im Dämmerlicht des Mischwaldes wie nicht echt, ja kitschig könnte man sagen. Walt Disney hätte an diesem Anblick sicher seine reine Freude gehabt. Dennoch ist Alex von diesem Anblick wie verzaubert, er räuspert sich kurz, und geht verhaltenen Schritts auf das junge Fräulein zu. Als er bei dem Mädchen ankommt, schaut sie völlig unerschrocken auf und fragt: »Hey, was bist denn du für 'n »Schmacko« (attraktiver Junge); wie kommst du zu dieser Stunde noch hier her? Komm, setz dich ein wenig zu mir!« Mann, das ist wohl eine »Keule« (attraktives Mädchen), denkt Alex und setzt sich bereitwillig ihr gegenüber ins Moos nieder. Zwischen den beiden jungen Menschen entspinnt sich rasch ein überaus humorvolles Zwiegespräch. Augenscheinlich befinden sie sich auf gleicher Wellenlänge, weshalb Alex nicht bemerkt hat, dass es ja schon fast Nacht ist. Die Schöne bietet ihm nun etwas zu trinken an, einen selbst gepressten Waldtrunk, zubereitet nach einem eigenen speziellen Hausrezept – total cool und total geheim! Alex fühlt sich gebauchpinselt. Wer lässt schon einen Fremden von seiner Flasche trinken, außer er möchte damit seine Sympathie und seine Verbundenheit zum Ausdruck bringen? Also greift er zu und setzt die Flasche für einen kräftigen Schluck an seine Lippen. Nicht schlecht, etwas eigenwillig vielleicht, denkt er bei sich! Noch lachen beide vergnügt miteinander, als Alex plötzlich zu Boden sinkt – gleichzeitig ist ihm als würde er sich in die Luft erheben. Alles um ihn herum beginnt zu kreisen. Er wird sich als doppelte Person gewahr, eine Art Janus mit zwei Gesichtern. Das eine Gesicht schaut zur Erde, während das andere zeitgleich hinauf zum Sternenhimmel blickt, vor dessen Folie wild die Tannenwipfel um sich schlagen, als würden sie etwas abwehren. Um den Saum der Lichtung, dort wo er heute auch schon neben den Fliegenpilzen die Hallimasch hat stehen sehen, glimmen flackernd blau-grüne Irrlichter auf. Immer mehr kommen hinzu, bis er von einem großen blauen Feuerring umschlossen wird. Ihn fröstelt, das kalte Licht der Flammen lässt ihn erschaudern. Da bemerkt er, wie das zahme Reh von vorhin zu einem riesigen Ziegenbock mit mächtig gekrümmten Hörnern und blutunterlaufenden Augen mutiert. Auf dessen Rücken hat sich auch schon das süße Mädchen geschwungen. Wie eine Kompassnadel hängt der doppelgesichtige Alex in der Luft und dreht sich horizontal und ruckweise im Kreis, unfähig seine Gliedmaßen zu bewegen. Über ihm hat längst eine Schlacht des zerzausten Baumgeästs gegen ein Heer anrückender monströser Fliegen begonnen. Der ganze *civitas diaboli* (Staat der bösen Engel) scheint über ihm hereinzubrechen. Die Luft ist erfüllt vom Schwirren der Flügel und dem Sausen und Knacken des Astwerks. Unten wiederum droht neue Gefahr. Der Ziegenbock mit seiner Reiterin, die sich nun völlig zu einem hässlichen und von Hass gezeichneten alten Weib entzaubert hat, macht sich anheischig auf Alex zuzustürmen. Da stemmt der satanische Bock, den Galopp jäh abbrechend, seine Läufe in den Boden. Die Hexe katapultiert hoch in die Luft und fällt rittlings auf den immer noch mannshoch über dem Erdboden schwebenden Jüngling und reißt diesen im Fall mit zu Boden. Hart schlägt Alex unten auf. Nunmehr wieder mit nur einem Gesicht blickt er hinauf zu der auf seiner Brust sitzenden Hexe, die mit fiebrigem Hall in der kehlig-rauen Stimme ihre grün-blau flackernde Feuerzunge zischend zwischen den gefährlich spitz zugeschliffenen Zähnen heiß hervorstößt und ihre Flüche und Verwünschungen Alex ins Gesicht speit. Alex versucht sich zu fassen. Einzelne Begriffe schwirren ihm zunächst noch zusammenhanglos durch den Kopf: Luziferin, Biolumineszenz, Fliegenpilz, Indol, Falkenhofer Weible, verdammte Seele, Irrlichter, Halluzination – Pilzvergiftung. Ja, ich bin dem sagenumwobenen »Falkenhofer Weible« auf den Leim gegangen. Es kommt ihm aus der Sonntagspredigt von heute Morgen das Korintherwort in den Sinn: *Videmus nunc per speculum in aenigmate, tunc autem facie ad faciem* (Jetzt sehen wir durch einen Spiegel ein rätselhaftes Bild, dann aber von Angesicht zu Angesicht). – Ja, die Dinge sind nicht so wie wir sie uns irriger Weise oft erscheinen. Alles hat eine spiegelnde Symbolik. Es ist an uns, dies zu erkennen.

Fliegenpilze, keiner will sie, ach wie sind sie schön.
Rotes Jäckchen, weiße Fleckchen, niedlich anzuseh'n,
und da spricht die Frau Mama,
giftig sind die Dinger da.
Esst sie nicht, sonst wird's euch schlecht,
nun wisst ihr es recht.
(volkstümlich)

Alex nimmt all seine Kraft zusammen, wirft die keifende und Galle spuckende Alte vom Falkenhofer Boden, die schon so viele Waldgänger bezirzt, bedroht und in die Irre geleitet hat, ab und rennt, was das Zeug hält quer durchs Holz. Endlich erreicht er noch völlig benommen und außer Atem den Reutibach unten im engen Tal. – Gerettet!

Der Reutibachgeist

Gerettet? Er braucht eine Weile und erinnert sich dabei an das Gespräch vom Nachmittag mit dem »Mauser«. Dieser hatte ja die Hexe vom Falkenhofen, einst eine böse Gräfin, die wohl vor über 300 Jahren ihre blinde Stieftochter betrogen und um ihr Erbe gebracht hatte, nur kurz erwähnt.

»Aktuell dürfte es kurz vor 24 Uhr sein. Zu Hause bin ich längstens überfällig und die Eltern werden sich schon Sorgen machen.« Noch immer klopft Alex das Herz wie rasend. Daher steigt er in die plätschernden Fluten des Reutibaches, um sich abzukühlen, und beschließt in der Deckung des Bachbetts bis hinauf zum Dorf zu laufen. Noch hat er die Runkenmühle nicht ganz erreicht, im ganzen Gehöft dort ist kein Licht zu sehen, als er ein wildes Stapfen und Schnauben vernimmt, das sich ihm aus Richtung Sauggart nähert. Was die Beine hergeben, rennt er los. Unheimlich ist ihm zumute. Der Hexentrunk vom Falkenhofer Boden macht ihm immer noch zu schaffen. Er läuft an der kleinen Brücke rechts vorbei, dann den Anger hinauf bis zu seinem heimlichen Lager unter der alten Eiche. Hinüber zum Dorf würde er es nicht mehr schaffen. Rasch erklimmt er mit Hilfe seiner dort deponierten Strickleiter den Baum und sichert die Gegend. Eben hat der Vollmond in seiner Bahn die Baumwipfel des Haldenwaldes überschritten und bescheint so mit seinem bleichen Licht die unwirkliche Szene: Tatsächlich, das kann doch nicht wahr sein, durch das Bachbett herauf sprengt auf einem feurigen Schimmel ein mit einem mönchischen Habit bekleideter Reiter daher. Hierbei stößt er dumpfe, unverständliche Kehllaute aus, denn der Reiter hat seinen Kopf nicht am rechten Fleck, sondern trägt ihn wie einst Saint Denis oder Sankt Alban unterm Arm, während er im Bachlauf hinauf zum Dorf galoppiert. In der anderen Hand umfasst er einen Krummstab. Oder ist es eine Peitsche, ein Säbel, ein Steinschlossgewehr? Das Auge täuscht! Aus dem Hals der furchterregenden Gestalt pulsieren Flammen empor und erhellen zusätzlich durch ihr seltsames Flackerlicht die skurrile Szene. »Das glaubt mir ja keiner. Den »Reutibach-Geist« gibt es ja wirklich!«

Kurz vor 1600, oder so, zapfte einst ein nicht ganz frommer Marchtaler Abt, der damals in Uttenweiler die Herrschaft inne hatte, für seine Schlossmühle, die übrigens heute noch steht, das Wasser des Reutibachs ab und führte es mäandernd über die besten Felder der Bauern, so dass deren Wiesen und Ackerland völlig versumpften und keinen Ertrag mehr abwarfen. Die Dorfbewohner konnten sich des hohen Herrn und seiner Profitgier nicht erwehren, und wer es wagte aufzumucken, den ließ der rücksichtslose Abt vom Henker flugs um einen Kopf kürzer machen. Sich gegen einen Mann der Kirche aufzulehnen, kam einer »Todsünde« gleich. Die bäuerliche Bevölkerung verfluchte daher den als überaus grausam wahrgenommenen geistlichen Herrn bereits schon vor dessen Ableben. Seitdem der gewinnsüchtige Chorherr nun dahingegangen ist, irrt in Vollmondnächten seine verfluchte Seele auf ihrer Suche nach Erlösung, den Reutibach einmal hinauf und einmal hinunter. Mit dem Glockenschlag 1.00 Uhr ist der Spuk dann jedes Mal zu Ende.

Noch ist der wilde Reiter in Sichtweite, als Alex die Leiter vorsichtig herabklettert. Da reißt eine Seilsprosse. Er verliert den Halt und stürzt laut aufschreiend nach unten, wo er unsanft aufschlägt. – »He, Alex, was ist los?« ruft sein Vater, der gerade das Wohnzimmer betritt. »Hat der VfB ein Tor kassiert?« – Dann lacht er, denn Alex hatte aufschreiend um sich geschlagen und war bei seinen Träumereien vor Aufregung vom Sofa gefallen. Das Spiel Bayern München gegen den VfB Stuttgart hat er natürlich nicht mitbekommen.

ANSICHTEN ZU DIESEM UND JENEM UND DIE WOHLTATEN EINER ORTSHEILIGEN

»Standpunkt«
Man braucht nicht immer –
Denn niemand kann –
Sie sind ja nach wie vor.
Ansonsten gilt,
Und das betrifft:
All dies werden Sie
Selbst entwickeln.
Es nutzt nicht allzu viel.
Seien Sie also flexibel!

(Herbert Arbter)

Bauer Stängel

Gerold hat sich etwas verspätet. Seine Mutter wartet schon auf ihn, denn er soll im Dorf einige Besorgungen machen und über dies die neuen Notenblätter für den nächsten Festgottesdienst der Mesmerin bringen, damit diese sie an die Mitglieder des örtlichen Kirchenchores *»Heiter, Fröhlich, Fromm«* weiterleiten möge. Gerold überlegt: Vielleicht gehe ich doch zuerst zur Kirche, um die Mesmerin zu treffen, dann in den Dorfladen, um die Einkäufe zu tätigen (ein halbes Pfund Butter, Backpulver, Quark, Mondamin, Sultaninen, ein Päckchen Alblinsen und eine Tafel Blockschokolade), danach bei Bauer Stängel Milch holen. Wenn ich das hinter mir habe sollte ich mich hinter die Bücher klemmen und unbedingt die ersten zwei binomischen Lehrsätze nochmals anschauen und eventuell Übungsaufgaben dazu machen. Oberstudienrat Zweig hat in der letzten Mathe-Stunde vage Andeutungen zur nächsten Klausur gemacht.

Gerold schnappt die neue Notenliteratur und die Einkaufstasche, schwingt sich auf sein Mountainbike und braust zunächst zur Kirche hoch. In der Kirche scheint niemand anwesend zu sein, also wartet er in der vordersten Bank und schaut sich von dort aus ein wenig um. Sein Blick bleibt an einer nicht näher bezeichneten Frauenfigur wohl vornehmer Herkunft hängen. Weder eine Inschrift, noch ein entsprechendes Requisit, wie bei Heiligendarstellungen sonst üblich, gibt Aufschluss darüber, um wen es sich bei dieser Skulptur handeln könnte. Soeben kommt die Mesmerin aus der Sakristei. Sie hatte dort die liturgischen Gewänder versorgt und lächelt Gerold freundlich zu. Mit dem Gruß seiner Mutter übergibt er ihr die Notenblätter. Nebenbei erkundigt er sich über die gerade betrachtete Skulptur und erfährt, dass dies wohl die Selige Uta sein soll. Früher befand sich die Statue in der Stankt Uta-Kapelle im Burgstall draußen. Und hier, direkt vor dir, dabei weist die Mesmerin auf den Boden vor der ersten Kirchenbank, ist ihr Grab. Die schlichte Grabplatte war Gerold bislang noch nie aufgefallen. Auf der hellen Kalksteinplatte ist in Großbuchstaben die Inschrift eingraviert: GRAB DER SELIGEN UTA +722. Weiß man auch nicht viel über diese »Ortsheilige«, so kennt doch fast jedes Kind im Dorf die Geschichte, als die Selige Uta nach

Anrufung einer Gräfin deren Kind vor dem Ertrinken rettete. Ok, ist ja schon ein Weilchen her, denkt Gerold, verabschiedet sich und fährt weiter zum Dorfladen. Was sollte er holen? Alle sechs Sachen zum Backen, einschließlich der Blockschokolade, hat er beisammen. Fehlt noch was? – Nun fährt er hinüber zum Bauern Stängel, um die Milch zu holen. Der Stängel, ein etwas eigenartiger Kauz, ist für wahr kein »Vollpfosten«, weshalb sich Gerold gerne mit ihm unterhält. Er liebt es, sich mit dem Landwirt auszutauschen und das Weltgeschehen zu besprechen: »Stängel, hast du gestern Abend Olympia geschaut?« – »Wozu, mir reicht das noch in vier Jahren, dann weiß man auch, wer gewonnen hat«, – antwortet der Landwirt hintersinnig. »Die volle Wahrheit erfährt man ja sowieso nicht, alles nur kalkulierte Täuschung, Halbwahrheiten eben, um die ganzen Korruptionen zu verschleiern – glaube mir. Da ist einfach viel zu viel Geld im Spiel. Doping, Schiebung, wer blickt da noch durch? Macht so einfach keinen Spaß mehr. Die Zuschauer werden permanent verschaukelt. Aber so ist das auch bei anderen Meisterschaften – »Wo du nicht bist Herr, Jesus Christ«, sagt der Landwirt und reibt dabei Zeigefinger und Daumen der rechten Hand so gegeneinander, als wolle er Münzen zählen.

»Ach Stängel, vielleicht siehst du da doch ein wenig zu schwarz. Nicht alle sind so gierig.« – »Du hast wohl Recht, das nicht. Aber der üble Ruf am nationalen Sport und den mächtigen Verbänden hängt nicht zufällig wie die Zecken im stacheligen Pelz des Igels, den sie schwächen,« »Darf ich ein wenig in den Stall schauen?« »Klar, komm ich gehe gleich mit und zeige dir mein jüngstes Kalb. Mit seinen staksigen Beinen, den dunkelbraunen Augen und den aufmerksam ausgerichteten Ohren sieht es aus wie ein Rehkitz. – Stimmt's?« »Wie viel Vieh hast du im Stall?« »Ach Gerold, das ist doch ganz einfach. Du brauchst nur die Beine zu zählen und durch vier zu teilen«. »Oh Stängel, du und deine Witze! Aber, wie alt lässt du deine Kälber werden, ehe sie zum Metzger kommen?« »Junge, von meinen Viechern kommt nie ein Kalb zum Schlachter. Ich bin Landwirt mit Leib und Seele. Einen schöneren Beruf kann ich mir gar nicht vorstellen. Doch leider geht es in der Landwirtschaft heute genauso zu wie anderswo. Man ist »Unternehmer oder Branchenmanager« – nicht mehr Bauer! Das rechtfertigt, für eine gute Bilanz offensichtlich alle halbwegs legalen und weniger legalen Mittel, um den Gewinn entsprechend maximieren zu können. Abgesehen davon, dass mittlere Betriebe im Wettbewerb nahezu chancenlos sind. Mit den Großen können wir auf Dauer nicht mithalten. Und was deine Frage betrifft: sicherlich könnte ich mit meinen Tieren ganz klar mehr Geld verdienen, würde ich sie ausschließlich auf Masse hin züchten und sie dann auch noch deutlich früher für die Schlachtung freigeben. Allein, ich finde es einfach nicht richtig, junges Leben, das keinerlei Chancen erhält sich artgerecht einer angemessenen Lebensreife zu erfreuen, abzuschlachten. Aus diesem Grund lehne ich es persönlich auch ab, Fleisch vom Spanferkel, Lamm, jungem Rind oder schnell getriebenen Hähnchen zu essen. All diesen Produkten fehlt der eigentliche, echte, arttypische Charakter in Struktur und Geschmack. Sie sind eben nicht fertig! Ziehen wir in der Regel nicht auch reifes Obst dem unreifen vor? – Ja, viele Politiker und Funktionäre meinen, wenn jemand einen Traktor fahren kann und betriebswirtschaftliche Kenntnisse sich angeeignet hat, so würde das ausreichen, um ein guter, erfolgreicher Landwirt zu sein. Doch dem ist nicht so. Dazu gehört viel mehr – vor allem Empathie und Verantwortung für alles Kreatürliche! – Aber das scheint ja eine altmodische Einstellung zu sein, wie man dies ja auch in den Schlachthöfen sieht. – Bringt ja nichts ein!« »Verstehe! Und fütterst du nur, Heu, Gras und Klee?« will Gerold wissen. »Nein, ganz ohne Kraftfutter, das ich zukaufen muss, geht es auch nicht mehr.« »Das versteh ich nicht« erwidert Gerold. »Nun, es ist für mich schon ein gewaltiger Unterscheid, ob eine Kuh 15 oder 25 Liter Milch pro Tag gibt. Noch bekomme ich biologisch einwandfreies Kraftfutter auf dem freien Markt. Inzwischen ist jedoch längst ein Streit um patentierte Futtermittel und um patentierte Tiere ausgebrochen. Die Futtermittelindustrie und die biotechnischen Anstalten mit ihren Programmen zur Züchtung genmanipulierter Tierrassen und genprogrammierter Saatgutzüchtungen. Ich denke da beispielsweise an »Monsanto«. Dieser Konzern, der inzwischen von der Bayer-AG kassiert wurde, strebt solche Patente an, um seine Macht- und Monopolstellung auf dem Markt zu zementieren. Alle Landwirte kämen dadurch unweigerlich in eine ausweglose Abhängigkeit. Unsere Arbeit und Mühe würde in einer Form von Frondienst münden. Eine moderne Variante der Leibeigenschaft wäre das! Dem Verbraucher müsste im eigenen Interesse mit daran gelegen sein, dass es keinerlei Patent auf Leben geben darf! Doch auf Dauer werden vermutlich die Lobbyisten und Börsenhaie siegen, fürchte ich. Mit den »sieben Gaben des Heiligen Geistes« scheinen viele der Politiker in Europa jedenfalls auch nicht gesegnet zu sein, denn Geld macht schwach, damit kann man fast jedes Gewissen zuscheißen!«

Bei diesen überaus emotional vorgetragenen Sorgen Stängels drängt sich Gerold unmittelbar das Cicero-Zitat auf, das Gerolds Lateinpauker letzte Woche bemüht hatte, als er einzelne Schüler ermahnte, doch die verschiedenen Verbformen endlich zu lernen: »Wie du die Saat gemacht hast, so erntest du« *(Ut sementem feceris, ita metes)* – eine bestechende Weisheit!

»Ok, Stängel, ich werde über deine Worte nachdenken. Doch jetzt muss ich die Einkäufe und die Milch nach Hause bringen. Meine Mutter wird schon darauf warten!«

Zu Hause angekommen, legt Gerold alle Besorgungen auf dem Küchentisch ab. Seine Mutter scheint momentan nicht da zu sein, also zieht er sich in sein Zimmer zurück. Er packt sein

Algebra-Buch aus und schlägt die Seiten zu den binomischen Berechnungen auf. Doch noch immer hallt der Zorn des Bauern Stängel in ihm nach. Vor allem dessen Vergleich mit den Frondienst leistenden Bauern im Mittelalter beschäftigt ihn so, dass er sich momentan nicht auf die Matheaufgaben konzentrieren kann. – Vielleicht, überlegt er, fahr ich doch nochmal ein wenig mit dem Rad, strampele mir den Kopf frei und verkopfe mich mit den Hausaufgaben erst danach.

Er weiß nicht warum, aber irgendwie hat es ihn an den Ortsrand zur Burgstall-Siedlung gezogen. Auf der rustikalen Bank, gleich bei der Uta-Kapelle, nimmt er Platz, lässt seine Beine und die Seele baumeln und blickt hinüber zum Bussen und zur untergehenden Sonne. Irgendwie schon sonderbar heute. Erst die Begegnung in der Pfarrkirche mit der Uta-Statue und dem Grabmal der Seligen, dann die heftigen Auslassungen des Bauern Stängel und seinem Vergleich drohender Abhängigkeit von höheren Mächten ähnlich derer mittelalterlicher Fronbauern und nun sitzt er an der Stelle, an der mutmaßlich sich der »Burgstall«, also das Anwesen einer einfachen hölzernen Burganlage mit Hofstelle eines Burgherren befunden haben soll. Wer der Burgherr gewesen ist, und wie das Anwesen tatsächlich ausgesehen hat, weiß heute niemand mehr. Gerold beobachtet während seiner Gedankengänge unablässig das faszinierende Schauspiel der rot untergehenden Sonnenscheibe, schließt dann für eine Weile die Augen, und stellt sich vor, wie es wohl zur Zeit der Seligen Uta hier zugegangen sein mag. Von außen betrachtet, so findet er, kommt er der Situation nicht nahe genug, weshalb er sich poetisch angehaucht in die imaginäre Rolle eines Jagd- und Stallburschen am Hofe hinein versetzt, und sie virtuell zu durchleben beginnt. Immer weitere Szenen und Situationen verdichten sich inwendig und nehmen konkret Form an.

»In seinen Vorstellungen vertauscht er die Örtlichkeit von der Uta-Kapelle hinauf auf das obere Plateau des »Hipfelberges«

Hatte man hier vor nicht gar zu langer Zeit nach einem Sturmschlag im Wald mit dem Erdradar Anzeichen eines ehemaligen Erdwalls und Pfostenlöcher von Gebäuden ausgemacht? Und wurden dabei eher zufällig nicht auch die Scherben eines sehr alten, vermutlich frühmittelalterlichen Henkelkruges gefunden? Hatte mit diesem Krug die »Selige Uta« womöglich den Armen in »Weiler« Linderung verschafft? Von all diesen Vorstellungen angetan, schien Gerold in seinen Schwelgereien der »Hipfelberg« nun folglich als der geeigneter Platz für die sagenumwobene Holzburganlage, die »Hipfelburg« gewesen zu sein. Von dort aus hätte man einen weiten und ungestörten Rundumblick gehabt, sowohl Richtung Donautal im Norden, zum Bussenberg im Westen und dem Federseebecken im Süden. Nach Osten jedoch dehnten sich unendliche Wälder aus. In »Weiler« selbst aber, so scheint es, endete die Welt.«

Die fremde Magd

»Ein Stern geht auf« Wenn hinter Wolken
Finster sie hausen,
Schicken ihr Licht
Die Sterne vergebens.

(Boethius, übersetzt von Konrad Weiß)

Es ist früh am Morgen und die zwei Ochsen müssen gefüttert, getränkt und dann für die Feldarbeit eingespannt werden. Zudem müssen die Hunde, Ziegen und die Rösser versorgt werden. Nach dem Dutzend halbwilder Rinder unten in der großen Koppel am »Burgstall« muss man nur ab und zu schauen. Auch die Schweine versorgen sich selbst. Sie ziehen zumeist frei und verwildert in den Eichen- und Buchenwäldern umher.

Für das Wohl all der Tiere auf dem Hofgut ist in erster Linie er, Gerold, zuständig. Außerdem hat er als Jagdhelfer seinen Herrn zu unterstützen. So trägt er bei Bedarf den Sauspieß und führt die Hunde an der Leine, wenn es zur Jagd in die nahe gelegenen Wälder und Moore geht. Die übrigen Knechte und Mägde besorgen die Feldarbeit und all die weiteren anfallenden Arbeiten. Nur die Verantwortung für die Küche, die Hausarbeiten und die Kindsversorgung wurde vom Burgherrn neuerdings einer jungen Magd überantwortet, da die alte vor wenigen Wochen verstorben ist. Doch wer ist die Neue, woher kommt sie, wie heißt sie? Für immer wird dies wohl ein Rätsel bleiben, denn die noch recht junge Frau, sie mag so 16 oder wenig mehr Lenze zählen, vermag darüber selbst keine Antwort zu geben. Man munkelt lange, sie sei die Tochter eines reichsfreien Bauern oder die eines entfernten Verwandten aus einer katholischen, merowingisch-fränkischen Familie aus dem Gebiet zwischen Mosel und Rhein. Dies würde auch ihren etwas fremd klingenden Dialekt erklären.

Auf jeden Fall war die Maid eines Morgens wie aus dem Nichts aufgetaucht. Einer der Vorsteherhunde, ein Mischling, man dürfte vermuten eine Kreuzung aus Münsterländer Drahthaar und Setter, schnupperte und kratzte bei Sonnenaufgang von innen am Tor, hielt inne und hob dabei seinen rechten Lauf. Immer wieder nahm er Witterung auf, bellte und kratzte wiederholt am Tor, bis der Burgherr auf seinen treuen Jagdhund aufmerksam wurde. Das schwere Palisadentor wurde geöffnet und draußen saß elend auf nackter Erde das junge Fräulein zusammengekauert in der kühlen Morgenluft. Barfuß war sie hier angekommen und sie trug nur ein ganz einfaches Leinenkleid. Völlig verhärmt und erschöpft sah sie aus, und wagte kaum hochzuschauen, als der Burgherr auf sie zutrat. Das Gesinde wurde herbeigerufen und es wurde Anweisung gegeben, das junge Ding in die Küche zu schaffen und sie dort fürs Erste zu versorgen. – Alles Weitere würde man dann später besprechen…!«

Die junge Magd hat sich rasch erholt und bald auch in den Alltag auf der Burg eingelebt. Mit viel Geschick übernimmt sie ihre neuen Aufgaben und wird deshalb bald von jedermann geschätzt. Da sie ihren eigenen Namen und ihre eigene Herkunft nicht kennt, gibt ihr der Burgherr den Namen Uta, was so viel wie Besitz bedeutet. Ab jetzt ist sie Leibeigene der Burgherrschaft. Mit ihrer Klugheit und ihrem ausgleichenden Wesen gewinnt sie zusehends das Vertrauen ihres Herrn, der ihr die Schlüssel zu Küche und Keller anvertraut und ihr seine zwei Kinder überantwortet. Lesen, Sitte und Manieren möge sie den Sprösslingen beibringen, so ihr Auftrag. Ihren katholischen Glauben aber solle sie für sich behalten, denn alle hier in der Gegend seien arianischen Bekenntnisses oder opfern in den lichten Eichen- und Buchenhainen oder an klaren, sprudelnden Quellen immer noch ihren alten germanischen Göttern.

Klirrend kalt ist es im Wald. Die Knechte haben durch den Schnee eine breite Schneise gebahnt, um das zu fällende Holz mit den Rückpferden besser abtransportieren zu können. Auch einige Fronbauern vom Weiler sind jetzt dabei, damit die schwere Arbeit besser von der Hand geht. Dafür dürfen sie das dünnere Astholz zur eigenen Verwendung mitnehmen. Die Geräusche geschäftigen Treibens hallen durchs Gehölz. Hier singt eine Säge, dort erklingt das rhythmische Schlagen zweier Äxte, einige Rufe und dann das Schnauben der Pferde und das Rasseln der Zugkette, an welcher die kräftigen Tiere das geschlagene Stammholz aus dem Wald ziehen.

Das wintergeschlagene, lang haltbare Holz für den Handel ist besonders begehrt und eignet sich vorzugsweise als Bauholz für anspruchsvollere Gebäude. Im Dorf selbst kann sich das keiner leisten. Daher errichtet man die einfachen Wohnhütten dort zumeist aus einem mit Lehm beworfenen Haselnuss- oder Weidengeflecht. Als Dach verwendet man dann dickere verschnürte Ruten, die mit Schilfrohr gedeckt werden. Für den Rauchabzug der offenen Feuerstelle bleibt ein Giebeldreieck offen. Manche der Hütten haben auch einen Raumteiler, wobei der rückwärtige Teil als Strohlager für die Nacht genutzt wird. Da es durch alle Ritzen zieht, frieren die Menschen oft und viele werden krank und siechen dahin. Die Haustiere, Schweine und Federvieh, leben selbstverständlich mit den Menschen unter einem Dach. Dreck und Unrat zwischen den Behausungen, was allzeit Mäuse und Ratten anlockt, verschlimmern zusätzlich die Situation der eh schon ärmlichen Lebensumstände. Vor allem die Alten und die Kleinkinder haben zu allen Jahreszeiten schwer ums Überleben zu kämpfen. Sie ordentlich zu pflegen und zu versorgen ist der armen Landbevölkerung oft gar nicht möglich. Wer nicht mehr arbeiten kann, wird leicht zur Last der ganzen Familiengemeinschaft. Es verwundert also nicht, wenn die Sterblichkeitsrate relativ hoch ist. Mit 40 Jahren ist ein Mann bereits ein Greis und Frauen sterben in der Regel eh früher – entweder an Entbehrung oder an Kindbett-Fieber – und periodisch auftretende Seuchen tun ihr Übriges.

So hallen also die Holzfällgeräusche vom nahen Wald herüber zum Dorf, als ein durchdringender Schrei die Luft zerreißt. Was ist geschehen? Im Dorf horcht man auf. Alle Arbeiter im Wald rennen zusammen. Gerold hatte eben mit dem starken Hans zusammen eine dicke Tanne gefällt und begonnen diese zu entasten, als die Axt des starken Hans aus ihrer Schlagrichtung abgleitet und ihm tief ins rechte Bein fährt. Schreckensstarr lässt Hans los, kann sich nicht mehr halten und fällt rückwärts in den Schnee. Noch steckt die Axt in seinem Bein. Beinkleid und Schnee färben sich rasch rot und der Verunglückte ringt verzweifelt und schmerzverzerrt nach Luft. In kaltem Schweiß und leichenblass liegt der kräftige Mann völlig verkrampft auf der verschneiten Erde. Einige der Umstehenden meinen, man solle doch endlich das Beil aus dem Bein ziehen. Doch Gerold wehrt ab. Dann reißt er die Ärmel seines eigenen Wamses in Streifen und bindet damit das verletzte Bein kurz unter dem Knie ab, und schiebt dem Verunglückten den Knäul seines Oberkleides unter den Kopf. Nun blickt er Hans ins ängstlich-entsetzte Gesicht und nickt dann den Holzknechten zu. Einer hält daraufhin den Fuß fest, während ein anderer mit heftigem Ruck die Axt aus dem Bein zieht. Der starke Hans verliert augenblicklich die Besinnung. Auf einer eilends zusammengebundenen Trage aus Astholz hat man den Verunglückten in den Weiler getragen. Für die Familie dort ein schwerer Schlag. Ihr Ernährer liegt schwer verletzt zu ihren Füßen, vom Schmerz gezeichnet und unfähig sich zu rühren. Nur ab und zu öffnet er mit verdrehten Augen die Lider und wimmert im Delirium des nun einsetzenden Fiebers. 5 Was ist zu tun? Alle jammern, scheinen rat- und hilflos zu sein, als eine Frauengestalt die Hütte betritt – Uta. Noch nie hat jemand wer von der Burg, außer Gerold, der Stallknecht und Jagdgehilfe, eine Hütte im Dorf betreten. Wenn Uta, die ja eigentlich auch nur zum Gesinde des Burgherren gehört, hier-her kommt, um zu helfen, so erstaunt es die Versammelten doch sehr. Dass die Dienstmagd in der Heilkunst bewandert ist, hat man schon mehrfach mitbekommen. So hatte sie Kräuter und Tinkturen den notleidenden Bewohnern, die zu ihr ans Burgtor kamen, verabreicht bei Erkältungen, Unwohlsein und anderem Ungemach, hat schlechte Winde ausgetrieben oder fiebersenkende Mittel verabreicht. Jetzt ist die gute Seele von der »Hitzelburg« selbst in den Weiler herabgestiegen. Als Uta an den Verletzten herantritt, machen alle stillschweigend Platz. Eingehend schaut sich die Heilerin im Lichte eines Kienspans das Elend an, prüft Augen, Mund, Hände, Puls und Herzschlag, ehe sie sich die tiefe Wunde ansieht. Aus ihrem Korb holt sie ein abgepacktes Pulver hervor und bittet, dies in heißem Wasser aufzulösen. – »Ja, die Verletzung ist sehr, sehr schlimm. Hoffentlich wirkt meine Arznei fürs Erste, die Schmerzen zu lindern. Träufelt dem Mann nach und nach in kleinen Dosen die Tinktur ein. Jetzt werde ich versuchen, die Wunde so gut es geht zu versorgen.« Mit einem frisch ausgekochten Lappen säubert Uta die Wundränder, streut ein weiteres Pulver in die Wunde und verbindet das Bein mit einem Druckverband. Dann lockert sie leicht die Knebelung unter dem Knie. »Morgen früh werde ich wieder kommen, dann werden wir sehen, ob der starke Hans seine Verletzung übersteht.« Wegen der Winterzeit stehen keine frischen Heilkräuter zur Verfügung. Also schält Uta in den Auwäldern noch gewisse Baumrinden ab, deren Sud eine für das Gewebe zusammenziehende, blut- und schmerzstillende als auch fiebersenkende Wirkung hat. Am nächsten Morgen trifft Uta wieder in der Hütte von Hans und dessen Familie ein. Der Zustand ihres Patienten gefällt ihr überhaupt nicht. Hans fällt immer wieder in eine tiefe Ohnmacht, schreit und schlägt mit seinen Armen unkontrolliert um sich. Die Umstehenden sind ratlos. Vorsichtig löst Uta den Verband und erschrickt: »Das Bein stinkt!« In der tiefen Wunde hat sich Eiter gebildet und ein dunkelblauer Strich führt empor bis kurz unter das Knie. »Wundbrand« flüstert sie sichtlich bewegt. Jetzt ist Eile geboten! Sie veranlasst die Hausfrau, Wasser heißzumachen. Andere mögen das Haushaltsmesser schärfen und in den Flammen der Feuerstelle ausglühen. Die Handlungen aller verlaufen wie in Trance. »Was hat das Fräulein vor?«, wird sie gefragt. Uta antwortet entschieden: »Das Bein muss ab!« Hysterisches Entsetzen gräbt sich in die Gesichter: »Ist die noch ganz bei Sinnen? Will sie unseren Hans umbringen?« Uta bleibt völlig ruhig und konzentriert, schließt kurz die Augen, und ihr ist, als flüstere ihr der Wind von draußen in einer fremden Sprache geheime Worte zu – Worte, die arabisch klingen. Sanfte Worte eines muslimischen Medicus, dem sie einst in einer fernen Welt, irgendwo, in einem Landstrich Richtung untergehende Sonne als junge römisch-katholische Christin gedient hatte, bis sie in Kriegswirren von diesem getrennt wurde. – »Gott möge mir zur Seite stehen«, betet sie und bekreuzigt sich. »Wir haben keine Wahl. Wird das Bein nicht abgenommen, wird dies Hans auf keinen Fall überleben – er müsste sterben, Der Brand ist viel zu weit fortgeschritten«. Betreten nicken ihr die Angehörigen zu, obschon sie noch nie gehört hatten, dass man ein krankes Bein abnehmen könne. Noch nie hatten sie auch nur daran gedacht – und übrigens, wer hätte so etwas auch tun sollen?« Nun lässt Uta den Schwerstverletzten von Knechten auf den Tisch heben und ihn dort mit Riemen festbinden. Es ist das erste Mal, dass sie eine so große Operation alleine durchführt. Assistiert bei Operationen hat sie, ja, aber selbst Hand anlegen, das hätte ihr Turban tragender Mentor sicherlich nicht zugelassen. Dafür wäre sie seiner Ansicht nach noch viel zu jung und unerfahren gewesen – und Frauen war die Durchführung von Operationen gleichwohl nicht gestattet. Doch inwendig, tief in ihrem Herzen, glaubt sie heute den Geist ihres Meisters zu spüren, der ihr jetzt Mut und Zuversicht zuzusprechen scheint. – Bis auf die zwei Helfer verlassen jetzt alle die Hütte, um draußen zu warten. Während des Eingriffs halten die Knechte den von Fieber geschüttelten Körper fest. Entschlossen durchtrennt die junge Heilerin sicher und mit wenigen Handgriffen das brandige Bein unterhalb des Kniegelenks. Die Menschen vor der Hütte verharren in Mitleid. – Nachdem Uta den Beinstumpf mit einem desinfizierten Faden vernäht und ihre blut- und schmerzstillende Tinktur auf die schwere Wunde aufgebracht hat, verbindet sie den Beinstumpf mit ausgekochten und in Essig getränkten Tüchern, ehe sie sich erschöpft und wortlos in einer Raumecke nieder lässt.

Figur der Seligen Uta in der Pfarrkirche von Uttenweiler

Täglich schaut Uta bei ihrem Patienten vorbei. Schon nach wenigen Tagen scheint sich dessen Zustand zu bessern. Die Wunde am Beinstumpf ist bei ihrer umsichtigen Pflege nach mehreren Wochen fast ausgeheilt. Lediglich der immer wieder auftretende Phantomschmerz erinnert leidvoll an den Verlust der unteren Extremität. Mitte des Jahres vermag Hans bereits sich auf Krücken zu bewegen – es geht aufwärts. Mit Uta aber ist im Ort ein Stern aufgegangen, dessen waren sich alle sicher. Nicht nur, dass sie den Menschen in Krankheit und Not beistand. Sie hat auch begonnen, sie geistig und moralisch aufzurichten, was sich etwa so angehört haben dürfte: »*Von diu chat Salomon: Dídir zuivaltic sint in irro herzin, dîe sint ôuh zuivaltic in iro uuerchin*«. (»Darüber spricht Salomon: Diejenigen, die zwiefältig sind in ihrem Herzen, die sind auch zwiefältig in ihren Werken«).

Angedenk

Immer noch nicht ist die wahre Herkunft des »ehrwürdigen Fräuleins«, wie von nun an Uta von der Bevölkerung genannt wird, bekannt. Mit ihrer herzlichen Zuneigung für die Alten, Kranken und Kinder, sowohl in der Hipfelburg, als auch im Weiler, hat sie die Herzen aller erobert, sodass man ihr zu Ehren den Weiler bald Uttinwillar (Weiler der Uta) nennt. Eines Tages, sie war immer noch relativ jung, ereilte sie das Fieber, von dem sie sich nicht mehr erholen sollte. Mit gefalteten Händen lag sie ruhig lächelnd auf ihrem Strohlager, als ein zarter Lichtschein ihren Leib umhüllte und sie ruhig entschlief. Fast alle in der Bevölkerung sind inzwischen, (mehr oder weniger freiwillig,) zum römisch-katholischen Glauben übergetreten, denn »außerhalb der Kirche gibt es kein Heil und keine Erlösung am Jüngsten Tage«, so die christliche Botschaft. Der

Edelmann der Hipfelburg, Vasall des regierenden Karl Martell, veranlasste alsbald, über dem Ufer des Dorfbaches, erhöht auf einem Plateau, den Bau eines kleines Kirchleins aus Stein, darin das hochverehrte Fräulein Uta ihr Ehrengrab fand. Von Anbeginn pilgerten viele Notleidende zu dieser Stätte, um Uta die Ehre zu erweisen und um sie anzurufen. Gar von wundertätigen Heilungen und erbetenem Beistand in Notlagen wurde immer wieder berichtet. Auch Bonifatius, »der Missionar der Deutschen«, der einst die Donareiche gefällt hatte, mag bei einer seiner Romreisen davon Kenntnis bekommen haben – so könnte man eventuell mutmaßen. Dabei könnte er von den wundersamen Ereignissen am Grab der »Ortsheiligen« Papst Gregor II. berichtet haben, der daraufhin Uta »selig« gesprochen haben dürfte.

Was flüstert da im Wind? Gerold lauscht. Dann reißt er sich von seinen Traumgesichtern los. Die Blätter im Kronendach der alten Linde nebenan rascheln sanft im Hauch des Abendwindes, gerade so, als würden sie leise eine geheime Mär erzählen. – Aber jetzt muss ich rasch nach Hause, fährt es ihm durch den Kopf. Gerold schwingt sich auf sein Bike und flitzt los. »Gerold, wo sind die *Alblaisa?*«, fragt ihn seine Mutter als er die Küche betritt. »Hast du vergessen, sie vom Dorfladen mitzubringen? Da musst du eben auf dein geliebtes Linsengericht morgen verzichten. Die Saitenwurst schneide ich dir dann in die Suppe und den Räucherspeck essen wir dafür morgen Nachmittag zusammen zum Vesper.«

DER UNLINGER REITER

Cha bhi fios aire math an tobaír gus an tràigh e
(Der Wert des Brunnens ist nicht bekannt, bis er austrocknet)
(Gälisches Sprichwort)

Heiliger Berg

Heiliger Berg, so wird die höchste Erhebung im nördlichen Oberschwaben nahe der Donau genannt. Man darf gerne annehmen, dass dies nicht erst mit christlicher Inbesitznahme so war, sondern dass auch schon in keltischer Zeit des siebten Jahrhunderts v. Chr. hier Gottheiten verehrt wurden. Berechtigte Hinweise hat man vor Ort und in der näheren Umgebung gefunden und man darf gespannt sein, was in den kommenden Jahren bei archäologischen Grabungen hier noch Überraschendes zutage tritt.

Unser Held, geben wir ihm einen keltischen Namen und nennen ihn Bragi, was so viel bedeutet wie »der sich von anderen abhebt«. Er ist ein junger Keltenfürst, ein Aristokrat, der sich mit seiner adeligen Sippe auf dem Bussenberg niedergelassen hat. Die Bauern seines Stammes wohnen und arbeiten weiter unten, dort wo es möglich ist, auch Felder zu bestellen. Fast auf Sichtweite haben sich weitere Keltenstämme niedergelassen, so in Riedlingen, der Heuneburg über der Donau, auf einem künstlichen Plateau überm Warmtal bei Emerfeld, oder auf der Alten Heuneburg bei Hayingen, um einige zu nennen.

Untereinander pflegt man regen Austausch, wenn auch nicht unbedingt Freundschaft. Die eigene Sippe, das ist, was zählt! Manchmal, um doch eine gewisse Verbundenheit mit den Nachbarn zu pflegen, denn im Kriegsfall rechnet man mit deren Hilfe, werden Kinder von Aristokraten gegenseitig in Pflege gegeben.

Wanderschaft und Aneignung

Im hohen Norden Europas ziehen umherwandernde Nomaden durch Wälder und Tundra, bis sie auf der Suche nach neuem Land weiter in den Süden und nach Osten vordringen. Einige Stämme erreichen gar Indien, andere den Iran bzw. das östliche Mittelmeer. »Barbaren« werden diese Völker von den Griechen und den Römern genannt, da sie keiner Zivilisation sich unterzuordnen gewillt sind. Weil diese Menschen lange über keine Schriftkenntnis verfügen, bleibt vieles rätselhaft. Sicher aber ist, dass sie auf ihrer Wanderschaft manch bedeutende Errungenschaft von anderen Kulturen aufnahmen oder umformten. So auch in der Eisenverarbeitung und der Bearbeitung von Schmuck. Vor allem die Schmiedekunst befördert in der frühen Eisenzeit um 850 v. Chr. die Sesshaftwerdung und die Gründung von Siedlungen. Mit einer gut geschmiedeten Axt ist man in der Lage, Wälder zu roden und mit dem Eisenpflug die Erde in fruchtbares Ackerland zu verwandeln. Und als die Fertigkeiten immer ausgefeilter werden, kommt die Produktion von Rüstungen und Waffen hinzu. Schmiede und Bronzegießer haben in der keltischen Gesellschaft einen herausgehobenen Rang, grenzt ihr Handwerk doch wahrlich an Magie.

Sicherlich erlernen die Kelten, Keltoi werden sie auch genannt, die Kunst des Reitens von den Skythen in Ungarn, einem Reitervolk, das sich um 700 v. Chr. an der Schwarzmeerküste niederlässt, irgendwann aber von der Bildfläche verschwindet. Pferde spielen fortan für die keltischen Nachfahren eine beachtliche Rolle, denn die Beherrschung des Reitens erweist sich im Kampf als deutlich effektiver als der Einsatz von Wagen – ist man so doch viel wendiger und schneller.

Fürst Bragi bei den Skythen

In der Hoffnung auf Nahrung zieht der Keltenfürst mit seinem hungrigen Volk Richtung Kul Oba (»Hügel aus Asche«) am Schwarzen Meer. Eine längere Rast würde den Familien und dem Klan gut tun. So könnten alle für die Weiterreise Kräfte sammeln, denn die Sippenangehörigen sehen von den zurückliegenden Strapazen gezeichnet und recht erbärmlich aus. Kurz vor »Kul Oba« wird der Trupp von einer Reiterhorde abgefangen. Die Situation erscheint bedrohlich, denn mit einer Wagenburg war da kein Kampf zu gewinnen, und Menschen, die mit Pferden verwachsen zu sein scheinen, das hat man noch nie gesehen. »Das müssen Götter sein!«, meint der Gandr und Druide an Bragi gewandt. »Legen wir alle Waffen nieder und zeigen uns ehrerbietig, vielleicht wird man uns dann aufnehmen!« Die skythischen Reiter öffnen ihre Front und aus der Tiefe lenkt ein prächtig gekleideter Häuptling oder gar König seinen vergoldeten Streitwagen vor bis an die vorderste Reihe. Auch die angespannten Pferde des Herrschers sind über und über mit Goldschmuck ausstaffiert. Auf ein Zeichen Bragis kniet sein Volk in Demutshaltung nieder und legt die Waffen ab. Still betrachtet der Skythenherrscher die Szene eine Weile, dann fordert er Bragi auf, sich zu erheben und mit ihm zu kommen. Er wolle den fremden Anführer in seiner Festung zum Festmahl laden, während dessen Leute draußen verköstigt würden.

Das Fest wird opulent begangen mit vielen unbekannten Speisen, Musik und Tanzdarbietungen. Doch besonders fasziniert zeigt sich Bragi vom goldenen, fast geschlossenen Halsring seines Gastgebers. Dieser Ring, ein sogenannter Torques, ist mehrfach in sich wie eine Kordel gedreht und die beiden Enden schließen, jedes für sich, mit einer Reiterminiatur auf halbem Pferd ab. Sicherlich hat diese edle Zierde auch magische Funktion, denkt der Kelte. Den Eindruck dieses Schmuckstücks verinnerlicht er und wird ihn nie wieder vergessen. Nach zwei Tagen und Nächten ist das Fest zu Ende, das Volk der Kelten hat sich von den Wanderstrapazen erholt, sodass man weiterziehen kann. Da bietet der Skythenfürst weitere Gastfreundschaft an. Er möchte den wissbegierigen Kelten gerne die Kunst des Reitens beibringen lassen. Das ist eine Überraschung, mit der niemand gerechnet hat. Zwar besitzen die Kelten selbst schon kleine zottelige Zugpferde – aber so edle Reittiere, das nicht! Die Kelten um Bragi zeigen sich sehr gelehrig, sodass der Nutzen später sicherlich nicht ausbleiben wird. Auch den Handwerkern in der Stadt schauen sie neugierig über die Schulter und werden damit um viele nützliche Erfahrungen reicher. Dann naht der Tag des Abschieds. Alle bedanken sich höflich. Bragi hat sein langes Überkleid entsprechend der Mode seiner Gastgeber gegen eine farbige, eng anliegende Hose eingetauscht. Beim Reiten auf seinem kleinen Pferdchen ist dies viel praktischer als so ein langes flatterndes Gewand. Auch einen einfachen Sattel hat er sich von einem Sattler in der Stadt anfertigen lassen. Eben will die Gruppe aufbrechen, da erscheint der Skythenfürst mit zwei feurigen Pferden am Zügel. Diese edlen Tiere erhält Bragi der junge Keltenfürst als Freundschafts- und Abschiedsgeschenk, dazu noch drei Stuten für die Zucht. Überwältigt von der Herzlichkeit der Skythen und mit vielen guten Eindrücken im Herzen macht sich die Sippe auf, um irgendwo Wurzeln zu schlagen.

Bussenberg, Heimatberg

Fürst Bragi ist mit seinem Volk vom Schwarzen Meer aus die Donau herauf gezogen. Der keltische Name für »fließendes Wasser« heißt dānu und Donona ist die »große Mutter«, abgeleitet von Danu, der »Göttin des Wassers«. Nun haben sie in der Nähe der noch jungen Donau auf und rund um den Bussenberg Heimat bezogen. Der Ort scheint ideal zu sein. Ständig hat man die Sonne vor sich vom Morgen bis zum Abend, den ewigen Kreislauf des Lebens symbolisierend. Und weit reicht der Blick nach allen Himmelsrichtungen ins Land hinaus. Im Norden zu einem Mittelgebirge, im Süden zu den schneebedeckten Gipfeln des Hochgebirges. Hier, auf einem kleinen Plateau, lässt der Feudalherr seinen Sitz aus Holz und Lehm errichten, umgeben von einem hohen Palisadenzaun. Auf dem anschließenden Plateau im Westen belässt er auf Anraten des Druiden einen Hain stehen, einen Ort, an dem die Menschen den Göttern nahe sein können. Allerdings bedarf es dort einer heiligen Wasserquelle, weshalb man mit viel Mühe über viele Monde hinweg einen tiefen Schacht durch das Gestein schlägt, bis endlich Wasser sprudelt. Der Schacht füllt sich – möge er nie austrocknen! In den Niederungen rund um den Berg verstreut siedeln die Bauern, bauen dort ihre Hütten und machen die Erde fruchtbar. Der Stamm um Fürst Bragi ist angekommen. Zu Ehren und aus Dankbarkeit opfert die Keltengemeinschaft mit dem Hellerwerden der Tage im Februar der mächtigen Muttergottheit Brigid (die Leuchtende), die das Licht und das Feuer symbolisiert. Vom Bussen herab rollen nun immer zur Wintersonnwende eindrucksvoll Feuerräder zu Tal und ringsum werden weithin sichtbare Funkenfeuer entfacht. Ein neues Jahr beginnt. Die Kraft des Feuers lässt Schnee und Eis schmelzen und die vereisten Quellen wieder sprudeln.

Jahre sind vergangen. Der Fürst ist ergraut und es plagen ihn die Beschwerden des Alters. Sein Volk hat er mit strenger Hand immer gut und gerecht regiert, das wissen die Menschen, weshalb sie ihn immer noch hoch verehren. Doch der Gedanke an seine wohl bald anstehende Reise ins Totenreich beschäftigt den Herrscher mehr und mehr. Immer häufiger erbittet er sich daher vom Gandr einen Zaubertrank, der ihm die Schmerzen nimmt und dafür Visionen beschert. Dann erinnert er sich an den seltsamen Halsschmuck des Skythenhäuptlings vor vielen Jahren, als er mit seinem Volk am Schwarzen Meer rastete. Bildlich gesprochen ritten auf dem Halsring die Reiter aufeinander zu. »Vielleicht ein Symbol freundschaftlicher Begegnung?«, überlegt er. Dann lässt Bragi den Schmied und Bronzegießer kommen. Er hat eine Idee. Der geschickte Handwerker, der auch auf der anderen Seite der Alpen bei den Etruskern gelernt hat, soll ihm ein Wachsmodell eines Reiters auf einem Pferd machen, einem Pferd mit zwei Köpfen, an jedem Körperende einen. Dieses Modell soll dann in Bronze gegossen werden und seinen Herrscherstab oben zieren als Sinnbild für Wandelbarkeit und gelenkter Aufmerksamkeit nach allen Seiten hin.

So geschah es und am letzten Morgen seines Lebens hält er seinen Insignien-Stab mit dem Doppelpferd und dem Reiter obenauf würdevoll in seinen Händen. Da er sein Ende nahen spürt, lässt er den Druiden und alle Würdenträger des Stammes zusammenrufen und verkündet ihnen: »Ich werde euch nun verlassen und in das Totenreich hinabsteigen. Alle Götter mögen mir gnädig sein. In jener Richtung, dort wo die Sonne bei meinem Ableben steht, begrabt mich in Ehren unten im Tal. Da es würdevoller Brauch ist, dem Herrscher nebst Prunkwagen auch seine Lieblingspferde mit auf die Reise zu geben, so bitte ich euch meine Pferde Fagri und Blakkur, die ich inniglich liebe, inmitten zu trennen, sie dann wieder gegeneinander zu vernähen und mich obenauf mit ihnen zusammen in das Grab zu senken. Die Insignien meiner Macht mögt ihr mir nebst ausreichend Nahrung für die lange Reise auf dem Seelenwagen beilegen.«

Am Abend verschied der geliebte Keltenfürst vom Bussen und man bestattete ihn ehrenvoll, so wie er es gewünscht hatte, in westlicher Richtung am Fuße des heiligen Berges.

Inzwischen wurde im Tal seine Grabstätte samt Prunkwagen und die Bekrönung seines Herrscherstabes, der sogenannte »Unlinger Reiter« bei archäologischen Grabungen freigelegt. Was für ein berührendes Ereignis!

Kopfstücke eines goldenen Skytenhalsrings (Torque) aus Kul Oba

FORSCH VORAN

iedlingen, auch als Fachwerkstadt bekannt, als Gole-Stadt, Storchenstadt, zuweilen auch Saumarkt- und Fohlenmarktstadt, Blumenstadt, aber auch »Perle an der Donau« – das mag man alles gerne unterschreiben. Doch gab es in der langen Stadtgeschichte Zeiten, in denen man durchaus den Eindruck haben mochte, dass mancher der Bürger ein eher schlichtes Gemüt sein Eigen nannte. So auch jetzt in diesen Tagen, inmitten der Kaiserzeit des Deutschen Reiches.

Das Anschwellen der Donau

Am frühen Morgen hat es über Beuron und Hausen im oberen Donautal heftig geschüttet, sodass der Wasserspiegel der noch jungen Donau bedenklich angestiegen ist. Die Furth bei Dietfurth, die sonst zumindest barfuß noch passierbar ist, kann nicht mehr begangen werden. Das ist ungünstig für Wanderer, denn auf der rechten Seite befindet sich ein Wirtshaus, in welchem Tourengänger gerne eine Rast einlegen. Allmählich flutet das Wasser mit Gebraus durchs Felsental, hindurch zwischen Eremitage und Amalienfelsen bei Inzighofen, erreicht bald Sigmaringen und tritt nach und nach gleich hinter Scheer aus seinem Bett. An derartigen Überschwemmungen haben dann nachfolgend die Riedlinger zu leiden. Da gilt es dann, vor allem in den Kellern des Unterrieds alles rechtzeitig hoch zustellen und für die Donauauen ruft man »Land unter«. Dort ergießt sich das Wasser in der Regel unaufhaltsam zu einem großen See.

Matmann, der Schäfer, zieht gerade mit seiner Schafherde, rund 150 Tiere dürften es sein, auf der rechten Flusszeile flussabwärts und kommt an Binzwangen vorbei. Auf der gegenüberliegenden Seite halten sich Jugendliche auf, die am Ortseingang Ball spielen und ein Picknick vorbereitet haben. Ihr »Tischlein, deck dich« mit reichlich Knabbereien und aufheiternden Getränken haben sie nahe des Ufers aufgestellt. Da nimmt Matmann gewahr, dass eine Wasserwalze von Hundersingen her kommend über die Ufer tritt und den gedeckten Tisch mit sich fort reißt. Der Schäfer ruft und winkt den jungen Leuten am anderen Ufer zu, doch die verstehen dies als freundliche Geste und winken Matmann freundlich zurück. Dass ihr Picknick-Tisch eben in den Fluten verschwindet bemerken sie nicht – zumindest nicht gleich – dann ist es zu spät. Nun versucht der Schäfer seine Herde etwas weiter vom Fluss weg zu führen. Man weiß ja nie! Seine klugen Hunde unterstützen ihn, alle Tiere der Herde zusammenzuhalten und in die gewünschte Richtung zu lenken. Da ihm das mehr und mehr ausufernde Wasser unheimlich wird, überquert er bei der nächsten Brücke die Donau, um auf die linke Seite, die nicht so von Überschwemmungen bedroht ist, zu gelangen. Außerhalb Riedlingens, nahe dem Österberg, pfercht er seine Herde ein, belässt einen seiner Hütehunde bei der Herde und macht sich mit dem anderen auf in die Stadt.

Ein gefährliches Untier hält Riedlingen in Atem

Kaum, dass Matmann die Innenstadt erreicht, stellt er große Aufregung unter der Riedinger Bevölkerung fest. Schon fängt es an zu dämmern und die Menschen ergreifen Fackeln, einige Männer auch lange Stangen. Was ist da nur los? Sorgenvoll rufen die Menschen: »Haltet das Untier auf, tötet es, ehe es über uns und unsere Kinder kommt!« »Lauft runter zur Donau, wir müssen die Gefahr bannen! Kinder und Frauen, kommt nicht näher – bleibt zu Hause! Männer, bringt Spieße, Stöcke und Mistgabeln mit, so haben wir noch eine Chance, die Heimsuchung abzuwenden!« Was ist geschehen? Ein schreckliches Untier, so die Kunde, wurde vor der Stadt nahe Altheim in den Fluten gesichtet. Wilde Gischt aufwirbelnd schwimmt es mit seinen giftgrünen Flossen auf die Stadt zu und streckt dabei seine grauenerregenden Extremitäten hoch in die Luft. Chaotische Zustände scheinen auszubrechen, doch der Bürgerwehrkommandant mit seinem Lederhelm übernimmt entschlossen das Kommando und führt die bewaffneten und kampfbereiten Männer hinunter an die Donaubrücke. Dort lässt er Aufstellung nehmen. »Alles hört auf mein Kommando! Sobald das Ungeheuer die Brücke erreicht, werden wir es mit aller Kraft unschädlich machen!« Alle blicken angespannt die Donau aufwärts und sind auf einen harten Kampf gefasst. Da, plötzlich taucht die Chimäre mit kräftigen Ruderbewegungen auf. Und erreicht alsbald die Brücke zur Stadt, auf der mutig die kampfbereiten Bürger warten. Schon will man losschlagen, doch da stößt das Untier an den Brückenpfeiler, dreht sich ein paar Mal in den aufgewühlten Fluten um die eigene Achse, als es sein Geheimnis freigibt. Vor den baffen Riedlingern schwimmt ein großer Tisch mit nach oben gerichteten Beinen und dem mit Reisnägeln befestigten grünen Tischtuch, das im Wasser heftig auf und ab flattert. Es ist der Picknick-Tisch der Binzwanger Jugend, den die Flut Donau abwärts mitgenommen hat. Der Schäfer Matmann, Zeuge des Geschehens, kann sich da ein süffisantes Lächeln nicht verkneifen.

Anderentags ist Zahltag!

Am Freitag erhalten die Gesellen und Handlanger ihren Wochenlohn auf die Hand. Dies ist ein kritischer Moment für viele Familien, denn die Familienväter treffen sich an Zahltagen gerne nach der Arbeit noch auf mehrere Krüge Bier, lassen die Arbeitswoche ausklingen. Die Gaststättendichte in der Innenstadt ist recht beachtlich, sodass dort jeder einen Stammplatz finden kann.

Betrachtet man es genau, so steht das Donaustädtchen gar nicht so schlecht da. Handel, Handwerk und Stadtverwaltung bieten Arbeit an, auch wenn die Löhne nicht gerade berauschend sind. Die Stadt besitzt eine ausgewogene Infrastruktur: einen Eisenwarenhandel, eine Posthalterei und ihr schräg gegenüber ein Kolonialwarengeschäft. Hinzu kommen ein Gemischtwarengeschäft mit Schreibwarenangebot, ein Geschäft mit Näh- und Weißzeug, die Läden einer Modistin und eines Schuhmachers, Metzgers, Sattlers, Bäckers, nicht zu vergessen eine Apotheke und eine Bank sind vor Ort. Und – worauf man ganz stolz ist – Riedlingen hat eine Lateinschule und eine eigene Zeitung! Ein Stück draußen vor der Stadt, etwa in ein Kilometer Entfernung beim »Wilden Kaiser«, befindet sich der seit 1870 eröffnete Durchgangsbahnhof der Strecke Ulm – Sigmaringen. Alles in allem, hier lässt es sich leben. Eben sitzen die Stammgäste der »Glocke«, dem »Hirschen«, dem »Lamm« und den vielen anderen Wirtschaften nach der Wochenmühe heiter beieinander. Pfundig, pfeffrig und pfiffig geht es da zu. Auch der junge Präzeptor der Lateinschule, der sich vor Amtsantritt beim Stadtpfarrer und dann beim Rat der Stadt hat vorstellen müssen, hat sich unters Volk gemischt und an einem Tisch Platz genommen. Auf den Neuen ist man neugierig, weshalb man ihn jovial rüber an den Stammtisch bittet.

Das Theodor-Fontane-Zitat bemühend »*Der Standpunkt macht es nicht, sondern die Art, wie man ihn vertritt*«, kommt in den Gesprächsrunden so manches aufs Tablett. Der Tischnachbar des Schäfers Matmann hat schon einiges intus und so ist die Runde der Ansicht, der Mann möge doch nicht gar so viel saufen! »Ein Stück Vieh weiß ja auch, wann es aufhören muss!« »Von wegen saufen!«, tönt der Angesprochene mit nicht mehr ganz leichter Zunge. »Es kommt schließlich immer darauf an, was man zuvor gegessen hat! – Meine Alte zum Beispiel kocht überhaupt nicht gern, ja ausgesprochen schlecht – wirklich! Da gibt's mal staubtrockene Schupfnudeln oder am Abend nur einen trockenen Ranken Brot. Kein Wunder also, dass ich da ab und zu ein wenig Durst habe. Dazu muss man wissen, eine Kuh auf der Weide säuft täglich etwa vierzig Liter Wasser. Im Stall bei Trockenfutter benötigt sie achtzig Liter. Ich versteh da einfach nicht, dass sich meine alte Schindmär daheim wegen der läppischen zwölf Krüge aufregt.« Dann, nach einer kleinen Weile des Zuprostens, erklärt der Schäfer, sein Hund liegt dicht neben ihm bei Fuß: »Mit Kühen kenne ich mich nicht so aus, aber mit Hunden. Es ist eine Tatsache – es gibt Hunde, die einfach wesentlich klüger sind als Menschen«. Alle hören aufmerksam zu und pflichten Matmann bei. »Schon möglich«, meint da einer. »Ich kenne auch so einen Vierbeiner.« Alle spitzen die Ohren, dann deutet der Zecher zuerst auf Matmanns Hund und dann auf den Schäfer und meint verschmitzt: »Na Matmann, wie sieht's aus?« Schadenfrohes Gelächter folgt sofort auf dem Fuß. Doch dann kann sich ein anderer nicht mehr zurückhalten und wendet sich an den Herrn Präzeptor: »Nun, mein Herr, hast *Du* dich in Riedlingen schon gut eingelebt? Was gefällt *Dir* bei uns am besten?« Der Herr Präzeptor stopft ruhig sein Pfeifchen und meint dann: »Gut gefallen tun mir die alten alemannischen Fachwerkhäuser, das deftige Essen wie »Gröschts« mit nem »Knautzen«, ihr sagt dazu ja auch »Froschkutteln« und ...« – er stockt. »Na was denn, sag schon«, fordern ihn die anderen auf. »Das Schönste überhaupt ist der Zug von Riedlingen nach Ulm!« – Stille, keiner muckst sich. Das war ein Fauxpas, das hat gesessen. Ob man ihm das je verzeihen wird? Da kommt so ein haberdürrer Bildungsschnösel daher, meint, er sei was Besseres und macht uns unsere Stadt madig; so empfinden die meisten. Augenfällig wendet man sich von dem impertinenten Debütanten ab, ignoriert ihn, tut so, als würde er gar nicht mit am Tisch sitzen.

Die Turmuhr von Sankt Georg schlägt gerade 17:00 Uhr, als eine auffallend dunkle, hochgewachsene Gestalt durch das »Zwiefalter Tor« den Marktplatz betritt. Ihr folgen kurz danach Schausteller mit ihrem Wagen, der von einem abgemagerten Klepper gezogen wird. Die Passanten staunen nicht schlecht, als sie den bunten Haufen von Exoten sehen. Man ist ja in Riedlingen so manches gewohnt von der Fasnet her, aber so etwas hat man hier noch nie gesehen. Menschen in bunten Klamotten, einem »Häs« nicht unähnlich, vollführen akrobatische Kunststücke mitten in der Stadt. Immer mehr Menschen laufen zusammen und wollen dem Spektakel beiwohnen. Die dunkle Einfärbung des starken »Mohren«, welcher in der Lage ist, dicke Ketten zu zerreißen, Eisenstangen zu biegen oder unverletzt über glühende Kohlen zu laufen, fasziniert besonders. »Der Typ ist einfach genial! Und diese Schminke, eine super Idee!«, finden viele. Man weiß zwar von Berichten aus den afrikanischen Kolonien, dass es dort scheinbar recht dunkelhäutige Menschen gibt, doch einen gesehen hat hier noch niemand. Schließlich ist die Donau ja auch nicht der Nil. Nach dem Auftritt der Schaustellertruppe gibt es reichlich Applaus. Das Publikum verneigt sich und jemand lässt den Hut kreisen. Dann fragen die Akrobaten, ob es hier in der Stadt möglich ist, in einem Gasthaus zu übernachten? Der Büttel schaltet sich ein und meint, erst müssten sich alle ausweisen und kenntlich machen, denn vermummt oder überschminkt könne man dem nicht zustimmen. Als der farbige Athlet keine Anstalten macht, die Tünche abzuwischen, geht ein Gemurmel durch die Zuschauerreihen. Der Büttel, ausstaffiert mit Uniform und Pickelhaube, sieht diese Weigerung als Widerstand gegen die Staatsgewalt an – lässt den Delinquenten kurzerhand abführen. Auf der Wache unterziehen sie den Mann einer drakonischen Wäsche mit Seife und Bürste, doch die schwarze Haut lässt sich nicht abwaschen. – Dieser bizarre Vorfall brachte später den Bürgern der Stadt Riedlingen den Namen »Mohrenwäscher« ein.

Disclaimer: Der sprachlichen Korrektens wegen sei angemerkt, dass der Begriff »Mohr« in dieser Legende nur aufgrund seines historischen Bezugs und Brauchtums angewandt wurde.

»Riedlinger Mohrenwäsche«

TEUFEL – TEUFEL

Ein Neubürger in Ertingen

in Bursche zieht im Frühjahr, so um die Osterzeit, nach Ertingen. Nicht, weil der Ort ein ausnehmend schönes Dorf sei oder die Luft dort würziger und frischer sei als anderswo, nein, er hat durch »gute Kontakte« hier ein lohnendes Tätigkeitsfeld gefunden. Alles andere wird sich weisen, so denkt er. Also zieht er um und richtet sich ein. Die Baufirma, für die er arbeiten wird, unterstützt ihn kräftig, denn qualifizierte Arbeitskräfte in der Branche sind rar. Rasch hat sich Arian gut im Betrieb und Wohnort eingelebt. Die Bedenken, dass hier eventuell »der Hund begraben sein könnte«, haben sich nicht bewahrheitet. Da der Neubürger gerne das Flügelhorn spielt, sein Instrument ist knallrot emailliert, ist es nur eine Frage der Zeit, bis er Anschluss an den örtlichen Musikverein findet.

Das Engagement und die Einbindung ihrer angestellten Mitarbeiter in einem der örtlichen Vereine sehen hier nahezu alle Firmenchefs gerne, bedeutet doch die Pflege guter sozialer Kontakte, dass die Menschen im Dorf bleiben und nicht abwandern. Also zeigt man sich gerne spendabel: hier ein Fußball, dort eine Trompete, Freibier bei einem Brunnenfest oder sonstiges Entgegenkommen zu besonderen Anlässen. »Heimat muss man pflegen«, so der allgemeine Tenor.

Heimatabend

Selbstredend kommt es in so einem Dorf immer wieder zu Ereignissen, über die man noch lange sprechen wird:
Heute, an einem lauen Sommertag, kurz ehe die Betriebe zur Urlaubszeit schließen, spielt eine Abordnung des Musikvereins in einem der Gasthäuser auf. So eine Art Heimatabend soll das werden mit Musik, Tanz und Tombola für einen guten Zweck sowie anderweitige Unterhaltung. Zur besonderen Erheiterung hat man eine in der Region gut bekannte Erzählerin aus Ahlen engagiert. Sie versteht es buchstäblich, ganze Witzsalven abzufeuern. Da erzählt sie zum Beispiel von dem kleinen Jungen, der versehentlich ein kleines Spielzeugauto verschluckt hat: »Die Eltern sind in Sorge und setzen den Buben aufs Töpfchen. Nach einer Weile fragen sie: »Kommt scho was?« – Der Junge schüttelt den Kopf. Wiederum nach einer kurzen Weile: »Kommt scho was?« – Der Junge schüttelt abermals den Kopf. So geht es immer wieder hin und her. Nach geraumer Zeit, der Junge bekommt gerade einen roten Kopf: »Kommt's Autole? – Kommt's scho?« Da schüttelt das pressende Büblein den Kopf und meint: »I glaub glei – 's hot scho mol ghubat!«

Man ist also bester Laune und zur guten Laune gehört auch ein gutes Essen – Schlachtplatte mit Würsten, Speck und Sauerkraut soll es geben, Sicherlich kein Hochgenuss für Vegetarier und Veganer! Die leckeren Würste sieden schon im dampfenden Kessel. Jetzt wird es Zeit, im Keller das Krautfass zu öffnen. Wegen des heutigen Festes hat man es nach Weihnachten nicht mehr angetastet. Eine der Küchenmägde soll mit einer großen Schüssel hinuntersteigen, um einige Portionen zu holen. Oben wartet man derweilen, doch die junge Köchin kommt nicht zurück. Auch der junge Mann vom Ausschank macht sich nun auf.

Doch auch er taucht nicht wieder auf. Das wird dem ungeduldigen Gastwirt dann doch gar zu dumm: »Den Zweien wird da unten doch nichts passiert sein?« Er prustet kurz auf und schickt sich an, nach dem Rechten zu sehen. Mit einem großen Kochlöffel in der einen und einer Laterne in der anderen Hand steigt er die glitschigen Kellerstufen hinab. In der Düsternis ist kaum etwas zu erkennen, weshalb er zur besseren Ausleuchtung einen alten, vergessenen Kastenspiegel, der an der Wand lehnt, hochnimmt. Just im selben Moment gewahrt er im Spiegelbild eine dunkle Gestalt, die aus einem tiefen Schlupf heraus sich ihm bedrohlich nähert. »Ein Basilisk? Der Teufel persönlich?« – schießt es ihm durch den Kopf. Der Wirt sucht sein Heil darin, sich rasch hinter dem Spiegel zu verstecken – doch schon splittert das schwere Kristallglas. Die wüste, nicht zu identifizierende Gestalt mit ihren gelb funkelnden Augen ist irrtümlich gegen ihr eigene Spiegelbild angerannt und hat sich dann flugs und wüst keifend davongemacht. Der Wirt aber, schlotternd vor Angst, flüchtet von dem grausigen Ort – ohne Sauerkraut. Im Festsaal, die Musik hat eben eine Pause gemacht, ist man recht beunruhigt, als plötzlich etwas zerzaust der junge Schankwirt und die Küchenmagd auf der Bildfläche erscheinen. Sie waren gar nicht im Keller, sondern hatten sich zu einem intimen Stelldichein hinter dem Wirtshaus verabredet. Nur einer der Musikanten, inzwischen mit verspiegelter Sonnenbrille, schaut nicht verwundert drein – der junge Flügelhornspieler. Er betupft sich gerade seine Stirn mit einem feuchten Taschentuch. Zwei dicke Beulen, die aussehen, als ob demnächst zwei Hörner durchstoßen möchten, machen ihm offensichtlich zu schaffen. Dem Schicksal sei Dank, denn nun wird für den kommenden »Stehblues« das Licht heruntergedimmt, sodass niemandem diese heikle Veränderung auffällt. Alle tanzen und singen fröhlich zu »Der Teufel hat den Schnaps gemacht, um uns zu verderben« beziehungsweise zum Song von Elvis Presley *»Devil in the sky«*.

Hochzeit

Dass der junge Bauhandwerker Arian kein gewöhnlicher Mensch ist, scheinen alle zu spüren. Sieht der Bursche nicht auch verdammt gut aus! Was er auf der Arbeit leistet, ist stets perfekt, und am Flügelhorn im Verein tut es ihm keiner gleich. Lediglich geistliche Liedmelodien kann er seinem Instrument nicht entlocken. »Hab's nicht geübt«, ist dann seine schmallippige Ausrede. Alle Mädchen im Dorf scheinen verrückt nach ihm zu sein. Gerne würde eine jede ihm durchs volle, wellige Haar streichen und sich von ihm anmachen lassen. Wäre Arian nicht so ein dufter Typ und super Kumpel, die jungen Burschen im Dorf müssten eifersüchtig werden.

Eines der süßen Mädchen voll Anmut, die liebreizende Schneiderin Vera, hat es ihm besonders angetan. Es bleibt also nicht aus, dass sich die beiden ineinander verlieben. Allerdings, Vera ist sehr fromm und besucht regelmäßig die heilige Messe in der »Marienkapelle«, einem wahren Rokoko-Juwel hier in der Talsenke. Stimmungsvoll, feierlich und heiter zugleich ist die Ausstrahlung, die von diesem kleinen, aber feinen Gotteshaus ausgeht. Dort würde sie sich gerne kirchlich trauen lassen, das hat sie sich in den Kopf gesetzt und es der Heiligen Mutter Gottes fest versprochen. Ganz versonnen schaut sich Vera um und betrachtet noch ein wenig die illusionistischen Fresken des Malers Ignatz Wegscheider aus Riedlingen. Einfach toll, was die damals konnten! Über dem Orgelprospekt liest sie auf einem Spruchband: »Ich bin die, die ich wa(h)r – und wahr ist die ich bin – Jungfrau und Mutter«, ein Sinnspruch der Vorbestimmtheit und des unergründlichen Geheimnisses zu Mariens ewig währender Jungfräulichkeit. »Zumindest für mich bleibt es ein unergründliches Geheimnis«, überlegt Vera, ehe sie das Gotteshaus verlässt. Draußen wartet bereits ungeduldig Arian.

Kirchenbesuche, nein, das ist seine Sache nicht. Allein schon bei dem Gedanken könnte ihm speiübel werden.

Bald soll nun Hochzeit gefeiert werden und Arian stellt Vera vor die Wahl: »Entweder wir heiraten nur standesamtlich oder gar nicht«. Vera ist völlig verzweifelt, hatte sie doch der Jungfrau Maria, der Überwinderin alles Bösen, das Versprechen gegeben, kirchlich in der Marienkapelle heiraten zu wollen. Arian beteuert, sie würde das nicht bereuen müssen und könne alles haben, wozu er in der Lage sei. Schließlich willigt Vera ein und das Aufgebot wird bestellt. Das ganze Dorf fiebert schon auf den Tag der Hochzeit, denn es soll ein großes, noch nie dagewesenes Fest werden, zu dem alle eingeladen sind – was für ein Wahnsinn! Der Ausschuss des Musikvereins beschließt die Mitwirkung der Kapelle am Fest. Außerdem wolle man zu diesem Anlass – seiner großen Verdienste wegen – das Konterfei von Arian in die Vereinsfahne mit aufnehmen. So einen teuflisch guten Musikanten hatten sie nämlich bisher noch nie in ihren Reihen.

Dann ist es soweit. Unter dem Jubel der Bevölkerung schreitet das Brautpaar zum Standesamt ins örtliche Rathaus. Blumen werden gestreut, Freudenrufe erschallen und die Dorfkapelle, die inzwischen auf höchstem oberschwäbischem Niveau spielt, begleitet den Festzug mit heiteren Weisen. Vera trägt ein ganz entzückendes weißes Brautkleid mit roten Säumen, ein Wunsch Arians. Arian selbst hat sich ausstaffiert mit einem schwarzen Anzug und einem schwarzen, weiten Wendecape, das innen knallrot ausgeschlagen ist. Alles sehr ungewöhnlich, doch durchaus geschmackvoll und elegant. Verwundert hat das niemanden. Man ist ja inzwischen gewohnt, dass Arian häufig unkonventionelle Einfälle hat.

Nach der standesamtlichen Trauung durch den Herrn Bürgermeister begeben sich alle nach oben in den großen Festsaal der Gastwirtschaft »Zum roten Engel«. Wer dort keinen Platz ergattern kann, nimmt halt mit einem Platz in den unteren Gasträumen vorlieb. Alsbald werden die Getränke und die feinen regionalen Speisen aufgetragen und ein jeder ist's zufrieden. So sitzt man essend und plaudernd bis zum Abend beisammen. Mit Einbruch der Nacht soll die Tanzbühne eröffnet werden, jedoch stellt der Musikverein zuvor noch seine neue Vereinsfahne mit dem Konterfei Arians darauf der Festversammlung vor – was für eine Ehre! Inzwischen ist es draußen richtig dunkel geworden und man freut sich im Festsaal auf die Eröffnung des Tanzbodens durch das frisch vermählte Brautpaar, das jetzt auf die Bühne tritt. Arian hat inzwischen sein Cape gewendet, so dass außen jetzt die rote Samtseite zu sehen ist. »Einfach super, dieser Typ«, meinen viele der Umstehenden. Erst langsam, dann immer schneller und schneller dreht sich das Paar zu heißer Musik. Das rote Cape flattert, unterstreicht die Bewegungen des mehr und mehr in Ekstase fallenden Tanzpaares und die schönen, rotblonden Haare Veras, deren Gesteck sich im Tanz auflöst, fliegen im Wind. Begeistert klatschen die Festgäste rhythmisch mit und feuern das Brautpaar an. Kaum sind deren Konturen noch zu erkennen und Vera liegt mehr bewusstlos als bei Sinnen in den Armen ihres Bräutigams, als mit Wucht ein ungeheurer Windstoß sämtliche Türen und Fenster des Fest- und Tanzsaales aufstößt. Die Notenblätter der Kapelle fliegen durcheinander und die Blumengestecke werden von den Tischen gefegt. Es herrscht wüstes Durcheinander und alle Anwesenden ergreift Panik. Da beendet das Brautpaar abrupt seinen Hochzeitstanz. Arian zieht einen roten Stift hervor und malt auf das Konterfei der neuen Vereinsfahne sein Signum, zwei Hörner, auf. Dann umfasst er seine Braut und entschwindet mit ihr, begleitet von seinem lauten sardonisch-giftigen Lachen, das man lange als Echo noch hört, durch ein Fenster in den Nachthimmel. Gleich einem Kometen mit langem Schweif schießen die beiden hin-

aus, bis sie irgendwo zu verglühen scheinen. Noch ein kurzes Aufglimmen in der Weite des unendlichen Raumes, dann ist der Spuk vorbei.

Der allseits geschätzte Arian, dessen Herkunft nie hinterfragt worden war, hatte alle geblendet, und Vera hatte ihr Gelübde gebrochen, weshalb sie der Teufel entführen konnte. Zu hoffen ist, dass sie nicht ewige Höllenqualen zu erleiden hat, sondern in der »Gottesmutter von der Marienkapelle zu Ertingen« eine Fürsprecherin bei oberster Instanz findet. Dann müsste sie nur im Purgatorium, dem Fegefeuer, sich der Läuterung unterziehen, bis sie am Ende der Zeit in den Kreis der Seligen aufgenommen werden kann. – In Erinnerung an die denkwürdigen Geschehnisse von damals und zur Mahnung vor »Blendern« hat der Musikverein Ertingen in seiner Vereinsfahne das Konterfei des gehörnten Arians belassen.

TRAGÖDIE IM PLANCTUS VALLIS

Fater unser, thu in himilom bist,
giuuihit si namo thin.
quaeme richi thin.
uuwerdhe uuilleo thin,
sama so in himile endi in erthu.
Broot unseraz emezzigaz gib uns hiutu.
endi farlaz uns sculdhi unsero,
sama so uuir farlazzem scolom unserem.
endi ni gileidi unsih in costunga.
auh arlosi unsih fona ubile.
(»Vaterunser«, Althochdeutsch 750 -1050)

Bruder Priskus, Scriptor und Mönch

In den feuchten Niederungen südwestlich von Buchau, dem Buchauer »Esch« oder »Ankental« (dem rückwärtigen Tal), das auch »Plankental« *(planctus vallis)*, also Tränental genannt wird, hat sich, wie der letzte Flurname schon vermuten lässt, manch tragische Begebenheit zugetragen:

Zufällig wird der inkarnierte, präexistentielle Autor, der sich in diesem Falle »Priscus« (der Wiederbelebte) nennt, und seines Zeichens Klosterschreiber ist, und der diesen Bericht verfasst hat, in einem seiner früheren Leben Zeuge eines Zwischenfalls: Zwei testosterongesteuerte Rammler streiten sich im Morgengrauen um eine begehrenswerte Häsin und attackieren sich aufs Heftigste. Da sagt der eine zum anderen: »Hat Du genug oder hat Du nicht genug?«, – als ein vermutlich versprengter hunnischer Reiter, der den Anschluss an seine Horde sucht, daher galoppiert und einen der Langohren über den Haufen reitet, sodass dieser tot liegen bleibt. Da sagt der andere: »So, jetzt hat Du genug!«

»Wie ein Sturm fegten sie über die Völker nördlich des Schwarzen Meeres hinweg. Sie eroberten alles Land unter den Hufen ihrer Pferde und vernichteten jeden, der sich ihnen in den Weg stellte. Aus den Tiefen der eurasischen Steppe drangen im Verlauf desvierten Jahrhunderts n. Chr. unbekannte Krieger nach Westen vor. Jede Gegenwehr war vergeblich, ein Volk nach dem anderen musste sich geschlagen geben. Die Stämme der Alanen und Sarmaten sowie die germanischen Goten – sie alle unterlagen, flüchteten oder wurden in den Verband der Reiterkrieger eingegliedert. Wer entkam, floh nach Westen und trug die Kunde von der drohenden Gefahr bis in den letzten Winkel des Römischen Reichs. Der Name der berittenen Eindringlinge verbreitete Angst und Schrecken: Die Hunnen kamen« (Lars Börner) – und binnen von fünf Dekaden suchen die »Hunnis« mehrfach die schwäbischen Gaue heim.

Auf seinem Weg in die Innenstadt begegnet Priscus einem alten Bekannten, dem Kaufmann Reich. »Hallo Bruder Priscus, wie geht's, was macht die Schreiberei in deinem Scriptorium?« »Reden wir tacheles miteinander, mein jüdischer Freund. Denn mein Latein ist einfach zu miserabel; muss mir immer alles zuvor auf Wachstafeln transkribieren lassen, ehe ich die Feder aufs Pergament setzen kann. Wirklich grauenhaft! Das Material ist zudem sau-teuer und nur schwer zu bekommen, weshalb die Äbtissin, in deren Auftrag ich ja arbeite, angeordnet hat, ältere griechische Texte von den Häuten abzuschaben und diese dann zu überschreiben. Ich hasse so ein *Palimprest*. Zum einen verursacht der Frevel des Abschabens alter Texte viel Staub, der mir in die Augen geht, und zum andern hoffe ich »Aristoteles wird mir gnädig sein!« »Du weißt doch, ich kann fast alles beschaffen, was du brauchst, habe beste Kontakte nach Venedig. Dort landen alle Kostbarkeiten aus dem fernen Indien oder aus Byzanz an: Harze, Öle, Gummi arabicum, herrliche Farbpigmente wie Ägyptisch Blau oder das unbeschreibliche »Ultramarinblau«, ein Lapislazuli-Blau, das aus einem Land über dem Meer nahe Indien her stammt, allerdings ist dieses Pigment nur mit Gold aufzuwiegen.« »Du machst mir Spaß. Bin froh, wenn ich das Allernötigste zur Verfügung habe. Eben sind die Chordamen unterwegs, drüben im Eichenwäldchen, um Galläpfel zur Tintenherstellung zu sammeln. Wir müssen dringend einen Vorrat davon trocknen. Ach ja, bei dieser Gelegenheit, ein paar Gramm Eisensulfat könntest du mir tatsächlich vorbeibringen, sonst können wir die Tinte nicht ansetzen. Auch einige Gramm zerstoßener Kermes-Schildläuse bräuchte ich, um hervorgehobene Textstellen rot auszuzeichnen.« – »Bei Jahwe, mache ich gerne. Das mit dem Ultramarin lasse dir aber nochmals durch den Kopf gehen. Würde deine hübsch aquarellierten Initialbuchstaben bestimmt aufwerten. Deine Klostervorsteherin soll halt mal ein wenig ihre Schatulle öffnen.« – »Ach ja, du hast sicherlich recht. Die Schreiberei ist ja wirklich sehr anstrengend. Der Duktus der einzelnen Buchstaben im Fließtext ist genau einzuhalten, um ein ausgewogenes Textbild zu erhalten. Das erfordert höchste Konzentration. Das Entwerfen und Ausschmücken von Initialen (Anfangsbuchstaben) am Beginn eines Kapitels dagegen ist da für mich die reinste

Erholung, macht mir Freude. Da kann ich meiner Phantasie freien Lauf lassen. Vielleicht sollte ich doch bei der Äbtissin mal vorfühlen. Schließlich hat mich ja mein Abt, der ehrwürdige Herrmann Contractus, nicht umsonst von der Reichenau hier her abgeordnet, um den Damen in Buchau das Scriptorium zu führen.« – »Vielleicht kann ich euch da auch tatsächlich noch etwas entgegenkommen! – Aber jetzt Bruder Priscus, an was für einer Geschichte bist du eben dran? Erzähle!«

Die Schlacht im Plankental

»Hast du ein wenig Zeit? Dann komm in den Schatten. Die Sache ist ja wirklich interessant.« – »Nu?« »Wie du vielleicht weißt, gibt es zwischen unserem Abt in Reichenau und dem Hause des ehemaligen Grafen Hatho und seiner hochverehrten Frau Adelindis II. eine verwandtschaftliche Verbindung und somit auch zum Stift der Chorfrauen hier in Buchau. Unserem Abt ist nun daran gelegen, dass ich die Geschichte der Seligen Adelindis, die wir alle sehr verehren, in verständlicher Sprache kalligraphisch sauber niederschreibe. Die ganze Geschichte hat er bereits seinen Mönchen auf der Reichenau in Latein zur Feder gegeben. Diese haben wiederum den lateinischen Text für mich Einfallspinsel in Umgangssprache übersetzt und auf Wachstafeln niedergeschrieben.« »Was für ein Aufwand. Und, möchtest du mir davon erzählen? – Würde mich wirklich sehr interessieren!« »Also gut, dann hör mal zu. Aber die ganze Geschichte wäre jetzt viel zu lang, weshalb ich mich nur auf den tragischen Teil beschränke, der sich im planktus vallis, dem Plankental hinter Kappel zugetragen hat. Das Drama von damals, fast 150 Jahre sind nun vergangen, werde ich dir in einem »Zeitsprung« vergegenwärtigen, also so, als würde alles eben jetzt stattfinden. Ich meine, das macht die ganze Sache spannender. Du siehst das Stift hinter uns (für den Leser heute sei auch auf die Steinskulptur »Zeitsprung« von Axel Otterbach vor der jetzigen Stiftsklinik hingewiesen) und die Örtlichkeiten drüben im Plankental sind dir auch vertraut. Wenn du möchtest, kannst du jetzt gerne die Augen schließen: »Ungemach vom Osten, von Ungarn her, erschüttert das Land. Horden von Hunnen treiben seit Jahren immer wieder die entsetzt fliehenden Menschen mordend vor sich her. Eine veritable Völkerwanderung hat eingesetzt und Pardon gibt es nicht. Auch das alemannische Ertigau des Gaugrafen Hatho und das Reichskloster Buchau sind bedroht, weshalb der Graf zum »heriban«, dem Heerbann gerufen wird. Als Vasale des Königs muss er dem Aufruf zum Kriegsdienst Folge leisten, auch im eigenen Interesse. Schon am frühen Morgen weht ein scharfer Wind, beißender Rauch liegt in der Luft und hüllt das Ankental ein. Die Hunnen haben das östliche Ried in Flammen gesetzt, da sie sich vor Moorgeistern fürchten. Also besteigen Hatho und sein Tross ihre schnaubenden Schlachtrösser, um dem Feind entschlossen entgegenzutreten. Der Graf verabschiedet sich von seiner Gemahlin und verspricht ihr, nach der Schlacht so oder so zurückzukehren, meint also lebendig oder tot als Geist. Da ruft sie verzweifelt: *»Windte, Wündtely dy wehi, by dat ijh myn Spohni wyh sethy!«* (»Windle, Windle weh, dass ich meinen Gemahl wieder seh'!«) – Mit Windle ist aber nicht der Wind gemeint, sondern Weh, Schmerz und Ach, das die Klagende empfindet. Jetzt brechen sie auf. Die Reiter ziehen auf Hathos Kommando unter dem Wappenschild derer von Altshausen-Vehringen mit ihren schwerfälligen Gäulen los – hinein in das blutige Schlachtgetümmel. Im eingenebelten Ankental stellen sie den Feind. Es kommt zu fürchterlichem Stechen und Hauen. Verzweifelt suchen die Alemannen sich zu wehren, doch gegen die flinken hunnischen Bogenschützen auf ihren wendigen Pferden und deren krummen Säbeln, die pfeifend niedersausen, haben sie wenig auszurichten. Es wird still. Der Rauch verzieht sich, die Hunnen sind ungerührt weitergezogen. Das Schlachtfeld bietet uns ein Bild des Grauens. Überall schreien Verletzte oder liegen tote Alemannen in ihrem Blut. Da taucht Adelindis, die Frau von Graf Hatho auf. Nachdem ihr Gatte nicht heimgekehrt ist, hat sie sich aufgemacht, ihn zu suchen, doch nirgends ist er zu finden. »Lebt er noch? – Ist er tot?« Bestürzt trifft sie mit ihrem Gefolge im Ankental ein und geht weinend das Schlachtfeld ab. Der Gemahl ist nicht auffindbar. Da ruft sie in alle Himmelsrichtungen, dass sich ihr Gemahl doch zeigen möge. Da, plötzlich gewahrt sie die Gestalt eines Geisterreiters, der auf sie zuhält. Vor ihr als Erscheinung hoch zu Ross hält der tote Graf an. Seinen eigenen Kopf trägt er dabei vor sich in einer silbernen Schale. Entsetzt fährt Adelindis zurück und ruft in tiefem Schmerz: »Windte, Wündtely dy wehi, by dat ijh myn Spohni nye mieh sethy!« *(»Windle, Windle, weh', dass ich meinen Gemahl nimmer seh'!«).*

Lieber Freund, damit endet ein Teil der Legende. Das Ankental wird umbenannt in »Plankental«, wo Adelindis ein Sühnekirchlein stiftet. Hernach tritt sie gottergeben ins Klosterstift Buchau ein.«

Hunnischer Krieger auf seinem Pferd

STADT IM FEDERSEE

Das Nebelmännle und die Siedlung Buchhain

Das Nebelmännle wird geachtet und gefürchtet zugleich, besitzt es doch viel altes, geheimes Wissen und verfügt zudem über magische Kräfte. Es lebt sehr heimlich in den weiten Sümpfen des Federseegebiets. In der Tat ist es der stille Hüter dieser sagenumwobenen Landschaft.

Was hier »kreucht und fleucht«, ist ihm vertraut und manchem Phänomen ist er schon auf den Grund gegangen. Auch wenn ihn die Menschen kaum zu Gesicht bekommen, er kennt sie alle nach Herkunft und beim Namen.

Noch bedecken die dunklen Wasser des Sees das ausgehobelte Moränenbecken, das sich in einer der Eiszeiten vor Millionen von Jahren gebildet hat. Inzwischen haben sich zum Teil große, undurchdringliche Sumpf- und Moorflächen gürtelartig um das offene Gewässer gelegt, weshalb es nur an wenigen Stellen möglich ist, in unmittelbarer Nähe zum Wasser zu siedeln. Eine dieser wenigen Siedlungen ist »Buchhain«, benannt nach den rückseitig sich ausdehnenden Buchenwäldern. Die Dorfgemeinschaft stellt vorwiegend mit geflochtenen Reußen den Fischen nach, schießt mit ihren Pfropfpfeilen, stumpfen Pfeilen ohne scharfe Spitze, ab und zu einen Wildgansbraten vom Himmel und verachtet auch als besondere Delikatesse die munteren Frösche auf den Seerosen und am Rande des Röhrichts nicht. Die Menschen hier leben eben von all dem, was ihnen der See zu bieten hat. Ungewöhnliche Ereignisse gibt es eher selten. Doch da taucht eines Nachmittags mitten aus den heraufziehenden Nebelschwaden, wie aus dem Nichts, eine Horde fremder Menschen auf ihrer Suche nach einem möglichen Siedlungsfleck auf – und wenn es sein muss, auch mit Gewalt.

Die fremde Horde

Von weit her sind sie gekommen und schon viele Monde unterwegs, weshalb sie jetzt hier ihre Wohnstatt begründen möchten. Dem Dorfoberen und seinem Rat gefällt dies gar nicht. Das ist ihr Land und weitere geeignete Flächen direkt am Wasser gibt es kaum. Soll man sich auf einen Disput einlassen? Auf Grund des kämpferischen Aussehens der Fremdlinge scheint dies nicht ratsam zu sein. Doch die Siedlung ihnen überlassen, ist auch keine Lösung. Also bewirtet man die Umhergeirrten erst einmal mit dem Wenigen, das man hat, und schickt Boten aus, das Nebelmännle zu rufen: »Nebelmann – komm alsdann!« Schon während des Gastmahls droht der Streit um das Siedlungsgebiet auszubrechen, als das Nebelmännle unvermittelt in die Runde tritt. Obschon zart und klein von Wuchs, seine Erscheinung lässt alle verstummen. Dass er ein Weiser oder gar ein Magier ist, davon sind alle überzeugt. Auch die Fremden werden von großem Respekt ergriffen, weshalb sie zumindest bereit sind, seinen Rat anzuhören. Da zieht der heimliche Hüter des Federseegebietes mit einem Stock einen Kreis in den morastigen Boden. »Das ist der Federsee. An seinen Ufern ist wegen der Sümpfe für Menschen wenig Platz zum Siedeln.« Dann setzt er die Spitze seines Stocks ins Zentrum des Kreisbogens und sagt: »Hier, inmitten des Sees wäre genug Platz für die Neuen«. Diese springen erbost auf und fassen schon nach ihren Klingen: »Die wollen uns ersäufen«, rufen einige. Doch der Alte hebt gebieterisch die Hände hoch: »Keineswegs!«

»Rumbedei und rumbedi – im Geschtad da ist kein Platz für zwie. Horei, horei, pank – s' bleibt einer nur am Strand!«

»Hört genau auf meine Worte und befolgt meinen Rat. Fremdlinge, baut euch eine neue Stadt dort auf Eichenpfählen auf. Durch das umgebende Wasser seid ihr geschützt und Nahrung im See gibt es zur Genüge. Doch hütet euch vor Leichtsinn, Streit und sittenlosem Leben. Dies wäre der Anfang vom Ende eurer Tage!« »Tatsächlich, das ist die Lösung!«, – so kommen alle überein. Und während man angeregt diskutiert und sich berät – und die Buchhainer sich bereit erklären helfen zu wollen – verschwindet das Nebelmännle so unbemerkt, wie es gekommen war.

Die Stadt im Wasser und Buchau erhält seien Namen

Unendlich viele Buchenstämme um Buchhain herum werden gefällt und inmitten des Sees eng an eng im Benthal des braunen Torfwassers eingesenkt. Oben auf kommt ein Geflecht aus dickem Astwerk, Gestein, Torf und Sand, bis vier Ellen über dem Wasserspiegel eine riesige, stabile Plattform entsteht, die circa fünfzig Lehmhütten und ein Heiligtum aufnehmen kann. Bald ziehen die Neulinge auf ihre Insel und nehmen von ihrer neuen Stadt Besitz. Jahre vergehen. »Buchhain« hat sich zwischenzeitlich einen neuen Namen zugelegt. Da ja viele Buchenbäume für die Seestadt gefällt worden waren, nennt man sich zunächst »Buchhau«, was sich dann zu »Buchau« wandelt. Denn jetzt wird der Ort ja überwiegend von freigeschlagenen Auen umgeben.

Die Inselstadt versinkt

Lange verläuft das Leben der Nachbargemeinden zueinander freundschaftlich und friedlich. Mit der Zeit aber juckt den Nachkommen auf der Insel das Fell. Es wird ihnen auf ihrer Plattform einfach zu langweilig und sie suchen nach mehr Abwechslung und billigem Zeitvertreib. Die Sitten verrohen mehr und mehr und keiner ist mehr bereit, für die Gemeinschaft Verantwortung zu tragen. Immer tiefer bohrt sich der Stachel von Neid und Missgunst in die Herzen, sodass der Streit mit den Buchauern unausweichlich wird. Von scherzhaftem Schabernack ist man weit entfernt. Das Eigentum der Menschen am Ufer ist schon seit geraumer Zeit nicht mehr sicher, denn um billiges Vergnügen haben

Schon ab der mittleren Steinzeit, also seit etwa 8000 v. Chr., siedelten unterschiedlichste Volksgruppen am Ufer des Federsees, errichteten dort Pfahlbauten und ernährten sich vorwiegend vom Vogel-und Fischfang.

zu können, muss die Bande vom See auf »Beschaffungstour« gehen. Noch schändlicher als dies ist, dass sie den Mädchen auf frevelhafte Weise nachstellen und jeglichen Respekt vor Gott und der Welt verloren haben. Wie meint doch das Oberhaupt von Buchau da wütend: »Die sind ja so dumm und dann noch aus Gomorrha!« In ihrer Bedrängnis rufen die Buchauer wieder mal das Nebelmännle, welches kurz darauf erscheint und spricht: »Hatte ich nicht seinerzeit prophezeit, dass dann, wenn von der Insel aus Zwietracht gesät wird, dies der Anfang vom Ende sei? Nun ist es soweit. Dem Sündenbabel muss ein Ende gesetzt werden, so wie es die Vorsehung verlangt. Erinnert euch, die Ankömmlinge hatten mir damals schon nicht richtig zugehört. Hatte ich nicht gesagt, sie sollten »Eichenbalken« in den Seegrund rammen? Aber nein, die Mühe wäre zu groß gewesen, stattdessen nahmen sie mit den Buchenstämmen aus nächster Umgebung vorlieb. Der Zahn der Zeit hat inzwischen kräftig am Holz genagt, es ist zum großen Teil morsch geworden, ohne dass jemand danach geschaut hätte. – Also, flechtet lange Seile aus Seegras, die bis zur Insel reichen. Dann fahrt mit euren Booten des Nachts hinüber und knüpft diese an den vordersten Stützpfeilern fest. Einige von euch stellen derweilen am Ufer die Ochsen ins Joch, die dann so lange an den Enden ziehen, bis die ersten maroden Pfähle brechen.« – Damit verschwindet das Nebelmännle wieder.

Die Buchauer nutzen in der folgenden Nacht den Nebel auf dem See und fahren mit ihren Einbäumen hinüber zur von Dunst umhüllten Inselstadt und tun, wie ihnen vom Nebelmännle empfohlen. Nachdem die ersten Pfosten bersten, kommt es zu einer Kettenreaktion und alle weiteren Pfeiler folgen. Die Stadt versinkt samt ihrer Bewohner ohne Erbarmen in den Fluten. Noch heute liegt die Inselstadt unter vielen Metern dickem Schmodder. Nur anfangs schaut noch für eine Weile ein Glockenturm aus dem Wasser. – Warum auch dieser schlussendlich untergeht, ist wiederum eine völlig andere Geschichte.

»BENOGL«

Wenn man spielt, sollte man
am Anfang drei Dinge beachten:
1.die Spielregeln
2.die Einsätze
3.den Zeitpunkt aufzuhören
(Chinesisches Sprichwort)

Samstagabend: Joseph Ackerle zockt

Ein Nebenerwerbslandwirt aus Betzenweiler, im Brotberuf Maurergehilfe eines örtlichen Bauunternehmens, spielt für sein Leben gerne Binokel, auf schwäbisch »Benogl« Benogl ist ein Kartenspiel, das hier in der Gegend gerne gespielt wird und von den Spielern viel Aufmerksamkeit abverlangt. Den Wert der Karten, welche bereits ausgespielt und welche noch von welchem Mitspieler zu erwarten sind, das gilt es grundsätzlich zu bedenken.

Joseph – mit ph – darauf legt er Wert, gilt als fleißig und zuverlässig. Allerdings vergisst er sich gerne, sobald Spielkarten auf dem Tisch liegen und ihm dazu noch ein »kühles Blondes« gebracht wird. Schon lange ist es ihm zur Gewohnheit geworden, am späten Samstag Nachmittage, nachdem die Tiere im Stall versorgt und das Futter geschnitten ist, mit seiner »NSU Max«, einem einzylindrigen Motorrad mit obenliegender Nockenwelle, hinüber nach Moosburg ins Wirtshaus zu fahren (man fährt hier ins Wirtshaus und nicht zum Wirtshaus), um das Wochenende zusammen mit ein paar Stammtischbrüdern ausklingen zu lassen. Zumeist vertreiben sich die Männer dann die Zeit mit Diskussionen darüber, was in der Politik falsch läuft, wer gestorben ist oder welche sonstigen lokalen Ereignisse gerade die Gemüter in Wallung bringen. Irgendwann, so nach der ersten »Halben« werden dann die Binokel-Karten auf den Tisch gelegt. Mit einem niederen Cent-Betrag steigt jeder ein, entweder in ein Dreierspiel, also alle gegen alle, oder es wird Kreuzbinokel zu viert gespielt, wobei die Spielerpaare sich über Kreuz gegenübersitzen. Sind acht und mehr Spieler anwesend, so gibt's eine »Rundum«, wobei nach jedem Einzelspiel die Spieler in den Paarungen rollieren. Der Sieger des letzten Spiels erhält dann den gesamten gesetzten Einsatz als Gewinn. Natürlich, jedem ist bewusst, so viel man auch gewinnen kann, so hoch kann man, wenn's schlecht läuft, auch verlieren. Auch wenn es verboten ist, um Geld zu spielen, das weiß hier jeder, »Spielschulden sind nun mal Ehrenschulden«. Heute spielen die »Benoglbrüder« an zwei Tischen zwei »Dreier« jeweils im Minimum drei Durchgänge. Mit aller Schläue wird da gemeldet, gedrückt, gestochen und gezockt, dass es dem Teufel hinter der Ofenbank schummrig wird. Da mag es oft vernünftiger sein »abzugehen«, zum Beispiel »I gang ab en Schella« als hoch zu reizen und dann zu verlieren. Um es mit Friedrich Schiller zu sagen: »Nur ein verzweifelter Spieler setzt alles auf einen einzigen Wurf«. Erhöht der Verlierer den Betrag, muss der Gewinner eine Revanche gewähren. Unehrenhaft wäre es, das Spiel so zu beenden. Damit können die Einsätze aber sprunghaft hochschnellen – so auch heute am Stammtisch. Das Glück oder auch Rindvieh sucht seinesgleichen, doch der Glückspilz ist Joseph heute bestimmt nicht. Im auszutragenden Doppel muss er ständig die Bank bedienen, um evtl. doch noch seinen Verlust wettmachen zu können. Nicht von ungefähr wird das Kartenspiel auch des »Teufels Gesangbuch« genannt. Die Melodie heißt zählen, bluffen, reizen. Die Spannung steigt. Die Luft in der niederen Gaststube ist vor lauter Zigarettenqualm zum Schneiden dick und vor Erregung fließt heute sehr viel Bier die Kehlen hinunter. Der knisternden Spannung eines Western-Saloons steht das heutige Spiel in nichts nach. Ein französisches Sprichwort umschreibt so eine Situation mit »Zocken ist der Sohn des Geizes und der Vater der Verzweiflung« und Joseph feixt seinem Kontrahenten zu: »Jeder Hund hat mal einen guten Tag«. Es hilft nichts, Joseph ist mit seinem Glück heute total gegen die Wand gefahren: Er ist seinen ganzen Wochenverdienst und obendrein sein Motorrad, das er vor dem Haus abgestellt hat, los, und muss nun auf Schusters Rappen nach Hause »walzen«.

»Es scheint der Mond so hell auf dieser Welt, ...«

Oh je, jetzt gilt's auf wackeligen Beinen sich nach Hause aufzumachen. »Der größte Feind des Menschen ist der Alkohol«, so sagt man. Doch Joseph fällt im Moment dazu nur das Bibelwort von der »Feindesliebe« ein. Dennoch, ganz wohl ist ihm nicht. »In der Schule musste ich mal ein Gedicht auswendig lernen«, geht ihm durch den Kopf, in dem es hieß: *»Arm am Beutel, krank am Herzen, schleppt' ich meine langen Tage. Armut ist die größte Plage, Reichtum ist das höchste Gut!«* Goethe hatte das in seinem Gedicht »Der Schatzgräber« geschrieben. »War ja ein recht gescheiter Mann, dieser Goethe. Habe die Verse früher gar nicht so recht verstanden. – Aber jetzt ...? Ach was, was soll's«. Um sich bei Laune zu halten und nicht in Trübsinn zu verfallen, singt Joseph nun – »Ach ja, das Geld hab ich auch nicht mehr im Portemonnaie, aber der Mond scheint wenigstens. Mein Madel, also meine Frau daheim, wird mir heute sicherlich eine elende Szene machen«, – das ahnt er schon. »Welchen Weg soll ich jetzt gehen – den übern »Schäfleshau« nach rechts oder den über den

Ein monströser Dämon bedrängt den Spätheimkehrer im »Seelenwald«

»Seelenwald« nach links?« Auf keinen Fall möchte er entlang der Landstraße gehen, nicht, dass er in seinem Zustand noch von Kirchgängern, die sich zur Frühmesse aufmachen, gesehen wird. Er entscheidet sich schließlich für den Weg bei »Neuhaus« über ein kleines Stück Ried und dann weiter durch den Seelenwald. So kann er heimlich und ungesehen Betzenweiler erreichen. Den Weg kennt er, hat ihn schon oft mit seinem Motorrad (unerlaubterweise) befahren, um nicht aufzufallen, wenn er vom Wirtshaus heimkehrte. So einen Schleichweg nennt man hier in der Gegend »Vizinalweg«. Dann steckt er sich den letzten Glimmstängel, den er noch hat, zwischen die Lippen und zieht den Rauch zusammen mit der herben Nachtluft tief in die Lungen ein. Die leere Schachtel wirft er, ganz entgegen seiner Gewohnheiten, weg ins Gebüsch. Im Forst ist er schon ein Stück des Wegs gegangen, da beginnen die Bäume zu tanzen und das zwischen den Wipfeln durchflackernde Mondlicht entwirft seltsame, ja gespenstische Schatten. Ihm ist ganz schummerig zumute. Da, es scheint, als träten Gestalten aus der Finsternis hervor! Verfolgen sie ihn? Joseph stolpert flackernden Blicks und mit weichen Knien vorwärts und gerät irgendwie ins Unterholz. Ein dichter Vorhang aus Gestrüpp und Dornen macht ein Durchkommen fast unmöglich. Dort attackieren ihn gespenstische Schrate. Einer der wüsten Gestalten peitscht ihm mit einem Fichtenwedel ins Gesicht und andere zerren ihn mit dornigen Brombeerranken an Armen und Beinen. Überall hat er schon blutende Risswunden. Mit dem Mut der Verzweiflung kämpft er sich weiter, versucht, dem üblen Spießrutenlauf zu entfliehen, wobei er alle wüsten Flüche, die er kennt, ausstößt. Gibt es wirklich keinen Ausweg mehr? Soll jetzt sein letztes Stündlein geschlagen haben?

Da hilft kein wehen,
flöten oder quaken –
der Beindelmann (Knochenmann)

will dich jetzt haben.
Im Kreislauf ist's
ja vorbestimmt –
der Beindelkramer alle nimmt!
(H. Arbter)

Joseph wird es speiübel. Sein Magen stottert inzwischen wie ein schlecht gewarteter Motor. Er muss sich übergeben. Zwischen den Fichtenstangen schimmert bereits das Morgenrot herauf. Da erahnt er hinter sich Gefahr. Er wird von einem monströsen Dämon verfolgt. Wenn Fluchen bisher nichts geholfen hat, vielleicht tut es nun ein frommer Spruch oder ein Stoßgebet zum Himmel? Mit der Stirn donnert er gegen einen dicken Ast und sieht für einige Momente die Sterne funkeln. Dann rappelt er sich auf und ergreift gerade noch einen dicken Stock, mit dem er wild um sich schlägt, als der Dämon sich eben auf ihn stürzen will. Joseph ruft alle Heiligen vom Himmel und schlägt mit ganzer Kraft zu. Zwar verfehlt er die bestialisch nach Schwefel ausdünstende Gestalt, welche auf ihren Bocksbeinen geschickt zurückweicht, der Ruf nach allen Heiligen aber lässt die Erscheinung wie einen Kometen erglühen und sich in Dunstschwaden auflösen. Nun weiß Joseph, er ist im »Seelenwald« tatsächlich dem leibhaftigen Teufel begegnet und hätte dort fast selbst noch seine eigene Seele an ihn verloren.

»Da brat mir doch einer nen Storch!« Mit schwerem Brummschädel und heißer Stirn erwacht Joseph am Morgen in seinem Bett. »Rätselhaft, wie bin ich heute Nacht nur nach Hause gekommen?« – Neben seinem Bett sitzt Irmgard, seine ihn freundlich umsorgende Frau, und lächelt ihm zu. – »Engelgleich«, denkt Joseph. »Sepp, keine Sorge, du hast nur schlecht geträumt. Das Fieber geht schon zurück und in ein paar Tagen bist du wieder wohl auf!«, sagt Irmgard mit unendlich viel Güte in der Stimme.

FLIEG, MÖNCHLEIN FLIEG

Per aspera ad astra. (Sceneca)
(Durch Mühsal gelangt man zu den Sternen.)

Fliegen, ein Menschheitstraum

Caspar Mohr, Prämonstratenser-Chorherr der Reichsabtei Schussenried, legt sein Brevier zur Seite, schaut aus dem Fenster seiner Klausur und erblickt eben einen wundervollen Milan, der vorbeisegelt. Ein herrliches, wahrhaft majestätisches Tier mit langen, gestreiften Schwanzfedern und beachtlich weiten Schwingen. Der Raubvogel nutzt mit seinen ausgebreiteten Flügeln und den nach oben gebogenen Schwungfedern geschickt die Thermik aus und segelt so in weiten, eleganten Bahnen übers blaue Firmament. Wäre es nicht herrlich, es diesem Vogel gleich zu tun? Caspar ist froh, dass seine Klausur im Osten des Konventgebäudes liegt mit freiem Blick in die Natur hinaus. Auch Bücher des persönlichen Interesses, sofern sie nicht auf dem Index stehen und von vordringlichem Belang auch für die Mitbrüder sind, darf er zum Studium in seiner Klausur haben. Das schätzt er an seinem Abt besonders. Dem Vater ist es wichtig, dass sich die Chorherren über die frommen Übungen hinaus weiterbilden, ein jeder auf einem besonderen Gebiet gar zum Experten wird. »Man soll aus dem Fenster hinausdenken«, sagt er gerne. So stehen im Bücherregal von Caspar Werke zu den antiken Mythologien, eine Abhandlung zur Falkenjagd Friedrichs II; sehr gerne blättert er auch in dem wundervollen Band »Teutsche Ornithologie oder Naturgeschichte aller Vögel«. Das Werk enthält viele gekonnt kolorierte Kupferstiche. Auch einige Werke und Abschriften zur Physik und Technik dienen ihm als Nachschlagewerk, denn vor allem alles, was mit Luft zu tun hat, fesselt ihn. Ob es wohl möglich sei, dass sich der Mensch eines Tages vogelgleich in die Lüfte erheben kann? Dieser Traum wurde schon in der griechischen Antike geträumt. So erinnert sich Caspar an die Mythologie von Ikarus und Dädalus in den »Metamorphosen des Ovid«. Ein vermessener Traum? Während seiner Studienzeit in Rom hat er immer wieder von ominösen Erfindungen Leonardo da Vincis gehört, und vor wenigen Jahren war er zu Besuch in der Bibliothek von Sankt Gallen. Für einen bibliophilen Menschen eine unbeschreibliche Goldgrube des gesammelten Wissens. Ein ihm wohl gesonnener Mönch, selbst an den Gestirnen interessiert, ermöglichte ihm Einblick in eine geheime handschriftliche Abhandlung zu dem 1505 erstellten Notizbuch »Code« mit Skizzen des italienischen Universalgenies Leonardo da Vinci. Was dieser »heimliche Atheist« nicht alles erfunden und entdeckt hat! Manche Kleriker glauben, das Genie müsse einen Pakt mit dem Teufel geschlossen haben. War das so? Zumindest hat Mohr bei seinem Italienaufenthalt auf keinem einzigen seiner Heiligengemälde einen Heilgenschein entdecken können. Das ist ihm damals aufgefallen. Die ihm später in Sankt Gallen vorgelegten Kopien der ehemals in Spiegelschrift verfassten Notizen und die genialen Zeichnungen zu Phänomenen in der Natur oder zu futuristischen Geräten und Maschinen hält die Mutter Kirche gar zu gerne unter Verschluss, drang der Künstler und Erfinder nicht doch viel zu sehr grenzüberschreitend in den geheimen Schöpfungsplan Gottes ein, gerade so, als wolle er diesem seine göttlichen Geheimnisse streitig machen. Verstohlen machte sich Caspar damals ein paar flüchtige Notizen, ehe er das Buch wieder unter Verschluss geben musste.

Doch der Mythos ist nicht verloren, davon ist Caspar fest überzeugt. Es ist wahr, schon oft ist er nachts im Traum durch die Lüfte geflogen. Dies jemandem anzuvertrauen wäre aber sehr gefährlich, hätte für ihn vielleicht sogar die Konsequenz, auf dem Scheiterhaufen zu landen, denn die Inquisition hat ihre Augen und Ohren überall. Herrlich waren die Träume aber allemal – zu schweben, die Welt von oben sich anzusehen und ungehindert an jeden beliebigen Ort zu gelangen – und nie ist er dabei abgestützt. Könnte das nicht so auch in Wirklichkeit funktionieren?

Einbau des Chorgestühls in Sankt Mang

Die Klosterkirche, »das Gozhus Unserer Frawen und Sanct Mang«, dicht am Konventgebäude, wurde vor Jahren gründlich renoviert, dem Zeitgeschmack angepasst und mit neue Altäre ausgestattet. Anfang 1717 hatten die Handwerker begonnen, im Chor das hochbarocke, vom Meister Georg Anton Machein geschaffene Chorgestühl einzubauen. Caspar Mohr, würde er noch leben, er würde täglich hinüberschauen, um den Fortgang der Arbeiten zu verfolgen. Vermutlich hätte er auch gewusst, dass der Holzkünstler auch schon für Riedlingen schöne Nothelfer geschnitzt hat. Als Besucher von »Sankt Magnus« mag man sich somit gerne in die Imagination seiner realen Präsenz versetzen: »Der Ordensmann ist fasziniert, wie sich Element an Element, Platte an Platte und Relief an Relief als Faszinosum zu Ehren des Herrn und der ganzen Heiligen Kirche zusammenfügen. An den fein geschnitzten, man müsste fast sagen ziselierten, Reliefszenen zu »Marienleben und der Passion Christi« in den Dorsafeldern (rückwärtige Relieffelder), kann er sich kaum satt sehen. Noch nie hat er eine biblische Geschichte in so fein illusionis-

Wäre es nicht herrlich, gleich dem Milan fliegen zu können?

tischer Ausarbeitung gesehen. Dennoch, der Bruder Caspar ist etwas beschämt, da ihn hier primär die handwerkliche Könnerschaft des Meisters und erst in zweiter Linie die inhaltliche Botschaft fasziniert. – Doch die kennt er ja eh schon. Er bekreuzigt sich, zuckt wie zur Entschuldigung etwas mit den Schultern und denkt: »Ja wirklich, wo hat man dergleichen schon mal gesehen?« Diese Feingliedrigkeit der Akteure und des ganzen Interieurs komponiert in einen flachen, aber tief hineinziehenden Illusionsraum. Wohl hat der Meister die Zentralpunktperspektive studiert und dennoch auf die Lebendigkeit seiner Darstellungen geachtet. Selbstredend ist Mohr besonders von der Szene angetan, in der das Element Luft in der Verkündigung Marias durch den geflügelten Erzengel Gabriel so schön wiedergegeben ist.

Beeindruckend, wie der Gnadenstrahl Gottes sich durch die rotierenden Wolkenformationen hindurch Bahn bricht. Auch der Erzengel, hier ein Wesen der Lüfte, rauscht auf sich dramatisch kreisenden Wolken daher, um die Botschaft zu überbringen, während in den oberen Sphären die Englein zum Lobpreis Gottes musizieren. Machein muss, wie er selbst vor vielen Jahren, in Rom oder Florenz gewesen sein, in Italien, dem Land der Künste und der Innovationen. Das überreich ausgestattete Chorgestühl hat der Holzkünstler in dunklem Nussbaumholz ausgeführt und dazu kontrastierend in hellem Lindenholz die Relieffelder hinter jedem der rückwärtigen Chorherrensitze eingefügt. Etliche Figuren von Ordensgründern flankieren die Felder zusätzlich zu beiden Seiten – alles hoch noble Persönlichkeiten. Lediglich die dritte Figur vom Altarraum her auf der linken Seite lässt Caspar Mohr etwas frösteln. Da steht der gestrenge Zisterzienserabt Bernhard von Clairvaux, ein bedeutender Mystiker und Hasser menschlicher Logik und Vernunft mit drohend erhobenem Zeigefinger. Andersdenkende mussten fürchten, von ihm als Häretiker bei der Inquisition angeklagt zu werden. – An diesem Herrn geht er lieber mit gesenkten Lidern vorüber.«

Eigene Werkstatt und Flugversuche

Caspar Mohr hält es nicht mehr. »Irgendwann sollte ich nicht nur träumen, sondern mal beginnen, Versuchsmodelle zu bauen.« Diese und jene Ideenskizze hat er vorbereitet, jedoch es fehlt ihm an Möglichkeiten zur Umsetzung. Nach der Laudes, der Morgenhore, trifft er, nicht ganz zufällig, den Klostervorsteher, seinen hochverehrten Abt. Zuerst verlassen sie gemeinsam und schweigend die Kirche und wenden sich dem Kreuzgang zu in Richtung Rempter zum gemeinsamen Frühstücksmahl mit den Chorbrüdern. Dann bleibt der Abt unvermittelt stehen und fragt: »Lieber Bruder, du hast was auf dem Herzen? Sprich, was bedrückt dich?« »Nun, lieber Vater, ich habe ein Anliegen. Ihr wisst ja, dass ich mich sehr für alles, was mit dem Phänomen Luft zu tun hat, interessiere. Viel habe ich jetzt darüber studiert und es freut mich, dass Ihr das alles immer unterstützt habt. Dafür möchte ich Euch von ganzem Herzen danken!« Der Abt blickt Caspar fragend ins Gesicht: »Und?« »Lieber Vater, gerne würde ich das, was ich mir theoretisch angeeignet habe, auch in Modellen ausprobieren, jedoch habe ich dazu weder Platz noch Werkzeug. Mein Anliegen wäre also, falls der gütige Herr Abt Möglichkeiten sähe, dies zu unterstützen, mir eine kleine Werkstatt einrichten zu dürfen? «Viel Geschätzter Bruder, ich weiß sehr wohl um deine Leidenschaft, Vorgänge in der Natur zu erforschen, und kann dies gut verstehen und dein Ersuchen daher bestens nachvollziehen. Mir ergeht es ja ähnlich. Was wollte ich mich ausschließlich mit astronomischen Schriften begnügen, ohne die Möglichkeit die Sterne und Planeten am nächtlichen Himmel in meiner kleinen Sternwarte beobachten zu können? – Wenn ich es bedenke, so fällt mir die alte Remise ein. Sie wird schon seit vielen Jahren nicht mehr benutzt und es wäre nur gut, wenn das Gebäude wieder eine sinnvolle Nutzung erfahren würde. Was meinst du dazu?« »Das wäre ja wunderbar! Lieber Vater, das Angebot nehme ich gerne an. Ich danke dir von Herzen für deine Erlaubnis und deine verständnisvolle Güte.«

Caspar Mohr kommt seinen klösterlichen Pflichten stets bereitwillig und voll Inbrunst nach. Sie stehen an erster Stelle und dürfen durch nichts in Frage gestellt werden. Sein Dienst an der Klostergemeinschaft und der Mutter Kirche hat immer oberste Priorität. In den Stunden, in denen er sich zurückziehen darf, richtet er sich jetzt nach und nach seine Werkstatt ein und legt sich ein kleines Warenlager zu. Entbehrliche Hölzer bekommt er vom Bruder Ökonom, anderes sammelt er bei seinen Spaziergängen in der Natur. Auch von den Bauern der Umgebung erhält er dieses und jenes und der Dorfschmied hält auch so manches Eisen für ihn im Feuer. Bald werkelt und bastelt der fromme Mönch an verschiedenartigsten Modellen, so z.B. an kleinen Vögeln aus ausdünnwandig geschnitzten Hölzern. Für die beweglichen Flügel dazu benutzt er leichtes Spahnfurnier, – alles so, damit die Vögel nicht zu schwer werden. Eines Tages, an einem schönen Sommertag, lässt er Flugmodelle vom oberen Stockwerk des Konvents ins Atrium des Kreuzgangs fliegen. Die Mitbrüder schauen von unten gespannt zu. Caspar wirft nacheinander zwei Vögel in die Luft und flügelschlagend flattern sie zu aller Belustigung hernieder. Einer der Vögel zieht dabei sogar eine spiralförmige Bahn, was besonders gut ankommt. Eine weitere Leidenschaft entwickelt Caspar Mohr auch im Bau von Flugdrachen, die man an einer langen Leine in der Luft halten kann. Und wenn sich die seltene Gelegenheit bietet, stehen immer Mitbrüder parat, um einen Drachen zu lenken. Fürwahr, das ist dann immer ein richtiges »Hallo!« In ihrem weißen Habit wippen dann die Mitbrüder freudig umher und schnattern wie die Gänse. Das Erstaunen und die Begeisterung in den Gesichtern ist nicht zu übersehen. Dann ereignet sich bald eine denkwürdige Szene: Im Spätsommer, die Anzeichen des Herbstes sind schon zu erkennen, bittet Caspar den Abt und die Mitbrüder, sich zu einer Vorstellung ganz besonderer Art einzufinden. Alle dürfen überrascht sein! Das Spektakel soll nach Sonnenuntergang stattfinden und alle warten gespannt auf dem weitläufigen Wiesenfeld östlich der Klausuren. Alsdann ist es soweit. Caspar hat einen besonders prächtigen Flugdrachen aus dünnstem Seidenpapier in der Form eines Lindwurms gebaut – sehr transparent und mit extrem langem, immer dünner werdendem Schweif. Das Erstaunen ist groß. Doch es wird noch größer, als Caspar im Kopf des Drachens eine Kerze entzündet, um seine neueste Kreation zu illuminieren. Nun lässt er das Fabelwesen in eleganten Schlingerbewegungen in den Nachthimmel steigen. Wie ein erglühter Dämon schwingt sich der Drache durch die Luft. Ein wirklich phantastisches Schauspiel, das sich da darbietet! Da reißt eine Böe das erleuchtete Flugobjekt hinüber zu den Klostergebäuden, wo es an einer Gaube anschlägt und sofort in Flammen aufgeht. Das Entsetzen ist groß. Alle rennen zum Unglücksort. Die Klostergebäude sind in höchster Gefahr, doch gelingt es durch behändes Eingreifen gerade noch Schlimmeres zu verhindern und das Feuer zu löschen, ehe der Dachstuhl selbst in Brand gerät. Der Abt ist nun gewarnt. Wie hypnotisiert hatte er das ganze Geschehen in sich aufgenommen. Weitere Vorführungen wird es künftig nicht mehr geben, denn das Abenteuer mit dem Lindwurm, einem schlechten Omen ohnehin schon, hat fast die Existenz des Klosters gefährdet. »Man darf nicht mit der Gestalt des Dämons spielen«, sagt er kaum hörbar und mit bebender Stimme. Als sich alles beruhigt hat, ruft er nach dem Komplet Caspar Mohr zu sich in den Kreuzgang. Als sie hinaustreten, bläst der Abt theatralisch vernehmbar die Atemluft durch die Nase aus. Kurzes Innehalten, dann wendet sich der Abt an den konsternierten Bruder: »Lieber Mohr – ah – lieber Bruder Caspar. Warum ich dich gerufen habe, dürfte ja wohl klar sein. Gerne magst du auch in Zukunft forschen. Dies zuzulassen fällt mir nach dem heutigen Vorkommnis nicht leicht! Allerdings erwarte ich mehr Demut und Gottesfürchtigkeit von dir. Dein Hang zum Spektakel hat heute unsere ganze Klostergemeinschaft in Gefahr gebracht. Das kann und will ich nicht dulden. Vorführungen von irgendwelchem Hokuspokus untersage ich dir somit für alle Zukunft. In deinem Selbstverständnis wirst du nun mehr Zurückhaltung üben müssen, denn wir sind Chorherren und keine Gaukler oder Schauspieler, die um Applaus heischen.« Über dem in sich gekehrten Ordensmann schlägt der Abt das Segenskreuz und entlässt ihn damit aus dem »Gespräch«.

Wochen und Monate vergehen und das Klosterleben verläuft in strengen, geordneten Bahnen. Caspar fertigt jetzt hölzerne Gerätschaften für den allgemeinen Gebrauch an: Rechen, Heugabeln, Sprossenleitern, Zaunpfähle, Klettergerüste für Rankenbepflanzungen usw. Ausgelassene Feste oder Veranstaltungen zur allgemeinen Erheiterung gibt es keine mehr. Mancher ist da innerlich etwas erzürnt und lastet dies dem Leichtsinn des Bruders Caspar an. Andererseits hat sich ja jeder selbst für ein kontemplatives Leben entschlossen, als er in den Orden eingetreten ist. Das Leben in einem christlichen Kloster kennt nun mal keinen Vergnügungsanspruch.

Wachsen einer Idee und ihr Scheitern

In freien Stunden sinniert Caspar nun wieder, mit Blick in die vorüberziehenden Wolken, über Phänomene des Fliegens nach. »Warum hat man eigentlich die Genien in der Antike und später die himmlischen Boten mit Flügeln dargestellt?« Aus einer abgelegten Schriftenmappe zieht er eine alte Notiz zum Vogelflug und zu einem Flugapparat Leonardo da Vincis hervor. Diese Notiz hatte er sich vor Jahren heimlich wie ein Dieb in der Bibliothek von Sankt Gallen angefertigt. Die Versuchung war einfach viel zu groß und er weiß, dass er damals einen Tabubruch begangen hat. Doch ist es wirklich Gottes Wille, dass die Menschen auf ihre kreativen Fähigkeiten, die er ihnen ja mitgegeben hat, verzichten? Heißt es in der Genesis nicht »*Macht euch die Erde untertan*«? Kann es denn verwerflich sein, an einem Flugapparat zu bauen? Wenn er realisiert werden würde und auch funktionstüchtig wäre, könnte ich vielleicht ja nochmals mit dem Abt reden, versuchen ihn vom Nutzen eines solchen Apparates zu überzeugen?

Caspar Mohr sammelt fleißig Gefieder- und Schwungfedern von Gänsen und Schwänen, biegsame Weidenruten, Bastschnüre sowie reichlich Fichten- und Kiefernharz. Dann, als eines Tages von einem Gönner zwei Schwäne für die Küche vorbeigebracht werden, bittet er den »Küchenchef«, ihm doch einen Flügel in Gänze zu überlassen. Die anatomischen Gegebenheiten vergleicht er mit den Modellzeichnungen von Leonardo, der von den »Bugknochen« aus zur nötigen Wölbung der Schwingen Querstäbe vorsieht, was auch die spätere Deckung mit Federn erleichtern könnte. Im Prinzip könnte er auch ähnlich verfahren. Den sonstigen Aufbau der Extremitäten würde er der realen Natur möglichst getreu nachempfinden und entsprechend anpassen: Oberarmknochen, Unterarmknochen mit Elle und Speiche und die Handknochen in einem zusammengenommen. Darüber käme der subtile Aufbau der Federn: Handschwingen, Handdecken, Armschwingen und so weiter. Alles an seinem Ort und gut verankert und verklebt. Vor allem auf möglichst lange Schwungfedern müsste er Wert legen, denn diese sind bei schlechten Fliegern meist stark verkürzt ausgebildet, wie man ja bei den Hühnern sehen kann. Caspar Mohr ist von seiner Idee, als erster Mensch fliegen zu können, völlig eingenommen, auch wenn andere diese Idee schon vor ihm hatten. Er aber würde es sein, der diesen Traum wahr macht! Viele Stunden verbringt er in seiner Werkstatt und tüftelt an einem circa zwei mal drei Ellen langen Flügelpaar. So merkt er, dass Bastschnüre für dauerhafte Verbindungen sich nicht eignen. Er ersetzt sie durch feuchte Lederstreifen, die sich beim Trocknen eng und nahezu unlösbar zusammenziehen. Als heißen Kleber verwendet er Baumharz vermischt mit Asche. Das ergibt eine zähe Pechpaste, mit der er die Federkiele an den Rahmenhölzern bzw. den elastischen, quer eingezogenen Lederriemen befestigen kann. Das Flügelpaar hat allmählich Form gewonnen, weshalb er es stabil und dennoch leicht beweglich an das Tragegeschirr anzupassen versucht. Noch ein bis zwei Wochen, dann ist der Flugapparat fertig. Die Tage sind lau und Caspar wartet auf einen günstigen Moment, um seinen Flugapparat zu testen. Als eine feine, warme Briese von Südwest aufkommt und das gemeinsame Morgengebet der Mönche zu Ende ist und jeder seiner Tätigkeit nachgeht, betritt Caspar unbemerkt das Torhaus zwischen der Kirche bzw. dem Priorat und dem Konventgebäude. Dann steigt er die Stufen hinauf bis zum vierten Stock. Sorgfältig schnallt er sich seine Flügel um, eine wahrhaft echte Ingenieursleistung, entwickelt parallel zur Natur. Hier oben ist mit der höchste Punkt des Klosters, von wo aus er seinen Flug starten kann. Er öffnet das Fenster und steigt auf die Brüstung, eingerahmt von den Giebelvoluten links und rechts. Noch zögert er mit dem Absprung, noch ist der nötige Aufwind nicht stark genug, als eine innere Stimme zu flüstern scheint: »Flieg Mönchlein – flieg!«

Aus dem Priorat im dritten Stock schaut eben der Abt aus einem Fenster herüber. Ihm stockt der Atem. Schräg über ihm, im obersten Stockwerk des Torhauses, sieht er Caspar Mohr mit Engelsflügeln auf der letzten Brüstung stehen, bereit zum Sprung in die Tiefe. Der Abt reißt das Fenster auf und ruft dem Luftpionier zu, bitte noch einen Augenblick bei seinem Vorhaben inne zu halten. Er müsse zuerst noch kurz mit ihm reden, das sei sehr, sehr wichtig! Der Klostervorstand eilt nun, so schnell es seine weite Soutane erlaubt, hinüber zum für den Sprung entschlossenen Bruder Caspar, erreicht ihn und zieht ihn mit kräftigem Ruck nach innen. Atemlos und mit entsetzt aufgerissenen Augen stehen sich die beiden Männer gegenüber. Dem einen wurde ein Triumph gestohlen, der andere hat in letztem Moment das Leben seines Mitbruders gerettet.

Es dauert eine geraume Zeit, bis der Abt die Fassung wiedergefunden hat und sich nun an den verhinderten Luftakrobaten wendet: »Lieber Bruder, gerne magst du forschen, um die Wunder der Schöpfung zu preisen – auch fürderhin. Jedoch bedenke, wenn Gott der Schöpfer gewollt hätte, dass wir engelgleiche Flügel hätten, er hätte sie uns sicherlich wachsen lassen. So aber hat er entschieden, dies seinen himmlischen Boten, Kerubimen und Seraphen und den Vögeln des Himmels vorzubehalten. Es ist Hybris und eine Herausforderung des Herrn, ihn verbessern zu wollen und seinen weisen Plan zu missachten. Bedenke, zwar dürfen wir um der Gnade willen uns den vielen Wundern der Schöpfung voll Erstaunen zuwenden, aber keinesfalls dürfen wir aus Menschen Chimären machen wie auch aus Schafen keine Wölfe und umgekehrt! – Du verstehst, was ich sagen will! Alles hat seine gottgewollte Ordnung, die wir nicht in Frage stellen sollten, denn das wäre Sünde. Erinnere dich doch auch daran, was der Apostel Matthäus in seinem Evangelium zu den Versuchungen Christi durch den Teufel schrieb: » … *Darauf nimmt der Teufel ihn mit in die Heilige Stadt und stellte ihn auf die Zinne des Tempels und spricht zu ihm: Wenn du Gottes Sohn bist, so wirf dich hinab! Denn es steht geschrieben: »Er wird seinen Engeln über dir befehlen, und sie werden dich auf den Händen tragen, damit du nicht etwa deinen Fuß an einen Stein stößt.« Jesus sprach zu ihm: Wiederum steht geschrieben: Du sollst den Herrn, deinen Gott, nicht versuchen.« (Matth. 5–7)*. Lasse also ab von deinem Tun, lasse auch du dich nicht von den Einflüsterungen des Teufels verführen. Lieber Bruder Technikus, gerne möchte ich dir auch den »Baum der Weisheit« des Porphyrios zum Studium empfehlen, der uns damit die göttliche Ordnung auf verständliche Weise aufzeigt.«

Da fällt Caspar Mohr vor seinem Abt weinend auf die Knie nieder und bittet für all seine Verfehlungen inständig um Vergebung. Fortan führt er ein tadelloses Mönchsleben und wird nach dem Ableben des Abtes selbst zu dessen Nachfolger gewählt.

BLUTRACHE IM DONAUTAL

»Die Eitelkeit ist die Furcht, original zu erscheinen, also ein Mangel an Stolz, aber nicht notwendig ein Mangel an Originalität.«
(Friedrich Nietzsche)

Ein Fest der Eitelkeiten – Die Stuttgarter Hochzeit von 1511

Mädle, Mädle, sei net so stolz, deine Schuh send bloß von Holz,
ond seien se von Edelstein, so möcht ich doch mit dir net heim …

So brummte noch vor Tagen der missmutig gestimmte junge Herzog Ulrich von Württemberg vor sich hin, als er an seine kurz bevorstehende Hochzeit dachte, die er mit der Prinzessin Sabina von Bayern aus dem Hause der Wittelsbacher eingehen muss. Was würde er doch dafür hergeben, seine Jugendliebe Ursula von Hutten, eine geborene Thumb von Neuburg, in deren Elternhaus er aufgewachsen ist, freien zu dürfen. Doch die Staatsräson verlangt die Einhaltung des Ehevertrags, welcher schon in seiner Kindheit und noch auf Wunsch Kaiser Friedrichs III. so ausgehandelt wurde. Liebesheiraten sind in Adelskreisen einfach nicht angesagt. Es mag der 24 Lenze zählende

Ulrich »hirnen« wie er will, nach 13-jährigem Verlöbnis besteht Kaiser Maximilian I. jetzt auf der Einhaltung des Vertrags. »Nun, wie lästig wird mir die Dame auf Dauer werden, vorausgesetzt sie liebt mich? – Und liebt sie mich nicht, wie da erst wird sie mir auf den Geist gehen? Lästig hin oder her, mir bleibt wohl keine Wahl – heiraten wir also!« Da der Herzog ohnehin eitel ist (der Name verpflichtet, wurde er nicht doch auch auf den Namen Eitel Heinrich getauft; Ulrich heißt er erst seit seiner Firmung) und seinem Bedürfnis nach Repräsentation Rechnung tragen will, findet die Hochzeit mit unglaublichem Pomp am 2. März 1511 in Stuttgart statt. Alles, was im Land und Reich Rang und Namen hat, ward eingeladen; insgesamt wohl um die 7000 Personen aus Hochadel und Kirche. Rund um das Stuttgarter Wasserschloss (Altes Schloss) werden alle Bürger der Stadt zwei Wochen lang reichlich verköstigt und mit Musik und allerlei Darbietungen unterhalten. An nichts soll es fehlen – doch die Kosten wird der Herzog später von seinen Untertanen gnadenlos wieder eintreiben, dessen ist sich der blaublütige Herr heute schon gewiss!

Im Kreise der Honoratioren und deren Familien wird der Fürstbischof in der nahe gelegenen Stiftskirche dem Brautpaar das Ja-Wort abnehmen und ihnen seinen kirchlichen Segen spenden. Allein die Ankunft der vielen hohen Herrschaften, in ihren schmucken Kutschen samt Entourage, bietet dem staunenden Volk außergewöhnliche Anblicke. Die besten Plätze in der Kirche werden von Hofbeamten nur einer engeren Auswahl geladener Gästen nach Rang und Namen zugewiesen – die wichtigsten vorne im Chor und entlang des Mittelschiffs, der Rest verteilt sich, wo noch Platz ist. Dem kaiserlichen Gesandten und Pfalzgrafen von Tübingen Felix von Werdenberg wird die Ehre zuteil, die Braut in die Kirche zu geleiten, was ihm von seinem boshaften Verwandten, Grenznachbarn und Widersacher General Andreas von Waldburg-Sonnenberg aus

Scheer offen geneidet wird. Um heute seiner herausgehobenen Stellung entsprechend Ausdruck zu verleihen, hat sich der studierte Pfalzgraf Felix gleich einem Pfau, seiner Meinung nach originell, ganz nach der neuesten »Schweizer Mode« herausgeputzt: Unter seinem schicken, mit Federn geschmückten Barett fällt kaskadenartig sein lang gewelltes Haar bis zur Schulter herab. Sein an den Ärmeln geschlitzter, mehrfarbiger Wams ist vorne geschnürt und schließt unterhalb des Gürtels mit kunstvoll gefälteltem Schoß ab. Zweifarbige und geschlitzte Langstrümpfe verleihen dem Edelmann schlanke Beine, während er zum Kontrast an den Füßen breite, dunkle Kuhmaulschuhe trägt. Weil der Werdenberger von Wuchs etwas klein geraten ist – er dürfte nicht viel größer als fünf Ellen messen – hat er sich Trippen untergeschnallt, also Unterschuhe aus Holz, sodass seine Erscheinung nicht gar zu zwergenhaft erscheinen mag. Dies alles sei nur stellvertretend angeführt. Selbstverständlich haben alle Hochzeitsgäste entsprechendes Gewicht auf ihre äußere Erscheinung gelegt, gilt es doch einerseits Respekt zu erweisen, andererseits geht es bei solch einem besonderen Ereignis ja auch ums »Sehen und ums Gesehen werden«.

Sich seiner Ehre voll bewusst führt Felix die Braut gewogenen Schritts auf dem roten, ausgerollten Teppich durchs Mittelschiff auf den Chorraum zu, wo der Bräutigam, die Trauzeugen und die Bischöfe zur Vermählungszeremonie bereits Aufstellung genommen haben. Etwa auf halber Strecke defilieren Braut und Brautführer auch am stolzen Graf Andreas von Waldenburg-Sonnenberg aus Scheer vorüber, mit dem der Werdenberger schon seit Jahren wegen Grenzstreitigkeiten in Fehde liegt. Wie mag es anders auch sein, der hoch gewachsene General kann es sich mit seinem losen Mundwerk einfach nicht verkneifen, dem Brautführer höhnische und ehrverletzende Worte bezüglich dessen Körpergröße gut vernehmbar zuzuraunen, worauf ihn der Werdenberger mit hochrotem Kopf anzischt: »Andreas, das hast du jetzt zu keinem Toten gesagt!«

Hochmut kommt vor dem Fall

Auch nach der kirchlichen Trauung und dem fulminanten Festbankett geraten die Streithähne abermals aneinander, nämlich als Graf Felix die stattliche und hochwohlgeborene Prinzessin Sabina zur Tanzfläche geleitet. Bei dieser Gelegenheit ruft ihm der Graf Sonnenberg zu: *»Männle, reck dich – Männle, streck dich!«* Die daraufhin ausgestoßenen Drohungen des Werdenbergers mag er dabei spöttisch erwidern und ätzt, das umgewandelte Tritonenbild der »bocca della verita« (»Mund der Wahrheit« in Rom) bemühend, hochmütig weiter: *»Oh Männlein, du willst mir drohen? Was mag mir so ein Studentlein wohl thun, er wäre ja so keck nicht, zuzubeissen, wenn ich ihm nur den kleinen Finger in das Maul und zwischen die Zähne legen solle.«* Da Felix von Werdenberg das schöne Fest nicht trüben will, lässt er den Disput fürs Erste auf sich beruhen, doch innerlich sinnt er auf grausame Rache.

Auf eine günstige Gelegenheit, die bei der Hochzeit erlittenen Ehrverletzungen dem arroganten Sonnenberger tüchtig heim zu zahlen, muss Felix nicht lange warten, erhielt er doch den vertraulichen Hinweis, Andreas sei nur mit wenigen Gehilfen und seinem Hauskaplan zur Jagd auf seine Herrschaft Bussen, Dürmentingen und Unlingen geritten. Erst am späten Nachmittag des 10. Mai 1511 beabsichtige er dann mit erlegtem Wildbret wieder heim zur Burg Scheer aufzubrechen. Für Felix ist klar, dass sein Kontrahent bei einem Jagdausflug nur einen schlichten Jagdrock und keine allzu schweren Waffen tragen wird. Die wenigen Jagdgehilfen außer Gefecht zu setzen, dürfte auch kein großes Problem darstellen. Also stellt der gekränkte

Herr bei seinem Schwager auf der Zimmerschen Burg Wildenstein im oberen Donautal einen waffenerprobten Reitertrupp zusammen und zieht mit diesem Haufen die Donau abwärts, zunächst nach Sigmaringen, um dort seinem Bruder Christoph von Werdenberg seine Aufwartung zu machen, muss von dort aber unverrichteter Dinge weiterziehen. Im zu weiten Teilen verbuschten Dreieck Ertingen – Hundersingen – Herbertingen, dem sogenannten Breitried, legt sich die Meute auf die Lauer. Um das Überraschungsmoment optimal ausnützen zu können, beabsichtigt man nach Möglichkeit, sich dem Sonnenberger bei seiner Ankunft nicht sofort zu erkennen zu geben. Alsdann legen die Wegelagerer über den morastigen Reiterweg ein sorgsam getarntes Zugseil, welches sie bei Bedarf hochreißen und festzurren können. Sicherlich würden dabei die Pferde scheuen; eine rasche Flucht durchs Sumpfgelände wäre kaum möglich. Um die Wartezeit kurzweilig zu halten, spielen einige der Lanzer mit Karten, andere würfeln oder flachsen und sind guter Laune, hat ihnen der Werdenberger Graf doch einen ordentlichen Vorschuss von mehreren Gulden für ihren anstehenden Einsatz bezahlt. Ein Gulden entspricht annähernd dem Sold eines ganzen Monats. Da – eine der Wachen signalisiert, dass in der Ferne zwei Reiter in leichtem Trab auftauchen. Schnell verdrücken sich die geharnischten Spießgesellen hinter Hecken, um nicht gesehen zu werden. Doch bald ist klar, dass es sich bei den arglosen Reitern nur um die Vorhut handelt, welche die Jagdbeute des Sonnenbergers, einen Rehbock und einen Eber, auf die Burg nach Scheer schaffen sollen. Ohne die feindlichen Landsknechte bemerkt zu haben, passieren sie. – Je weniger Zeugen und Aufhebens es gibt, umso besser, denkt Felix. Von den ungemähten, sauren Donauauen steigen inzwischen kühl die Dunstschwaden auf, und der Steilhang links der Donau wirft bereits seine Schatten weit über die Uferzone bis in das schwammige S -cker- und Mündungsgebiet des Rötenbachs hinein. Von Herbertingen, Hundersingen sowie von Neufra her ertönt zeitgleich das abendliche »Angelusläuten«, ein Zeichen dafür, dass die Kirchen jetzt ihre Portale schließen – heute aber klingt das heilige Bimbam wie das Fanal zu einer anstehenden blutigen Auseinandersetzung. Und tatsächlich dauert es nicht lange, bis Graf Andreas von Sonnenberg auf seinem Heimweg unbekümmert daher geritten kommt. Keiner seiner Knechte ist mehr bei ihm. Sie alle sind schon vorausgeritten, um die Ankunft des Burgherrn in Scheer anzukündigen. Lediglich der Hauskaplan reitet noch an seiner Seite und setzt eben, nachdem er still das »Angelus Domini« (Engel des Herrn) gebetet hatte, wieder sein Birett auf, als über dem Gebüsch kurz vor ihnen der Warnruf eines Eichelhähers ertönt. Der erfahrene Jäger erkennt sofort, dass da etwas im Busch ist – aber zu spät. Das Sperrseil über dem Reiterpfad schnellt nach oben, die Pferde scheuen und drohen, die Reiter abzuwerfen, als die Mordgesellen bei geschlossenem Visier blitzschnell in Stellung gehen und mit Armbrust und Spießen den überraschten Grafen attackieren und dieser schwer getroffen in das kühle Moos stürzt. Der ebenfalls gestürzte, aber unverletzt gebliebene Kaplan bittet die Häscher flehentlich, dem in seinem Blute liegenden Grafen noch die Beichte abnehmen zu dürfen. Doch der entfesselte Hass des Felix von Werdenberg ist viel zu groß. In seinem Blutrausch verabreicht er stattdessen seinem Kontrahenten noch mehrere Streiche mit dem Schwert und ruft dabei aus hasserfüllter Kehle: *Andreas zu Pferd, sei Gaul isch nix wert. Hoppe hoppe Reiter, wenn er fällt, noh schreit er! Ene bene suptrahene, divi davi domi neni, ecca bocca, casa nocca, zingle, zangle dus, mim Andi isch jetzt Schluß!*

Entsetzt rafft sich der Geistliche auf und flieht, von panischer Angst gepackt, von diesem unheilvollen Ort. Auch, als der Graf von Scheer sein Leben bereits ausgehaucht hat, lassen die Attentäter nicht von ihm ab, sodass sein Leichnam, als man ihn anderntags birgt und nach Scheer überführt, über zwanzig schwerste Verwundungen aufweist.

Eine Bestrafung des Mörders wird von Kaiser Maximilian I. später verhindert, zumal Felix von Werdenberg einerseits ja in seiner Obhut aufgewachsen und erzogen worden war, und zum anderen, weil dieser die Beleidigungen auf der Stuttgarter Hochzeit durch den Sonnenberger während seines Dienstes als »Kaiserlicher Gesandter« habe erleiden müssen.

Sühnebild in Sigmaringen

Über dem Hauptportal des Schlosses in Sigmaringer, dem ehemaligen Wohnsitzt des Bruders Felix von Werdenberg, befindet sich als Votiv- oder Sühnebild ein Sandsteinrelief, welches mit dem Mord in Verbindung gebracht wird. Das Bildwerk von 1526 zeigt im linken Drittel das Prunkwappen mit zwei Zierhelmen. Der linke bekrönt mit einer von zwei Rosen bestückten Mitra, der rechte mit einem Jagdhund (Bracke). Das Wappenfeld selbst ist ein Geviert, wobei über Eck Fahnen mit Hängelbahnen (Gonfanone) und Fransen bzw. getreppte Bänder (Heiligenberger Stiege) platziert sind. Unten schließt das Wappen mit dem Orden des »Goldenen Vlieses« ab. Rechts des Wappens kniet Graf Felix im Harnisch anbetend vor einer Pietadarstellung. Die Innschrift darunter lautet: *Felix graff zu Werdenberg vnd zu dem Hailigenberg 1526*. Auf dem geschlungenen Spruchband über der Szene ist folgende Fürbitte zu lesen: *Mater dei, memento mei.* Die stilisierten Greifen in den oberen Zwickeln dürften Verweise auf die Herkunft von Felix' Ehefrau Elisabeth, Gräfin von Neuchâtel/Elsass, sein.

RUND UM DIE BURG SCHATZBERG

Weidmanns Heil – Der getüpfelte Hornbär vom Schatzberg

Warum Alberich, der alte Förster von Langenenslingen, heute Morgen sich einer Operation unterziehen muss, ist schnell dargelegt. Seit mehreren Wochen schon kann er seine Blase, wie dies häufig bei älteren Männern vorkommt, nur noch recht dünnstrahlig und unvollkommen entleeren. Eine Behandlung der Prostata scheint da nur angebracht zu sein. Kurz vor der OP erklärt ihm der Narkosearzt Dr. Nirva (bei diesem Namen denkt Alberich unmittelbar an das Nirvana) das ganze Prozedere und dass er, Alberich Bär, während der Operation nichts spüren und vermutlich auch nichts träumen würde. Gegen die Schmerzen würde er danach ein Schmerzmittel bekommen und könne so in der Erholungsphase auch angenehm ruhen.

Inzwischen liegt Alberich wieder, wenn auch noch etwas benommen, auf seiner Krankenstation wach im Bett. Alles scheint gut verlaufen zu sein. Aber in der momentanen Situation vermag er nicht viel mit sich anzufangen. Er befindet sich in einer

Art Schwebezustand, einem Zustand von Unentschlossenheit und Leere. Dann beginnen die Gedanken um seinen aktuellen gesundheitlichen Zustand zu kreisen, den er noch gar nicht so recht einzuschätzen vermag. Als er sich darüber eindeutige Gewissheit verschafft hat, der eingebrachte Katheter legt dies offen, fallen ihm Episoden aus seinem früheren Berufsleben ein und wie glücklich und zufrieden er doch in dieser Zeit seiner Tätigkeit war. Ja, jung und kräftig und voller Tatendrang war er! Mit den Jahren kannte er in dem weitläufigen Gebiet, das ihm anvertraut war, jeden Winkel, jede Schonung, jeden Steinbruch, sämtliche Gewässer und jede historische Marke in der Landschaft. Auch nach seiner Pensionierung ging er häufig noch all die ihm bekannten Pfade ab. Er kennt viele geheime und lauschige Flecken, wo man verweilen und seinen Gedanken gut nachhängen oder Tiere beobachten kann, auch heute noch. Gerne stellt er sich an solchen Plätzen vor, wie es hier in der Gegend wohl früher ausgesehen haben mag und wie die Menschen damals mit der Wildnis zurechtkamen. Nun, es braucht nicht immer ein lauschiges Plätzchen für derartige Sublimierungen – auch ein warmes Bett im Krankenhaus mag dies zuweilen begünstigen. Zumindest fallen Alberich vor Müdigkeit jetzt die Augen zu und er gleitet wie durch eine Zeitschleuse hinüber in das letzte Viertel des 13. Jahrhunderts an den Hof der Burg Schatzberg bei Egelfingen: Alberich Bär ist Jagdaufseher auf der Spornritterburg Schatzberg und hat, aufgrund familiärer Bindungen der Herrschaften untereinander, es teilweise auch mit der Ritterschaft von Wilflingen zu tun. Im Wesentlichen umgibt diese steinerne Burganlage mit Bergfried ein Graben und eine circa zwei Ellen dicke Ringmauer. Weitere Gebäude aus Holz bzw. Holz-Lehm-Geflecht wie Gesindehaus mit Küche, sind wegen des Kamins an den Bergfried angebaut. Stallung, Scheune und Schmiede sind entsprechend an der Umfassungsmauer entlang angegliedert. Später wird man im Vorfeld um den Burgberg herum noch einen Palisadenring anlegen.

Bereits seit dem frühen 13. Jahrhundert gehören die Ritterschaft Wilflingen mit dem Hufenweiler Enslingen, das sich jetzt allmählich zum Straßendorf entwickelt, sowie die Burg Schatzberg bei Egelfingen den Herren von Hornstein, einem schwäbischen Uradelsgeschlecht. In der Region nennt das Adelshaus noch viele weitere Besitzungen sein Eigen. Rechtlich sind die Hornsteins den Grafen von Veringen als Vasallen unterstellt, die wiederum dem Hause Habsburg mit König Rudolf IV. (1273–1291) an der Spitze sich verpflichtet sehen.

»Der König ist ein König des Glücks«, so spricht man, der gerecht und umsichtig sein Amt ausführe. Jedoch, es herrschen unruhige und wechselvolle Zeiten im Land. Kreuzzüge werden zum wiederholten Mal vorbereitet, zu deren Finanzierung Geld benötigt wird, das nicht vorhanden ist. Also werden überall die Steuern erhöht, Geld, das dann den ergrimmten Kurfürsten fehlt. Der Druck auf die Bevölkerung wird zum Teil unerträglich und mancher Ritter muss mit alten, rostigen Waffen vorlieb nehmen und einen tüchtigen Knappen und Stallburschen kann mancher Edelmann sich auch kaum mehr leisten. Als Ritter gehört man zum niederen Adel, der für seine Ausrüstung, sein Pferd und seine Hofhaltung selbst aufkommen muss, weshalb ihm vom Stammhaus zumeist als Ausgleich ein Lehen mit Wald und landwirtschaftlichen Gütern gewährt wird.

Immer wieder ziehen seltsam fanatisierte Büßergestalten ekstatisch und mit entblößtem Oberkörper durch die Lande. Dabei geiseln sie sich selbst mit Ruten blutig zu Ehren des lebendigen Gottes. Und von Tübingen und der mehrere Tagesreisen entfernten Stadt Stutengarten am Neckarufer erfährt man, dass es den Juden, diesen elenden »Gottesmördern«, an den Kragen gehen soll. Damit sie von jedermann erkannt werden, müssen sie diskriminierende Kleidungsstücke tragen, welche sie klar als Juden ausweisen. Im Spannungsfeld von Mystik und Scholastik von *contemptus mundi* (Weltverachtung) und *speculum mundi* (empirischer und dialektisch unterfütterter Weltbetrachtung) sowie der stetigen Ausbreitung von »Laienbewegungen«, die zum Teil ihren Ursprung in Frankreich haben, wird bereits um 1234 ein innerkirchliches Disziplinarverfahren eingeführt, die Inquisition, welche sich alsbald als »Heilige Inquisition« der Ketzerprozesse annimmt. Weh dem, der sich abfällig gegenüber der Heiligen Kirche und deren Dogmen äußert! Die Inquisitoren verhalten sich bei ihrem Tun wie Staatsanwalt, Verfolger, Ankläger und Richter in einem. Angst und Schrecken verbreiten die Domini canes, die »Jagdhunde des Herrn«, die dogmatisch aufgeheizten Dominikanermönche mit ihren vom *»vicarius Christi«*, dem »Statthalter Christi« in Rom, verliehenen inquisitorischen Vollmachten zur Bekämpfung der Häresie. Der Denunziation sind ab nun die Schleusen geöffnet. *»Vulpes parvulus capere«* haben sich die Inquisitoren auf die Fahne geschrieben, was so viel bedeutet wie »die Ketzer wegfangen, sie ausrotten!« Manch aufmüpfiges Mönchlein und manche »Hexe« hauchen alsbald auf dem Scheiterhaufen qualvoll ihre Seelen aus – und drüben im nahen Ertingen, da hat man bereits die ersten Hexen öffentlich dem Feuer übergeben. Da braucht es Festigkeit im Glauben. Geistig-mystische Nahrung und Unterweisung für die Gläubigen tut da not und kann von den Zisterziensernonnen des naheliegenden »Klosters Heiligkreuztal« (Vallis sancte crucis), am Schoppenbach gelegen, erwartet werden. Die frommen Damen, adelige Beginen, verstehen sich in der Linderung seelischer wie körperlicher Schmerzen und werden daher von allen aufs Höchste verehrt.

Alberich Bär macht seine alltägliche Morgenrunde. »Etwas frisch ist es heute«, denkt er und umrundet gemächlich zuerst das obere, dann das untere Gelände der Schatzburg. Die ritterliche Herrschaft mit Familie und das Gesinde schlafen noch, werden aber, sobald die Sonne über den Baumwipfeln aufgeht, erwachen und sich zum Morgengebet und zum gemeinsamen

Frühstücksmahl in der Küche einfinden. Nur zwei Landsknechte halten Wache, bzw. halten sich vornübergebeugt an ihren Spießen fest und scheinen sitzend eingenickt zu sein. Für Alberich morgens ein fast gewohnter Anblick, zumindest kann sich immer einer der Soldaten nach langer Wacht kaum mehr auf den Beinen halten. Er braucht nur etwas zu hüsteln und schon fahren die Wachsoldaten irritiert hoch, reiben sich kurz die Augen und grüßen den Jagdaufseher freundlich. Mit erhobenem Zeigefinger mahnt dieser zu größerer Wachsamkeit. Natürlich, der Burgherr, der sogenannte »Waldfürst«, dürfte von dieser Nachlässigkeit im Wachdienst nichts erfahren. Da würde er heftig aus der Haut fahren, immerhin ist man in diesem abgelegenen Waldgebiet vor wilden Tieren, Strauchdieben und unerwünschtem Gesindel nicht sicher.

Nach seinem Rundgang, Alberich hat nichts Nennenswertes entdeckt, bis auf ein paar Sträucher, die man an der Ringmauer zurückschneiden sollte, gesellt er sich zu den inzwischen Anwesenden in die Küche. Alle sitzen sie auf Bänken rundum an einem langen, robusten Tisch, in dessen Mitte eine große Schüssel mit Mus gestellt wurde. Dazu erhält jeder einen Becher Milch, an Feiertagen auch Dünnbier. Gemeinsam löffeln alle aus der Schüssel, anfangs wortlos, dann kommen zum Geschlürfe und Geschmatze einzelne Wortbeiträge hinzu: wie man geschlafen habe, dass sich der Sommer zu Ende neige und man genügend Vorräte für den Winter sammeln müsse, dass die Jagdsaison demnächst eröffnet werde und man genügend Treiber vom Dorf brauche, und wer welche Aufgabe am heutigen Tag zu erledigen habe. Die hochwohlgeborene Burgherrin wünsche sich überdies für den Winter als Bettunterlage eine neue Felldecke vom Fuchs, Wolf oder Baummarder, und der Jagdaufseher Alberich sollte für den heutigen Tag zwei Arbeiter haben, um frisches Herdholz zu schlagen. Der zwölfjährige Stammhalter wird bis zum Mittag durch einen Knappen und

Lanzenträger in ritterlichen Tugenden unterwiesen, wie zum Beispiel in reiten und fechten. Darauf legt der nobilitas, wie der Chef des Hauses auch genannt wird, größten Wert. Nun hebt der Waldfürst die Tafel auf und ein jeder geht seiner Tätigkeit nach. Viel Abwechslung erlebt man auf der Burg in der Regel ja nicht. Fast jeden Tag ist es dasselbe. Die Kammern sind kühl, das Essen ist lau und eintönig und Abwechslung gibt es, zumindest unter der Woche, kaum, denn letztendlich geht es immer ums Überleben und das bedeutet täglich harte Arbeit. Schließlich ist man ja nicht zum Spaß auf dieser Welt!

Als Jagdaufseher hat Alberich, »der Kurzgewachsene«, quasi einen Sonderstatus. Als Gefolgsmann ist er so etwas wie die rechte Hand des Waldfürsten geworden, oberster Knappe, wenn man will, und er kann viele Entscheidungen selbst treffen – und das gilt nicht nur für das Weidwerk. So kontrolliert er die Knechte, erteilt Aufträge an den Schmied, sieht nach den Landsknechten und hält Kontakt zur Ritterschaft Wilflingen und zur leibeigenen Landbevölkerung von Enslingen und den weiteren umliegenden Weilern und Gehöften. Alles, was weiter nach oben geht, verhandelt der Burgherr z. B. mit den Hornsteins oder den Veringern selbst.

Durchs Dickicht, zwischen eng ineinander wuchernden Schößlingen, die sich nach dem Licht strecken, Reinfarnbüscheln und Brombeerranken, bahnt sich das Ungetüm von einem Bär seine Bahn. Er ist ein wahrer Koloss von einem Pelztier, der schnaubend und mit gefährlich rollenden Augen die Gegend unsicher macht. Das Dornengebüsch, durch das er sich zwängt, kann seinem dicken Pelz und seinen Pranken nichts entgegensetzen. Vermutlich ist dies Untier das letzte seiner Art, denn schon lange durchstreift es als Einzelgänger die heimlichen Moore und tiefen Wälder Oberschwabens. Immer wieder wurde das gefährliche Tier für kurze Momente gesichtet, ehe es dann unerreichbar im dunklen Wald verschwand. Doch neben seiner gewaltigen Größe, so sagt man, zeichne sich dieser Bär auch noch – und das ist mehr als ungewöhnlich – durch sein nach vorne gebogenes Gehörn aus. Auch ist er im Dickicht mit seinem getupften Fellkleid kaum auszumachen. Die Tarnung scheint perfekt zu sein. Seine Deckung verlässt er, wenn überhaupt, nur an sehr warmen Vollmondabenden im Sommer. Dann tritt er, seinen Schädel im lauen Nachtwind wiegend, ins freie Feld hinaus – doch erst, wenn die Glühwürmchen begonnen haben, intensiv zu leuchten. So ist er auch in freier Flur kaum sichtbar, da seine Flecken im Pelz das Leuchten von Glühwürmchen suggerieren. – So verschmilzt er buchstäblich mit der Landschaft und kann so Mensch und Vieh gefährlich nahekommen. Erste Anzeichen seines Treibens entdecken Alberich und der ihn begleitende Spießgeselle zufällig in einer nahe gelegenen Schneise, genau zwischen dem »Bremenbühl« und dem »Hasenreutau«. Sie sind dabei, dieses Waldstück wegen anstehender Holzarbeiten in Augenschein zu nehmen. Der Waldfürst wünscht hier freies Sichtfeld von der Burg aus, um Ankömmlinge rechtzeitig wahrnehmen zu können. Man ist also dran, sämtliche Talsenken um die Burg herum sowie den Burgberg selbst, aus Sicherheitsgründen freizuhauen. Das wird ganz schön Arbeitskräfte binden, denkt der Wildhüter. Doch da – aus einer Lichtung scheint eben ein großes Tier zu verschwinden. Als die Waldgänger nähertreten, liegt vor ihnen der fast noch warme Kadaver eines kapitalen Keilers. Mehr als die Hälfte hat ein Raubtier schon aufgefressen. Nur der Schädel des Schwarzkittels liegt kaum angegriffen vor ihnen. Wölfe können es nicht gewesen sein, dafür gibt es keine Anzeichen, und ein Braunbär vermag so eine große Fleischmenge auch nicht auf einmal hinunterzuschlingen. Bald entdecken sie die mehrere Fingerspann großen Fährten eines mächtigen Bären, die Spuren eines wahren Ungetüms. Voll Entsetzen und Grauen fliehen sie von dem Ort, um von ihrer grausigen Entdeckung in der Burg zu berichten.

Sicherlich – Wölfe, Braunbären und der Luchs sind Beutegreifer, die es hier schon immer gibt und die zu erlegen für jeden adeligen Jäger eine Herausforderung darstellen. Weniger werden diese prächtigen Raubtiere als Futterkonkurrenten gesehen, denn Wild gibt es ja zu Genüge. Es ist die Jagd selbst und das begehrte Fell, das die adeligen Jagdgesellschaften interessiert, wächst mit diesen Trophäen doch auch das Ansehen eines geschickten Jägers. Fischen und Jagen ist neben dem nötigen Fleischerwerb eine Sache höchster Ehre, mit der man sich unter Seinesgleichen Reputation verschaffen kann. Hochwild zu jagen, war jedoch meistens nur den Landesherren vorbehalten, doch konnten sie dem niederen Adel wie den Rittern als Zugeständnis für deren Dienst Dispens erteilen oder dieses Recht gleich mit dem Lehen vergeben. Dies hatte den Vorteil, dass sich die Ritter in der Waffentechnik ausreichend üben konnten. Die germanischen Fürsten erkannten sehr früh die Jagd als Übungsfeld zur körperlichen Ertüchtigung und zur Kriegsführung und Julius Cäsar soll über die germanischen Stämme gesagt haben: »*Vita omnis in venationibus atque in studiis rei militaris consistit.*« (»Ihr ganzes Leben besteht aus der Jagd und den Übungen in der Kriegsführung.«) – Nun scheint es, Dank »Waidmanns Heil«, auch nicht verwunderlich zu sein, dass die Wände in den großen und kleineren Burgen über und über mit Rotwildstangen, präparierten Köpfen von Elchen, Ebern, Bären und weiteren Jagdtrophäen wie ausgestopfter Vögel, überzogen sind. Das macht was her! Man versteht sein Waidwerk und scheint im Umgang mit Waffen recht versiert zu sein.

Ungläubig hört der Waldfürst den Ausführungen seines Wildhüters zu. Fast unwirklich klingt das, was er da vernimmt. Nun weiß er, und auch er ist davon nicht immer ganz frei, dass Menschen manchmal aus einem Schrecken oder der Ungewissheit heraus zu Übertreibungen neigen. Dennoch will er in den nächsten Tagen mit ein paar Treibern sich auf die Fährtensuche machen.

Inzwischen haben die Fronbauern begonnen, den ganzen Burgberg kahl zu schlagen, wiewohl es sie wurmte, hätten sie jetzt doch zu Hause auf den Feldern genug mit der Ernte zu tun. Auch die Felder des Waldfürsten müssten sie eigentlich jetzt abernten, dazu sind sie verpflichtet. Wie sollten sie so noch ihren Abgabepflichten nachkommen, geschweige selbst Vorräte anlegen? Nun, zum Ersten kommt es anders und zum Zweiten als man denkt! All dies nimmt der Burgherr jetzt in Kauf. Er denkt an die Zukunft, möchte vorbeugen. Zum einen bedarf es als Vorsichtsmaßnahme eines freien Blicks hinaus ins Umland und dann kann man ja auch den freien Hügel zukünftig und ortsnah beweiden. Kühe und Schweine müssten dann zum Füttern und hüten nicht mehr täglich in den Wald getrieben werden. Viel Holz fällt an, sodass den Bewohnern der Burg Schatzberg das Brennmaterial für den Winter gut ausreichen wird. Immer häufiger werden jetzt die verdächtigen Spuren eines riesigen Bären in der näheren Umgebung gesichtet. Einmal hat der Waldfürst zwei seiner treuen Suchhunde auf die unheimliche Fährte angesetzt, die Tiere dann aber nie wieder gesehen. Der Vorfall beflügelt den Burgherrn dazu, das Vorfeld unterhalb der Burg in weitem Bogen mit hohen Palisaden eingrenzen zu lassen. Sicher ist sicher!

Ein Fest mit dem Minnesänger von der »Buwenburg«

Eines Morgens sind sie da und sitzen als Schwarm in der entlaubten Krone der großen Linde inmitten des Burghofs – die Bergfinken. Dies ist für die Menschen in der Region ein klares Zeichen, dass der Winter demnächst Einzug hält. Bald werden die weißen Flocken fallen und die Natur zudecken. Die Temperaturen sinken bereits spürbar. Und tatsächlich, wenige Tage später herrscht dichter Schneefall. Bei Kälte und Schnee scheint auch das Treiben auf der Burg mehr und mehr zum Erliegen zu kommen. Wind pfeift durch alle Ritzen, das Leben wird von Tag zu Tag eintöniger. Das ganze Gesinde versucht jetzt, nachts in der großen Küche einen Schlafplatz zu finden, denn dort hält man die Ofenglut am Leben. Der Kamin erwärmt zudem das darüber liegende Gemach der Waldfürstenfamilie. Doch mollig warm wird es jetzt über Monate hinweg nicht mehr werden, weshalb man sich, so gut es geht, mit Kleidung, Decken und Fellen zu schützen sucht. Um der Tristesse zu entfliehen, lädt der Ritter von der Burg Schatzberg den Minnesänger Konrad von Buwenburg aus der »Baumburg« nahe Hundersingen, einem Lehen des Geschlechts Grüningen-Landau, und ein paar Musikanten zur kurzweiligen Unterhaltung ein. Konrad lebt seit einiger Zeit in Einsiedeln, kommt aber zumeist im Winter in seine Heimat zurück, um hier seine neuesten Minnegesänge zum Besten zu geben. Mit eingeladen wurde sowohl seine Hochwürden, der Sippen-Pfarrer des Stammhauses Hornstein, als auch der Vetter von der Ritterschaft Wilflingen mit Gefolge. So ein Fest ist immer auch eine gute Gelegenheit, sich mit der Nachbarschaft auszutauschen und über Entwicklungen im näheren Umland oder im Reich sich zu informieren. Die hohen Damen interessieren sich vor allem für die neueste Mode und die sich verändernden Umgangsformen, sprich Etikette und natürlich sämtliche Familiengeschichten – Tratsch und Klatsch eben. Hei, das ist vielleicht ein Fest, ein Fest, auf dem es munter zugeht. So empfindet jeder, der dabei ist. Tags zuvor hat man ein Schwein geschlachtet und die Fleischtöpfe gut gefüllt. Dazu hat man heute noch ein großes Fass aufgemacht, sodass es niemandem mangeln dürfte. Auch das Gesinde darf heute am Rande mitfeiern. Alle sind erwartungsvoll und freuen sich auf die Liedbeiträge von

Konrad, den Musikanten, und die sonstige Unterhaltung. Endlich kommt Leben in das Gemäuer! Schon hört man die Lauten und Trommeln sich einstimmen, als der Minnesänger Konrad mit seinem naturlyrischen Lied »truz, truz, truz« beginnt:

Trutz, trutz, trutz,
daz kein vogel tougelîcher singe
und ouch sine gedône rîlîcher volbringe:
sulches ruomes väret die nachtegal.
Wan man kan
dicke ir semftem brache nicht entwîchen:
wan sie echt alle ruowen, so lât sie dar strîchen,
waz daz gulde, ir tzaeme der selbe schal,
Wechselt sie die berge als einen bal
mit ir sänge enander in widerstrît.
Ê snê wê
daet ir herzen: daz leit ist verswunden,
ich bin aber leider in sorgen nu vunden,
wie vrôlîch die heide mit
bluomen lît.
...
(Konrad von Buwenburg)

Selbstverständlich wird der Vortrag reichlich mit Applaus bedacht und weitere Liedreime folgen, wie »Kein Kinderspiel« oder »Hoffnungsvoll« und andere mehr. Dann stimmen alle ausgelassen in mehr oder weniger derbe Lieder ein. Immer wieder kommt man im Laufe der Nacht auf den »Gruselbär« zu sprechen. Der anwesende Geistliche, Vertreter des Ersten. Standes, vertritt dabei die Ansicht, dieses animale periculosus, also gefährliche Tier, mag wohl der Teufel selbst sein! Daraufhin prosten sich alle reichlich Mut zu, was übersetzt so geklungen haben mag:

Drum, ihr tollen Zecher,
Hebt die vollen Becher,
Besser sitzt es sich doch hier beim Wein
Als auf Rabenklippen,
Wo die Knabenrippen
Bleichen bei des Neumonds finstrem Schein!
(Heinrich Seidel: Scherzlied »Auf den Rabenklippen« 5. Strophe)

Und am frühen Morgen, es tagt gerade, hört man immer noch den schwankenden Burgherrn singen: »*War das nicht ein schönes Fest – bin scheint's wieder voll gewäst!*«

Drückjagd

Das Fest ist längst zu Ende. In der Nacht hat es geschneit, als die Wächter Alarm rufen. Unten im Tal ist ein riesiger Bär in die Viehkoppel eingebrochen und hat ein Rind ergriffen. Schreckensstarr schaut man dem grausigen Morden von den Zinnen der Burg aus zu. Mit brachialer Gewalt trennt das Untier den Kopf vom Körper der Kuh und schleift den Kadaver, eine breite Blutspur hinter sich herziehend, durch den frischen Schnee ins nahe Urwaldgehölz. In den darauffolgenden Tagen folgen diesem Ereignis weitere sorgenerregende Vorkommnisse. Zwei der sechs Knechte und Spießgesellen sind spurlos verschwunden, ebenso einer der Fronbauern von Enslingen. Keine gute Nachricht! Hat sie der gefleckte Hornbär geholt, haben sie die Flatter bekommen vor der Gewalt des Bären, seiner frech gehörnten Stirn und seinem entsetzlich großen Maul – oder haben sie sich, was zu dieser Jahreszeit unwahrscheinlich ist, zu einer Bande zusammengeschlossen, um gemeinsam Raubzüge zu unternehmen und vogelfrei in den tiefen Wäldern zu hausen? Auf jeden Fall, die Mannen bleiben verschwunden. Da der Geisterbär im winterlichen Wald kaum Beute findet, holt er sich des Nachts ein Haustier nach dem anderen wie Pferde, Rinder und Schweine. Für die Bewohner der Burg und der umliegenden Weiler wird dies mehr und mehr zu einem existentiellen Problem, dem man bis in den Sommer hinein nichts entgegenzusetzen vermag.

Dann unterbreiten die Enslinger Waldleute dem Burgherrn einen Vorschlag. Er überdenkt die Sache kurz, bespricht sich mit Alberich, seinem Wildhüter, der sich nun mit den Enslingern und den Spießgesellen der Burg weiter berät. Dem umherstreifenden Untier, das man eigentlich nie richtig zu Gesicht bekommt, muss endlich der Garaus gemacht werden – auf keinen Fall darf es mehr »durch die Lappen gehen«. Man wartet einen lauen Sommerabend ab, in dessen Nachtschwüle mit massenhaftem Auftreten von Glühwürmchen zu rechnen ist. Bereits am Nachmittag zuvor legen die Bauern und Waldleute aller umliegenden Weiler lange Seile, versehen mit Stofflappen und Klanghölzern, welche im Wind leicht flattern und klappern, wenn sie aneinanderstoßen, um ein großes Waldareal: vom »Schenkenteich« zum »Königsfeld«, weiter um den »Hasenreutihau«, im Westen unten am Schatzberg vorbei hinüber zum »Bremenbühl« und dann trichterförmig sich verengend weiter zurück zum »Schenkenteich«. Die Bugknechte verspannen derweilen aus extra dicken Seilen abschließend am Talende ein weitgespanntes Netz, das ein Durchkommen unmöglich macht. Dahinter errichten sie zur Deckung eine Bohlenwand. Der Gefolgsmann Alberich geht mit dem Waldfürsten alle Stellen für die angesetzte Drückjagd ab, um alles entsprechend koordinieren zu können. Nachdem man den Einbruch der Dunkelheit abgewartet hat und die Glühwürmchen tatsächlich zu tanzen beginnen, entzünden die Waldleute entlang des waldumspannenden Klang- und Flatterbandes ihre Fackel und klopfen auf ein Zeichen hin, nicht allzu laut, mit schweren Stöcken sanft gegen die Baumstämme. Ziel der Aktion ist es, den gefleckten Hornbären hinüber zum Schenkenteich in die Enge zu treiben, wo als Lockmittel angepflockt eine Ziege vor dem Fangnetz steht. Man weiß inzwischen, dass sich das nahezu unsichtbare Ungeheuer bei seinen Raubzügen gerne das Licht der Glühwürmchen zunutze macht, das ja auch sein fleckiges Fell imitiert. Ständig lauschen Treiber und Jäger in die Nacht hinein, bis sie beim Schenkenbach im Unterholz ein Knacken hören. Der Fackelschein der Treiber und das Flatterband scheinen sich zu bewähren, denn der irritierte Bär wagt es nicht, die gezogenen Grenzen zu überschreiten. Er ist schlau und vorsichtig. Jedoch nicht schlau genug! Sobald er sich in der unmittelbaren Nähe der angepflockten Ziege befindet, fängt diese jämmerlich zu meckern an. Sofort trommeln alle Waldbauern mit ihren Stöcken heftig gegen die Baumstämme. Ein ohrenbetäubender Lärm entsteht im Forst, worauf die Glühwürmchen abrupt ihre Laternen löschen –nur noch die fluoreszierenden Fellflecken des Urzeitbären bleiben jetzt in der Dunkelheit sichtbar. Die von den Waldleuten aus Enslingen ausgedachte List funktioniert also! Hinter der Bohlenwand tauchen nun die Jäger auf. Mit ihren Bogen und Spießen beschießen sie durch das Netz hindurch den wütenden, sich verzweifelt wehrenden Hornbären, der sich brüllend aufbäumt, bis er schlussendlich in seinem Blute zusammenbricht. »Der Bär ist tot!«, klingt es durch den Wald und die etwas entfernt stehenden Menschen erstarren für einen Augenblick, denn sie denken dem Wildhüter »Alberich Bär« sei Schlimmes zugestoßen, bis ihnen klar wird, dass der »Monsterbär« gemeint ist. Freude und Erleichterung darüber erfüllt alle Gemüter. Endlich kann der Waldfürst sein geschärftes Schwert nackig ziehen und den mächtigen Bärenschädel vom Rumpf trennen. – Eine große Gefahr ist endlich beseitigt!

Zur Erinnerung und aus Dankbarkeit an dieses Ereignis räumt der Waldfürst das »Holzgerechtsame« ein, nämlich, dass alle Waldbauerfamilien für alle Zeiten aus den Lehenswäldern der Burg für den eigenen Bedarf ohne Gegenleistung Brennholz sammeln dürfen. Auch das Fangen eines Hasen oder Rebhuhns und monatlich zwei Fischen gestattet er, denn Holzdiebstahl und Wilderei waren bisher, da hier Vorsatz im Spiel sei, bei Todesstrafe verboten. Die Gestalt des aufrecht stehenden, »gefleckten Hornbären« wurde zum neuen Wappensymbol der Ritters von der Schatzburg und der Bärenschädel zierte dort bis zum Niedergang der Burg die Stirnwand im Rittersaal.

»Tempora admodum tristia« – ziemlich traurige Zeiten

Ja, den Menschen der Region ging es lange gut. Zwar waren sie immer noch dem Frondienst unterworfen, aber die Herren von der Burg Schatzberg sind ihren Untergebenen gegenüber seit vielen Jahren milde gestimmt – übrigens zu aller Vorteil. Doch nun, etwa vierzig Lenze später, soll sich dies gravierend ändern. Der »Hans Hödiö«, ein ganz übler Geselle, der es mit der Ritterehre nicht so genau nimmt, ist mit seinen Getreuen, lauter räuberischem Pack, in die Burg Schatzberg eingezogen. Es heißt, ein Fluch verfolge ihn, denn er habe im wallischen Alpenraum sowie im Großen Walsertal im Vorarlberg zauberkundige Zwerge bestohlen, die dort in tiefen Stollen wertvolle Bodenschätze gesammelt hatten. Auch Kirchenschätze, wie Kelche und Monstranzen, soll er räuberisch an sich gebracht haben. Allem Hochgeistigen als auch Geistlichen kann der rüde Draufschläger nichts abgewinnen. Für ihn zählt allein rohe Gewalt, – die Macht des Stärkeren. Diskutieren – wozu? Man nimmt sich, wessen man habhaft werden kann: Frauen, Vieh, Gut und Geld. Barmherzigkeit kennt der Hans nicht. Da würde er ja Schwäche zeigen. Das verbietet ihm sein Stolz. Große Mengen der erbeuteten Schätze verwahrt der Raubritter in einem geheimen Gewölbe tief unter der Schatzburg. Die einst frohgemuten Bauern, die auch als »Enslinger Waldleute« bekannt sind, erzittern, wenn sie den Schlachtruf »Hödiö« des neuen Herrn der Burg Schatzberg vernehmen. Denn nun weiß jeder, dass der Haudegen mit seinen Mannen wieder plündernd und brandschatzend durchs Land zieht und sich dabei weiter tiefe Schuld auflädt. Es scheint keine Hilfe in Aussicht zu sein und die Not wächst und wächst ins Unerträgliche. Nach ihrem letzten Raubzug zechen Hans Hödiö und sein wilder Haufen ausgelassen in der Burg. Recht ungebührlich geht es da zu. Alle saufen erbärmlich viel, scherzen über die heute geschmähten Opfer und erzählen sich die zotigsten Geschichten oder flunkern und prahlen über ihre begangenen Missetaten. Da hebt ein Stürmen und Rauschen an. Das Geklirr von Rüstungen und der Hufschlag von Schlachtrössern ist immer deutlicher zu vernehmen. Die Veringer, Lehensgeber der Herren von Hornstein, somit oberste Lehensherren der Schatzburg, wollen dem üblen Treiben der räuberischen Bande nun ein Ende setzen und das verluderte Lehen zurückfordern, denn das Volk leidet über die Maßen – was natürlich auch die Einnahmen des höheren Adels schmälert. Mit schwerem Tross rückt der Graf an, lässt die Burg niederbrennen und die betrunkenen Halunken auf der Stelle aufknüpfen. Nur dem »Hans Hödiö« gelingt es noch, in das Gewölbe unter der Schatzburg zu entfliehen. Hier wird der »wallische Fluch«, der über ihm liegt, wahr. Als die Burg und das Kellergewölbe in sich zusammenbrechen, ertrinkt der grausame Ritter buchstäblich in seinen geraubten Schätzen und ein Berg herabstützender Mauerwacken verschließt seither sicher sein ewiges Grab. Kein Schatzsucher hat je den geheimen Zugang zum Schatz des »Hans Hödiö« gefunden. Und kommt im Schleier der Nacht ein ermatteter Wanderer des Wegs, so umschwirren ihn bei der alten Ruine alsbald gespenstisch kalte Irrlichter. Oder sind es nur Leuchtkäfer im Hochzeitsflug? Dazu, wenn die Sinne nicht täuschen, vernimmt man von den Mauern der Burgruine und von den Felswänden hallend immer noch deutlich den schauerlichen Schlachtruf »hödiööö – hödiöö« der umherirrenden Seele des auf ewig verfluchten Raubritters Hans.

Interessant zu wissen

Einst gab es zwei Stammhäuser derer von Hornstein, welche auch Dienstmannen derer von Veringen waren, nämlich die Höhenburg Hornstein über der Lauchert bei Bingen (1243) und die Hertensteinburg, eine Spornburg von 1247 nördlich von Sigmaringen, ebenfalls über der Lauchert gelegen. Für die Schatzburg bei Egelfingen wird ein Ritter Konrad von Hornstein zu Schatzburg erstmals 1250 als Lehensmann des Grafen Hartmann I. von Grüningen genannt.

Der 1977 neu gegründete Narrenverein von Langenenslingen installierte 1991, bezugnehmend auf die frühe Ortsgeschichte, mit großem Zulauf eine neu geschaffene Maskengruppe. Diese wurde in Erinnerung an das historische Bürgerrecht, »das Holzgerechtsame«, das seit dem Mittelalter besteht, in der waldreichen Natur als ansässiger Bürger Holz schlagen zu dürfen, kreiert. Die Maskengruppe setzt sich zusammen aus »Waldmännle mit Waldweible samt Narrensamen sowie dem Waldfürsten, dessen Gefolge und den Fanfahrenbläsern«.

Schon mit Amalie Zephyrine, der »Retterin der Hohenzollern«, bestanden enge Beziehungen zum napoleonischen Hof nach Paris und von September 1944 bis April 1945 war Sigmaringen Sitz der geflohenen französischen »Vichy-Regierung«. 500 Angehörige der Milice française und 700 französische Soldaten befanden sich damals in der Stadt. Zum Landkreis Sigmaringen gehörte seinerzeit das zum Teil im Volksmund auch heute noch pseudofranzösisiert gesprochene Loschenaos-loschen sprich Langenenslingen. Vermutlich konnten die Franzosen den Ortsnamen nicht aussprechen.

DREI WEISSE FRAUEN

Ort des Geschehens: Sigmaringen

ie Begebenheit, von der hier der Chronist, nennen wir ihn »Fidelis«, berichtet, trug sich einst vermutlich im September bzw. Oktober gegen Ende des 19. Jahrhunderts in Sigmaringen an der Oberen Donau zu Immer noch ist das auf einem Kalkfelsen liegende Schloss der Hohenzollern in einer Biegung der noch jungen Donau markantes Wahrzeichen der Stadt. Die Grafen von Hohenzollern sind seit 1535 als Lehensträger des Hauses Österreich Inhaber der Grafschaften Sigmaringen und Veringen. Von 1576 bis 1869 gibt es eine eigene Sigmaringer Linie des Hauses Hohenzollern, die 1623 zusammen mit der Hechinger Linie in den Reichsfürstenstand erhoben wird. Durch Napoleons Gnaden besteht für kurze Zeit (1806 – 1849/50) ein souveränes Fürstentum Hohenzollern-Sigmaringen. Das Geschlecht der Hohenzollern prägte die europäische Geschichte wie kaum ein anderes Adelsgeschlecht, und daher ist es nicht verwunderlich, wenn die Bevölkerung auch heute noch sich diesem Hause verbunden fühlt. Von 1850 bis 1945 war Sigmaringen gar Sitz der preußischen Regierung für die Hohenzollerschen Lande.

Doch die von Fidelis erlebte oder erträumte Geschichte hat mit dem Schloss und dem Fürstenhaus eigentlich nur indirekt zu tun, wiewohl der hohenzollersche Fußabdruck in Sigmaringen omnipräsent ist. So veranstaltete das zollersche Adelshaus im Hoftheater immer wieder kulturelle Veranstaltungen für die städtische Bevölkerung, was vor allem vom Bildungsbürgertum stets gerne angenommen wurde. Folglich hatte sich auch Fidelis in Schale geworfen, um einem außergewöhnlichen Klavierkonzert beizuwohnen. Zur Aufführung kam der noch junge Klavierzyklus »Bilder einer Ausstellung«, eine Komposition eines gewissen Modest Mussorgsky. Wegen seiner zum Teil ungewohnten diatonischen Intervalle, die der Pianist dem Flügel entlockte, fand das Konzert bei den Besuchern schlussendlich ein geteiltes Echo. Die einen, die Patriotischen mit aufgezwirbeltem Kaiser-Wilhelm-Bart, sind sich sicher, dass ernsthafte Musik nie so schräg klingen dürfe, wie dies hier teilweise zu vernehmen war und sie meinten, »Germania« müsse ob der Harmonievergewaltigungen hell entsetzt sein. Die wenigen anderen aber empfanden gerade die Neuartigkeit der Kompositionen als spannend und außergewöhnlich inspirierend und zu den vorgestellten Themen durchaus passend.

Ankunft der geheimnisvollen Frauen

Fidelis hat sich eben auf einer gusseisernen Bank gegenüber des Rathauses niedergelassen. Wie er als aufmerksamer Beobachter anhand einer Inschrift in der Rückenlehne feststellen kann, wurde die Bank auf, der er eben sitzt, in den seit 1708 bestehenden »Fürstlich Hohenzollerschen Hüttenwerken« in Sigmaringendorf im Laucherttal gefertigt. Ganz klar, wie eingangs schon erwähnt, ist man im Städtchen und dem Umland unterwegs, so stößt man allenthalben auf Zeugnisse, welche auf das hohe Fürstenhaus verweisen.

Wie unser Musikliebhaber also so in der Sonne sitzt und gelassen dem Treiben auf dem Marktplatz zuschaut, bemerkt er eine Gruppe von drei weiß gekleideten Gestalten, die von der Nordseite herkommend sich sozusagen watschelnd in die Innenstadt begeben. Eine wahrlich seltsame Truppe, denkt Fidelis. Die Damen tragen außer ihren langen und weiten Reifröcken und den geschnürten Miedern mit flauschigem Cape darüber, große, breitkrempige Hüte. Die an den Kopfbedeckungen festgemachten Schleier verwehren den Blick auf die Gesichter der Frauen, die im Gänsemarsch hintereinander herlaufen. Beachtenswert sind auch ihre ungewöhnlich langen, mit weißen Federmanschetten umhüllten Hälse. Natürlich blicken auch die Markthändler und die Passanten unter den Rathausarkaden den Fremden verwundert entgegen. Wer sind sie? Woher kommen sie? Was suchen sie bei uns in Sigmaringen? Manche meinen, diese ganz in Weiß gekleideten Frauen kommen vielleicht aus den Kolonien. Andere wiederum vermuten, es könnten Reisende aus dem Orient sein! Und wieder welche mutmaßen, es seien wohl Gäste des Fürstenhauses bzw. Abordnungen aus Russland, wobei es eventuell zwischen den Hohenzollern und den Romanows Verbindungen geben könne. Noch naheliegender scheint, dass es höher gestellte Damen seien, die eben vom Hofe König Karls I. aus Rumänien angereist seien. Doch wo bleibt die Equipage? Wer hat ihre Kutsche und die Pferde gesehen? Man bleibt ratlos und nickt den Damen verhalten-höflich zu, als diese vorübergehen. Verstohlen oder wie der Schwabe auch sagt hälingen versucht man aus der Unterhaltung der Exotinnen etwas aufzuschnappen. Doch in welcher Sprache unterhalten sich diese? Nein wirklich, solche Laute hat man hier noch nie gehört, das klingt ja fast wie das leise, melancholische Trompeten von miteinander kommunizierenden Schwänen. Imaginär unterlegt Fidelis dem ungewöhnlichen Erscheinen der fremden

Damen einige der kürzlich gehörten Sequenzen aus dem Klavierkonzert Mussorgskys zum Thema »Promenade«. – »Diese musikalische Illustration kommt sehr plastisch rüber. Passt haarscharf!«, bemerkt er. Ihm kommt dabei ein Verdacht auf. Gedanklich schweift er etwas weiter bis zur Stelle des neunten Bildes, welches mit »Die Hütte auf Hühnerfüßen der Baba-Jaga« umschrieben wird. Hier erklingt als Halboktave mit einem »Tritonus« der Lockruf der Hexe Baba-Jaga, also mit einem diatonischen Intervall, welches drei Ganztöne umspannt. Sicherlich kein Zufall, erzählt man sich doch die Geschichten der Baba-Jaga mit ihrem Haus auf Hühnerbeinen sowohl in Russland als auch in Polen und – wer weiß – vielleicht auch in Transsylvanien (Rumänien)? Unter ihrem Namen verbirgt sich die Trinität unterschiedlicher Frauengestalten – der Jungfrau, die Güte und Wachstum verkörpert, der aufopfernden und verhärmten Mutter der Fruchtbarkeit und des alten Weibes als Totengöttin und Göttin der Wiedergeburt sowie Hüterin des Wassers und Heilerin mit Zauberkräften, die bei aller Bösartigkeit auch zur Verzeihung fähig ist. Alle diese Gestalten können zusammen als eine Person auftreten oder separat und in unterschiedlicher Gestalt. Sich des kürzlich besuchten Konzerts erinnernd, dreht sich jetzt in Fidelis' geistiger Innenwahrnehmung das Haus auf Hühnerbeinen zum Klang seltsamer Töne virulent um die eigene Achse, während im Inneren der Blockhütte die Baba-Jaga herumpoltert.

Fidelis reißt sich von seinen Innenbildern wieder los und blickt den drei mysteriösen weißen Damen hinterher, wie sie vom Marktplatz zur südlichen Unterstadt hinab wandeln. Könnte dieses schwanenverwandte Dreigestirn eventuell eine Reinkarnation der Baba-Jaga sein? Sind diese Gestalten verwunschene Geschwister, welche auf ihre Erlösung warten? Fidelis geht es bei seinen Gedankengängen wie manch anderem auf dem Platz. Das Leben in einer rätselhaften Wirklichkeit verursacht Skepsis, vielleicht sogar Beklemmung. Über kurz oder lang möchte man gerne Klarheit haben, der Sache auf den Grund gehen. Also wird man die Damen auch weiterhin beobachten, seinen inneren Eingebungen nachspüren sowie weitergehende Spekulationen anstellen. Bis man Gewissheit über das Trio erhält, bleiben die weißen Frauen ein Mythos, der die Fantasie aller Bürger zumindest beflügelt. Fidelis jedoch beschleichen unterschwellig auch Bedenken: »Ist die Gewissheit letztendlich nicht doch der Todfeind der Toleranz?«

Wahrung bürgerlicher Werte

Das Leben in der Kleinstadt geht seinen gewohnten Gang. Alles hat seine Ordnung. Ja, Ordnung ist wichtig! Wo käme man da hin, wenn es keine Ordnung gäbe? Hier weiß ein Jeder, was er zu tun hat und wo er steht – bloß keine persönlichen Anmaßungen und Revolten gegen die staatliche Obrigkeit schon gar nicht! Alles mag so bleiben wie es ist. Nur keine Experimente, so lautet die Devise. Im bürgerlichen Leben geht hier der Mann seiner Arbeit nach »und zu Hause waltet die züchtige Hausfrau«, wie es in Schillers Glocke schon heißt. Den Mädchen aber schreibt man ins Poesiealbum: »Wenn Dich die bösen Buben locken, bleib zu Haus und stopfe Socken«. »Bei hellem Licht betrachtet – alles doch irgendwie bigott«, geht es Fidelis durch den Kopf. Abgesehen von wenigen verzeihlichen Kavaliersdelikten ist da kein Platz für Toleranz. Man lässt sich die Moral einfach nicht versauen! Wie kann es da sein, dass da ein paar Verschleierte dahergelaufen kommen, ohne dass man sie gerufen hätte und ohne, dass man weiß, wer sie wirklich sind? Von Tag zu Tag werden die »weißen Frauen« der Bevölkerung mehr und mehr suspekt.

Eines Tages erzählt der fürstliche Jagdaufseher den Leuten von seinem Erlebnis. So habe er sich kürzlich erst im eigenen

Revier auf der Anhöhe zwischen den Flüssen Schmeie und Lauchert verlaufen. Dabei sei er unversehens an eine blank gefegte Lichtung gelangt, auf welcher die drei »weißen Frauen« vor einer Blockhütte, die auf vier Hühnerbeinen stand, tanzten. Als sie seiner gewahr wurden, wirbelten sie so sehr herum, dass sie zu einer einzigen Gestalt, einem alten hässlichen Weib, verschmolzen. Diese ritt in einem Mörser durch die Luft bedrohlich auf ihn zu, weshalb er schleunigst Reißaus nahm.

Täglich erzählen sich die Leute weitere Schauermärchen und die Gerüchteküche ist ständig am Brodeln. Besonders eine Sache fällt auf: Immer montags, vor allem, wenn am Morgen leichter Nebeldunst sich verbreitet, kommt das Trio von außerhalb über die Oberstadt herab zur Vorstadt, um in der Freibank des neuen Schlachthofes frische Leber zu kaufen. »Nur schlachtfrische Leber – sonst nichts!« Danach entschwinden sie wieder hinter Nebelschwaden im Wald der Albhänge

Drei geheimnisvolle Frauen auf einer Lichtung im Mondenschein

nördlich der Stadt. Da sie ja weiß gekleidet sind, scheint es unmöglich zu sein, ihnen zu folgen.

Misstrauen und Schmach

Den »weißen Frauen« kann man eigentlich nichts vorwerfen, außer, dass sie sich mit ihrer befremdlichen Sprache nicht verständlich machen können, weshalb es auch zu keinerlei Kontakten zwischen ihnen und der Stadtbevölkerung kommt und – dass sie eine *vita umbratilis,* ein überaus heimliches Leben außerhalb der Stadt, irgendwo, vermutlich im Wald oder auf einem einsamen Hof, führen. Dennoch, unterschwellig ist man etwas aufgebracht, was sich bei ihrem jeweiligen Erscheinen in Mikro-Aggressionen ausdrückt. Die Leute zeigen mehr oder weniger offen mit Fingern auf sie, legen bei ihrem Anblick die Stirn in Falten, wechseln augenfällig zur anderen Straßenseite oder suchen wie durch Zufall auf dem Boden nach einem imaginären Gegenstand und die Kinder singen spottend wegen der ungewöhnlichen Gangart der Fremden, »*Wulle, wulle Gänschen; wackeln mit den Schwänzchen …*« oder »*Fuchs du hast die Gans gestohlen, gib sie wieder her …*«. Was es mit den »weißen Frauen« wirklich auf sich hat, konnte bislang niemand in Erfahrung bringen. Dann kommt es zu einer ungewöhnlichen Situation. Nach einem Platzregen hatten sich große Pfützen gebildet, als das Trio wieder am Rathaus vorbei über den Marktplatz Richtung Schlachthof geht. Damit ihre Rocksäume kein Wasser ziehen, heben die Damen ihre Röcke leicht an, sodass ihre Füße sichtbar werden. Doch was ist das? Eine Gruppe von wohlsituierten Bürgersfrauen entdeckt es zuerst. Die Damen in Weiß tragen keine Schuhe, sondern sind barfuß auf platten »Schwanenfüßen« unterwegs! So etwas hat die Welt noch nicht gesehen! Aufreizend lachend und lästernd zeigen die Menschen auf dem Platz auf die Fremden und eine höher gestellte Dame in Ausgehkostüm intoniert hämisch und vernehmlich: »*Zeigt her eure Füße, zeigt her eure Schuh* …«. Die Situation artet mehr und mehr zum üblen Spießrutenlauf aus, den zu verhindern sich niemand traut – auch Fidelis nicht. Auf jeden Fall, soweit hätte es nicht kommen dürfen. Doch was heißt da hätte? Hätte, hätte ist wie vergossene Milch. Es ist passiert und nicht wieder gut zu machen. – Seit diesem diskriminierenden Vorfall hat man die drei »weißen Frauen« in Sigmaringen nie wieder gesehen. Sind sie hernach im Zauberwald verschwunden oder sind die schwanengleichen Damen, Sendbotinnen der Baba-Jaga, wieder nach Russland heimgekehrt, um dort über ihre Erfahrungen aus Oberschwaben zu berichten? – Und die Menschen hier? Zumindest Fidelis geht die ganze Geschichte noch sehr lange nach. Das Geheimnis um die »drei weißen Frauen« aber wurde bis heute nicht aufgeklärt. (…)

Wer bist du, ungezähltes Frauenzimmer? Du bist
– bist du? – Die Leute sagen, du wärest, – laß
Sie sagen, sie wissen nicht, wie der Kirchturm steht.
Du trägst den Hut auf deinen Füßen und wanderst
Auf die Hände, auf den Händen wanderst du.
Hallo, deine roten Kleider, in weiße Falten zersägt.
(…)

(Auszug aus »An Anna Blume« von Kurt Schwitters)

»ALTER SCHWEDE«

Du musst nicht an Wunder glauben.
Es reicht, wenn du sie für möglich hältst.

Bad Saulgau im Herzen Oberschwabens

Bad Saulgau, in einer Niederung gelegen, wird urkundlich bereits 819 genannt. Anfangs hieß der Ort jedoch noch Sulaga. Auch heute noch sagt man: »I gang uf Sulga«, wobei sich der Ortsname auf das althochdeutsche »sul«, also sumpfiger Ort bzw. Sule bezieht. Ein überaus trauriges Stadtkapitel schlägt man zwischen 1518 und 1684, zwischen Neuzeit und Aufklärung, auf mit den Hexenprozessen, als nach furchtbarster Folter und hochnotpeinlichster Befragung durch die Inquisition circa 30 Hinrichtungen aktenkundig geworden sind. – Direkt am Marktplatz erinnert die lebensgroße Bronzeplastik der Maria Theresia an die vorderösterreichische Vergangenheit der alten Amtsstadt. Viel später, von 1949 bis 1972, gab es gar einen eigenen »Landkreis Saulgau«, der dann in den Landkreisen Sigmaringen und Biberach aufging. Heute ist die Kur- und Bäderstadt mit kulturellem Angebot die größte Stadt im Landkreis Sigmaringen.

Phantasiegebilde und rohes Kriegsvolk

Ehrenfried sitzt, nachdem er seine Hasen mit Löwenzahn, Hasenscharte und etwas Getreide gefüttert hat, auf einer Bank bei den Ställen hinterm Haus und wartet auf seinen Freund Jakob. Derweilen betrachtet er am Himmel die sich auftürmenden Wolkenformationen. Ja, Jakob und er teilen ihre Leidenschaft für Stallhasen, was für »Stadtkinder« etwas ungewöhnlich sein mag. Ehrenfried hält »Deutsche Riesen« – vorwiegend schwarze und eisgraue, die bei guter Pflege bis zu 12 kg schwer werden, während Jakob die halb so großen »Rheinische Schecken« züchtet. Ihm gefällt diese hübsche Rasse mit ihrem Aalstrich über dem Rücken, den gelben und schwarzen Flecken auf den Flanken und der dunklen Gesichtsmaske, die an einen Schmetterling erinnert. Doch unter keinen Umständen würden die beiden Freunde ihre geliebten Tiere jemals selbst schlachten. Ehrenfried ist von den metamorph sich aufblähenden Kumuluswolken hin gerissen. Unaufhaltsam verändern diese Haufen- oder Quellwolken ihre Gestalt, sodass man die unterschiedlichsten Gebilde zu erkennen glaubt. Aus einer Chimäre wird ein wilder Gnom, der sich zum Elefanten verwandelt, der wiederum nimmt umgestaltet eine sinnlich aufreizende Frauengestalt an, welche plötzlich ausfranst und sich in wenigen Augenblicken zu einem Haufen wilder Reiter auswächst. Alles ist ständig in Bewegung und kein Bild erscheint ein zweites Mal. Dann türmt sich mächtig, von einem fernen Grollen begleitet, ein bedrohlich wirkender schwedischer Obrist in voller Montur auf. Im Ausfallschritt scheint der schwedische Heerführer gleich seinen Degen ziehen zu wollen, während aus dem Hintergrund sich zwei Kanonen nach vorne schieben. Bei dieser

Erscheinung erinnert sich Ehrenfried an eine Geschichte, die er mal zur Belagerung Saulgaus im Dreißigjährigen Krieg durch die schwedische Soldateska gehört hatte. Wie soll er sich das Geschehen von damals vorstellen?

Ganz in der Nähe, nur wenige Minuten zu Fuß entfernt, steht am ehemaligen Schindanger die »Kreuzkapelle« oder »Weiße Kapelle«, die früher den Zusatz – Zum Schindbild‹ trug. Nach der Belagerung Saulgaus 1632 bis 1634 durch das protestantische schwedische Heer wurde das Kirchlein auch »Schwedenkapelle« genannt, zumal sich damit eine wundertätige Erscheinung verband und seither immer wieder Pilger anzieht. 1630 traten die Schweden in der Auseinandersetzung zwischen den kaiserlichen Katholiken und den Protestanten auf protestantischer Seite in den Krieg ein und zogen marodierend und brandschatzend durch die Lande. In der grausamen Schlacht bei Lützen (Sachsen-Anhalt) im November 1632 musste auch der Schwedenkönig Gustav II. Adolf und mit ihm 6500 Soldaten beider Lager innerhalb von acht Stunden ihr Leben lassen. Doch die restlich versprengten protestantischen Horden zogen weiter und hinterließen bei ihren Plünderungen und Eroberungen eine breite Blut- und Brandspur, so zum Beispiel in Regensburg oder der Schlacht bei Nördlingen, wo die schwedischen Truppen abermals eine empfindliche Niederlage einstecken mussten. Auch Saulgau stand nach zweijähriger Belagerung kurz davor, geplündert zu werden. Bei derartigen Heimsuchungen kam es sehr oft zu Brandschatzung, Kirchenschändung, Mord, Vergewaltigung und übler Folter, wie etwa dem sogenannten »Schwedentrunk«, bei dem den Opfern mit Gewalt Jauche eingeflößt wurde.

Schon beginnt der Herbst die Blätter bunt zu färben und die Nächte werden deutlich kühler, weshalb sich ein paar Offiziere in die Kreuzkapelle am Schindanger einquartiert haben. Kein gar zu freundlicher Ort, denn am Schindanger verscharrte man früher Hingerichtete und Unehrbare zusammen mit den üblich anfallenden Schlachtabfällen. Das Grauen ist man ja gewohnt. Doch vor Wetterkapriolen ist man in dem Kirchlein nahe des verruchten Orts auf jeden Fall sicherer als im Zelt. Die Piketiere und Kanoniere ihrerseits haben ihre nach oben spitz zulaufenden Mannschaftszelte rund um die Stadt aufgeschlagen, während die Reiterei etwas weiter draußen, dort wo genug Futter auf den Feldern steht, campierte. Wochen und Monate vergehen, ohne dass man die Stadt zur Aufgabe hat zwingen kann. Andererseits, auf Entsatz durch katholische Truppen kann die Stadt kaum mehr hoffen und die Geduld der Belagerer scheint zur Neige zu gehen, denn man drohte jetzt offen, die Mauern zu schleifen und danach niemanden mehr zu verschonen. »Und seid ihr nicht willig, so nehmen wir euch mit Gewalt!«, ruft man den Stadträten zu.

Am Abend kommt Wind auf und die Lagerfeuer im Schwedenlager vor den Mauern der Stadt flackern unruhig. Auch vor der Kapelle am Schindanger hat man ein großes Feuer entfacht. Drum herum sitzen die Offiziere und braten sich auf einem langen Spieß ein Schwein. Dazu schenkt man sich vom Fass reichlich Most ein. Alles von den Bauern der näheren Umgebung geraubt. Zu fortgeschrittener Stunde zieht ein Gewitter auf, weshalb man das Gelage in die Kapelle hinein verlegt. Dort vergnügt man sich weiter, würfelt, singt, prahlt und lechzt nach derben Witzen, die Würde des Gotteshauses völlig missachtend. Da erzählt einer: »Vor Jahren noch nannte ich einen sehr klugen Hund mein Eigen. Eines Tages habe ich ihm eine Schale mit Weihwasser verdünnter Milch hingestellt – und was glaubt ihr, macht das clevere Vieh? Schlappert es doch nur die Milch heraus und lässt das Weihwasser stehen.« Hieraufhin bekundet ein anderer, er kannte mal einen »Pfaffen«, der predigte: »Sobald ich einen Betrunkenen aus der Schenke torkeln sehe, sage ich zu ihm, mein Bruder, du bist auf dem falschen Pfad, kehre um ...!« So geht es eine Zeit lang hin und her. Witze über die Kirche oder obszöne Zoten machen bevorzugt die Runde, wobei letztere zu zitieren hier nicht angebracht erscheint – einfach »unterste Schublade«! Auch über Heilige und göttliche Wunder mögen die rauen Burschen nur lachen. »Ist ja bloß katholischer Zauber – reinster Aberglaube!« Da plötzlich ergreift einer eine Fackel und ruft: »Bringen wir doch den Herrn dort am Kreuz mal zum Leuchten! – Behauptete dieser ja einst von sich »Ich bin das Licht der Welt!« Damit führt er in der Apsis die Flamme unter die Füße des wundervollen, romanischen Corpus Christi. Das höhnische Gelächter erreicht seinen Höhepunkt und alle schauen dem Treiben belustigt zu. »Gleich wird's hell und warm«, rufen einige. Und wie sie doch Recht hatten! – Anstatt, dass die Christusfigur des Großkreuzes in Flammen aufgeht und zu Asche zerfällt, beginnt der Leib Christi in gleißendem Licht zu erstrahlen, so dass alle vor Schrecken und wie geblendet aus der Kapelle fliehen und zum eiligen Abmarsch blasen. In der Zwischenzeit sind während des Aufbruchs auch noch versprengte Truppenteile aus der Schlacht von Nördlingen eingetroffen, um sich anzuschließen und um gemeinsam mit den glücklosen Belagerern das Weite zu suchen. Somit wurde Saulgau vor Plünderungen und Schlimmerem bewahrt.

Nachgang

Entsprechend der geschilderten Umstände blieb das für Oberschwaben seltene Zeugnis romanischer Sakralkunst von 1170, auch »Stauferkreuz« genannt, in der Kreuzkapelle von Bad Saulgau an der Ecke Karlstraße/Buchauer Straße erhalten und konnte die Zeit unbeschadet überdauern. Nur einmal, als das Kruzifix 1789 unter dem aufklärerischen Einfluss der »Josephinischen Reformen« als Brennholz versteigert werden sollte, retteten es beherzte Bürger rechtzeitig und brachten es vorübergehend an einen sicheren Ort.

Während Ehrenfried immer noch auf seiner Bank sitzt und die Wolkengebilde betrachtet, biegt plötzlich Jakob auf seinem Fahrrad um die Ecke. Etwas außer Atem und mit geröteter Wange steigt er ab und setzt sich zu seinem Freund. »Alter Schwede, tut mir leid, dass ich mich etwas verspätet habe. Da gab es eine kleine Sache.« »Was für eine Sache?« will Ehrenfried wissen. »Nun ja, mein Vater kam von der Treibjagd nach Hause und hat von seinem Jagdglück erzählt. Er meinte: »Kaum war das erste Treiben abgeblasen, da lag auch schon ein ausgewachsener Feldhase vor meinen Füßen!« Da fuhr es aus mir heraus: »Oh, ein Hase – woran ist er denn gestorben?« – Zack, schon hatte ich mir eine Ohrfeige gefangen. In Sachen Jagd versteht mein Alter eben keinen Spaß!«

DER KRUEZESFREVEL VON ALTSHAUSEN

»Wovon lebt der Mensch«
Ihr Herrn, die ihr uns lehrt, wie man brav leben
Und Sünd und Missetat vermeiden kann
Zuerst müßt ihr uns schon zu fressen geben
Dann könnt ihr reden: damit fängt es an.
Ihr, die ihr euren Wanst und unsere Bravheit liebt
Das Eine wisset ein für allemal:
Wie ihr es immer dreht und immer schiebt
Erst kommt das Fressen, dann kommt die Moral.
Erst muß es möglich sein, auch armen Leuten
Vom großen Brotlaib sich ihr Teil zu schneiden
(Berthold Brecht, aus der »Dreigroschenoper«)

Das Krisenjahrhundert

Die sogenannte »Kleine Eiszeit«, die vielfach Missernten und Hungersnöte in ganz Europa zur Folge hatte, machte sich vom Ende des 16. Jahrhunderts bis über das 17. Jahrhundert hinaus auffällig bemerkbar. Die Sommer waren häufig nasskalt, sodass das Getreide auf den Halmen verfaulte. Stürme und besonders harte Winter verschlimmerten die Situation und häufiger Vulkanismus sowie geringere Sonnenaktivitäten wirkten als weitere Katalysatoren für die zum Teil verehrenden Krisen. »Schmalhans« war angesagt. Vor allem der einfachen Bevölkerung blieb nichts anderes übrig, sie musste den Riemen enger schnallen und viele Menschen niederen Standes erlitten den Hungertod. Darin lag neben weltanschaulichen Haltungen unter anderem der Nährboden für Gewalt und Krieg in der ersten Hälfte des 17. Jahrhunderts. Da man keine plausiblen Erklärungen parat hatte, suchte man Sündenböcke. Häufig wurden Minderheiten und soziale oder religiöse Randgruppen wie die Juden für die sinkenden Erträge und Krankheiten verantwortlich gemacht. Pläne zur Rekatholisierung heizten den Konflikt zusätzlich an und so manche »Hexe« wurde wegen Schadenszauber auf dem Scheiterhaufen verbrannt. Da nun auch das »Schwarzpulver«, bestehend aus Salpeter, Kohlenstoff und Schwefel, den Heeren zur Verfügung stand, konnten die kriegerischen Auseinandersetzungen heftiger und »effektiver« ausgefochten werden. – Weltuntergangsstimmung machte sich vieler Orten breit.

Der Pakt mit dem Teufel

Die soziale Ungleichheit im Ort wächst und der Klerus paktiert mit den Wohlhabenden. Arme Teufel, wie Manfred einer ist, können da nur in die Röhre schauen. In Altshausen und Umgebung ist für ihn kein Land zu gewinnen – außer, er geht einen Pakt mit dem leibhaftigen Teufel ein. Soll er stehlen gehen und Gefahr laufen, dafür erhängt zu werden? Soll er zu den Soldaten laufen und sich dort als einfacher Söldner verheizen lassen? Auch auswandern ist keine Option. Wohin sollte er sich in diesen wirren Zeiten auch wenden? Melancholisch und betrübt setzt sich Manfred am Wegesrand nieder und singt leise die erste Liedstrophe über zwangsrekrutierte Soldaten, ein Schicksal, auf das er verzichten kann:

Wohin soll ich mich wenden,
in dieser schlechten Zeit?
An allen Orten und Enden
Ist nichts als Kampf und Streit.
Rekruten findet man,
so viel man haben kann,
Soldat muss alles werden,
sei einer Knecht oder Mann
(Lied um 1790, Text: Th. Fritz/E. Schmeckenbecher,)

Doch wenn er nicht Rekrut werden will, so könnte er doch die »Schwarze Kunst« erlernen. Leute dieser Gilde verstehen sich auf die Herstellung von Munition mit »schwarzem Schießpulver«. Und außerdem gibt es seit neuestem aus Frankreich Gewehre ohne Lunte, aber mit Abzug. »Da geht das Schießen rasch und Bedarf an Munition gibt es ja immer.« Doch wie soll er es anstellen? »Wenn schon die Pfaffen nichts von mir wissen wollen, vielleicht kann ich beim Teufel das Handwerk der »Schwarzen Kunst« erlernen?«

Manfred erhebt sich vom Grasboden und zieht sich in den Schatten einer großen Trauerweide direkt neben einem Weiher zurück. Nachdenklich lehnt er sich an den rissigen Stamm, als hinter ihm eine düstere Gestalt auftaucht und ihn anspricht »Ich bin der, bei dem du das Handwerk der »Schwarzen Kunst« erlernen möchtest. – Sei mir willkommen!« Dann erläutert der Teufel seinem Möchtegernlehrling, dass dieser bald in der Lage sein werde, aus geheimen Essenzen Munition herzustellen, durch die mehrere Schüsse nacheinander möglich seien und die als »Freikugeln« immer ins Ziel träfen. »Um die Lehre aber antreten zu können, musst du dich zunächst bewähren. Innerhalb von drei Wochen, jeweils am Samstag, wenn die Glocken für die armen Seelen geläutet werden, schießt du auf das »Feldkreuz« dort an der Wegegablung. Du hast verstanden?«

Die Schändung

Manfred muss sich anfangs überwinden, auf das Kreuz zu schießen, weshalb er die Waffe nicht sicher unter Kontrolle bringt. Schon zwei Mal hat er jetzt danebengeschossen. Beim dritten Mal lädt er das Gewehr sehr sorgfältig mit Pulver und viel Blei und meint bei sich: »Es wäre doch gelacht, wenn ich jetzt nicht treffen würde und würde der Corpus Christi leibhaftig da am Kreuze hängen.« Dann legt er an und drückt ab. Zwei Kugeln treffen den Gekreuzigten Herrgott unter der Seitenwunde, die ihm einst der Centurio Longinus mit seiner Lanze zugefügt hatte. Einen Moment glaubt der Schütze, der Gekreuzigte würde sich kurz aufbäumen, als auch schon das Blut aus dessen Seite sickert. Tief bewegt und reumütig wirft sich Manfred in den Matsch. Was hat er jetzt nur getan? Dieser Frevel würde ihn sicher ein Leben lang verfolgen, dessen ist er sich gewiss. Überwältigt von der eigenen Tat steht er auf und sucht, wie von Sinnen, das Weite. Wohin es ihn verschlagen hat weiß bis heute niemand. Kam er bei seinem Ableben ins Fegefeuer oder hat ihn tatsächlich der Teufel geholt? – Wer kann das schon sagen? Wurde Manfred eventuell ein Opfer der Zeitumstände? Während des Dreißigjährigen Krieges mussten viele Millionen Menschen ihr Leben lassen.

Die Heiligkreuz-Kapelle

In Altshausen erzählte man sich noch lange die Geschichte vom »Kreuzeswunder«, draußen vor dem Ort. Und mancher Gläubige pilgerte an Allerseelen hinaus zum Feldkreuz, um für die Verstorbenen zu beten.

Als die Schweden begannen, sich von ihren Kriegszügen zurückzuziehen, hat Albrecht von Berndorf, der zuständige Landkomtur für Altshausen über dem geschundenen Kruzifixus die »Heiligkreuz-Kapelle« errichten lassen.

Söldner aus der Zeit des Dreißigjährigen Krieges

FREVEL IM BEINHAUS

Wer des Bettlers Not will stillen
Und dies tut um Gottes Willen,
Sammelt Segen in sein Haus.
Aber mit den guten Werken,
Soll man nicht das Böse stärken –
Sonsten wird ein Handwerk draus.
(Abraham a Sancta Clara)

Bongard Sartorius

Bongard Sartorius lebt schon lange alleine. Seit seiner Pensionierung, drei Jahre sind inzwischen vergangen, ist es ihm zur lieben Gewohnheit geworden, während des Jahres immer wieder mit der Bahn in größere oder kleinere Städte der Republik zu reisen.

Reisen erweitert den Horizont, davon ist er fest überzeugt, und außerdem ist es stets unterhaltsam. Was sieht und hört man da nicht alles! Da Bongard in keiner festen Partnerschaft lebt, vertraut er seine vor Ort gewonnenen Eindrücke und Erlebnisse, quasi als Zwiegespräch, seiner stets mitgeführten, karierten Kladde an – einer Art Tagebuch, nur so für sich, zur Erinnerung halt. So hat er bereits eine reichhaltige Sammlung von Orts- und Objektbeschreibungen sowie sinnfällige Zitate neben besonderen Begegenheiten festgehalten.

Heute, an einem nebelverhangenen Novembermorgen, ist er von Sigmaringen abgereist und jetzt in der kleinen Kreisstadt Meßkirch angekommen, wo er sich zwei Tage lang aufhalten möchte. Über eine Handy-Anfrage vorab konnte er sich in der »Klosterherberge« ein hübsches Einzelzimmer mit Dusche reservieren. Die Herberge liegt über der Altstadt auf dem Schlossberg, in etwa der Sankt Martinskirche gegenüber; so hat man es ihm beschrieben. Also macht er sich nach seiner Ankunft am Bahnhof auf, sein Quartier aufzusuchen, wobei er auf seinem Weg durch das Städtchen schon erste Eindrücke sammelt. Obschon der Nebel sich inzwischen gelichtet hat, gar vielversprechend mutet ihn das, was er da bei seinem Fußmarsch sieht, nicht an. Die Altstadt sieht irgendwie etwas verschlafen aus, dünkt ihn. Passanten sind an diesem bleigrauen Tag kaum unterwegs, huschen nur vereinzelt durch die Gassen zwischen alten Fachwerkhäusern, um Besorgungen zu tätigen. »Geschäftiges Treiben« kann man das auf keinen Fall nennen. Dennoch, und das hat er gelesen, habe die Stadt wirklich bedeutende Geister beherbergt oder hervorgebracht. Nicht umsonst nennt man Meßkirch »die Stadt im badischen Geniewinkel«. Wen zählen die Analen der Stadt, um nur einige zu nennen, nicht alles auf: so den als Renaissancekünstler berühmt gewordenen Meister von Messkirch, Froben Christoph von Zimmern, den Verfasser der »Zimmerischen Chronik«, sodann den allbekannten Barockprediger Abraham a Sancta Clara (bürgerlich Johann Ulrich Megerle), den Musiker und Komponisten vieler Lieder, Opern und Singspiele des Biedermeier Conradin Kreutzer und den immer noch vielfach umstrittenen existenzialistischen Philosophen Martin Heidegger. »Vielleicht kommst du da doch noch ganz unverhofft in gute Gesellschaft«, denkt sich Bongard, »und sei dies auch nur indirekt über Werkbegegnung oder über unerwartete Erzählungen.«

Bei Griesklöschensuppe, Schmorbraten und Katzendreck

Nachdem Bongard sich einquartiert hat, steigt er in die Altstadt hinab, die sich hufeisenförmig um den Schlossberg schmiegt. Die Kirche Sankt Martin, so überlegt er, wird er erst am Nachmittag besuchen. Momentan steht er vor dem aus rotem Sandstein errichteten Rathaus mit seiner eklektizistischen Bauzier: Neogotik, Neorenaissance, deutsch tummelnder Relief- und Ornamentschmuck, ein kleines, neogotisches Türmchen, ein Erker und opulente Ziergiebel mit Voluten und aufgesetzten Obelisken. Obenauf die Sagengestalt des »Ritters Kuno« mit Standarte. Unterm Rundbogenfenster des schwach vortretenden Risalits auf der Breitseite des Gebäudes, über dem Haupteingang, vermitteln die Porträts der drei wilhelminischen Kaiser den Zeitgeist, als der Konstanzer Architekt Carl Engelhorn das Rathaus entwarf. »Für angehende Kunsthistoriker dürfte dieser historistische Prachtbau ein herausforderndes Übungsfeld zur stilgeschichtlichen Einordnung der einzelnen Elemente sein«, denkt Bongard und macht sich auf, für seinen Mittagstisch nach einer gutbürgerlichen Gaststätte Ausschau zu halten.

Erfolgreich hat sich der Pensionär durchgefragt und ist der Empfehlung eines Einheimischen gefolgt. Jetzt sitzt er allein an einem schweren Eichentisch in der Gaststätte und studiert die betont regional gehaltene Speisekarte. »Was häddad se gern« fragt da freundlich die Wirtin. »Als Tagesessa gibt's heit a fais Griesklößlessüpple, Schmorbroda und zom Nochdisch Katzadreck. Katzadreck gibt's emmr erscht mit dr fünfta Johreszeit, also ab dem 11.11. – wissat se!« Bongard Sartorius ist mit dem

Vorschlag einverstanden, nachdem er sich über den »Katzendreck«, eine spezielle lokale Backware, hat aufklären lassen. Während er, bis die Suppe kommt, schon mal an seinem Glas Bier nippt, betreten weitere Gäste, drei betagte Herren, den Gastraum und setzen sich an den runden Stammtisch. Sie scheinen, wie er, Pensionäre zu sein. Nachdem auch sie bestellt haben, entspinnt sich unter ihnen bald eine anregende Unterhaltung über lokale Begebenheiten, die aktuelle Corona-Pandemie und ihre Folgen sowie die schamlosen »Abgreifer« von christdemokratischen Politikern in dieser angespannten Situation. Eine Schande sei es, sich da auch noch an der Not anderer zu bereichern, dessen ist sich die Tischgemeinschaft einig. »Der Mammon, die unermessliche Gier nach Geld, erschüttert mehr und mehr unser ganzes soziales Leben!« Daraufhin zieht einer der Herrn, der mit Halbglatze, ein Büchlein aus seiner Jackentasche mit dem Titel »Etwas für alle« von Abraham a Sancta Clara und meint: »Da muss ich euch doch gerade mal einen kurzen Abschnitt aus dem Kapitel »Der Rat« vorlesen: *»Es ist sonderbar, welch lasterhafte Wesen das verblendete Heidentum als Götter anbetete. Jupiter, einen Vatermörder und Ehebrecher; Bacchus, einen Säufer und Vielfraß; Venus, einen gemeinen Schleppsack. Warum erhob man nicht Sokrates um seiner Weisheit willen zum Gott? Oder Aristides wegen seiner Gerechtigkeit? Oder Pompejus wegen seiner Macht? Oder Themistokles wegen seiner Staatskunst? Oder Scipio wegen seines Kriegsglücks? Oder Krösus um seiner Schätze willen? Nein, keiner dieser wehrhaften, großen Männer erstieg das Piedestal der Gottheit. Und auch später blieb es so. Immer wieder kamen Leute, die es gar nicht verdienten, zu Ehren. Und wollt ihr wissen, wie ihnen das gelang? Durch Schmieren, Spendieren und Traktieren. Ob das noch heutigen Tags so ist, will ich lieber nicht untersuchen.«*
Rasch ist sich die Herrenrunde darin einig, dass es schon zu allen Zeiten in der Gesellschaft Missbrauch, Bestechung und

Gewalt gegeben habe – ob in der Kirche oder in der Politik, dem Wirtschaftsleben, dem Handwerk oder in staatlichen Institutionen.

Der sprechende Totenschädel

Jetzt merkt einer der Stammtischbrüder auf und meint, er kenne eine Geschichte, die sich hier in Meßkirch so oder in ähnlicher Weise zugetragen habe. »Meine lieben Herren »Lateiner«, es hat sich vor langer, langer Zeit, so berichtet es in etwa die »Zimmerische Chronik«, wohl folgendes zugetragen, das man sich so auch gerne vergegenwärtigen mag: Stellen Sie sich also jetzt vor, hier im Flecken leben mit eigentümlichen Namen drei verruchte Zunftmeister und Ratsmitglieder, die zusammen eine unheilvolle Allianz bilden, denn sie erwerben mit ihren krummen Geschäften und Intrigen viel Einfluss und Macht in der Stadt. Der eine heißt Invidia, der andere Cupiditas und der dritte Usuraio. Die drei kennen sich schon seit frühester Jugend und kamen beizeiten überein, sich bei ihren schmutzigen Geschäften niemals in die Quere zu kommen, sondern sich immer tatkräftig darin zu unterstützen. *»Una manus lavat alterum«* (Eine Hand wäscht die andere) – das ist ihre, sie verbindende Losung.« »Zwei Mal die Woche und zusätzlich nach jeder Ratssitzung treffen sie sich bei einem oder mehreren Schoppen im Gasthaus, um sich überschwänglich und schadenfroh ihrer Untaten zu rühmen, was wir natürlich nicht tun. Fast alle Handwerker und Ladenbesitzer hat dieser Klüngel fest unter seiner Kontrolle, so dass sie auch im Rat der Stadt niemals überstimmt werden können. Den Begriff Respekt kennen sie nicht. Von Neid und Missgunst lässt sich da besonders der Herr Invidia bei all seinem üblen Treiben leiten, wodurch er vielen Bürgern das Leben bisher schon sehr schwer gemacht hat. Der Banker und Geldverleiher Usuraio seinerseits treibt alle, die bei ihm in der Kreide stehen, in kürzester Zeit mit Wucherzinsen in den Ruin, und der schlaue Herr Cupiditas in seiner Gier nach immer mehr Macht, Geld und Ansehen, steht seinen Freunden im Geiste an Bosheit in nichts nach. Ja sogar die Kollekte bei der Sonntagsmesse untersteht der Kontrolle dieser Bande. Der Stadtpfarrer selbst vermag sich dieser nicht zu erwehren, obschon er weiß, dass sich das Trio jedes Mal ein Drittel der Opfergelder abzweigt – »Verwaltungsgebühr« nennen sie das. Nachdem das Fürstenhaus faktisch nichts mehr zu melden hat, ist es für die Verschwörer ein Leichtes, das Sagen in der Stadt an sich zu reißen. Selbst der Bürgermeister wird mehr und mehr zum Spielball ihrer Intrigen. Von Würde und Anstand bleibt da nichts übrig. Während alle anderen Bürger existentielle Verluste hinnehmen müssen, das »Triumvirat des Hasses«, mit seiner kriminellen Energie, wird indes immer reicher und mächtiger.« »Meine Freunde, man stelle sich vor«, fährt der Erzähler fort, »die Bande sitzt nun wieder zusammen, pichelt einen Rotweinbecher nach dem anderen, würfelt, haut auf den Tisch und grölt:

Holt mir Wein aus vollen Krügen, notabene, Wein vom Sundgau,
und ein Weib soll bei mir liegen, notabene, eine Jungfrau.
Ewig hängt sie mir am Munde, notabene, eine Stunde!

…

Lasst die Erde heiß sich drehen, notabene, bis sie kalt ist.
Deine Liebste sollst Du sehen, notabene, wenn sie alt ist.
Lache, saufe, hure, trabe, notabene, bis zum Grabe.

Dann hecken sie sich zur eigenen Belustigung einen Schabernack aus: »Einfältige Menschen hier in der Gegend glauben, dass es in der Talmühlkapelle spucken würde – so ein Schwachsinn«, meint Invidia an seine Kumpane gewandt. »Jemand von uns könnte ja aus diesem Beinhaus einen Schädel entwenden und ihn dann zum Schrecken der Kirchgänger auf die Eingangsstufen von St. Martin ablegen«, fügt der nächste hinzu. Also würfelt man darum, wer der (Un-) Glückliche sein mag, der den Schädel aus dem Beinhaus stibitzen soll. Die geringste Augenzahl würfelt Invidia und er ist gleichzeitig auch der Ängstlichste der drei Zecher. Hilft alles nichts. Schon dämmert es und der Frevler macht sich auf den Weg, immer am Heudorfer Dorfbach entlang. An der Kapelle angekommen, beginnen ihm vor Furcht die Knie zu schlottern und er verlässt überstürzt den verwunschenen Ort. Seine Kameraden aber lachen ihn aus, als er kreidebleich eintrifft – ohne Schädel. Also versucht er ein zweites und auch noch ein drittes Mal sich eines Totenschädels zu bemächtigen. Kaum hält er diesen kurz und bang in Händen, als jener zu sprechen beginnt: »Lass mir die ewige Ruh, denn bei mir bist bald auch du!« Da wirft der Mutlose voll Entsetzen den entnommenen Schädel zurück auf seine Liegestatt und rennt wie um sein Leben zurück zu seinen Kumpanen ins Wirtshaus.

Jetzt machen sich dort Bedenken breit und ein jeder schleicht ängstlich nach Hause. Derjenige aber, welcher den Schädel aus der Ruhe entnommen hatte, verstarb noch in derselben Nacht.« »Und die anderen?«, fragt einer der anderen Tischgenossen. »Ja, die zwei anderen Unholde, so berichtet der Chronist, haben das Jahresende auch nicht mehr erlebt.« Damit schließt der Erzähler seine eher persönliche Version von der Legende des sprechenden Totenschädels aus dem Beinhaus bei Meßkirch.

Vor lauter Ohrenspitzen hat Bongard Sartorius völlig vergessen, den »Katzendreck« als Nachtisch zu essen, weshalb er sich das ungewöhnliche Gebäck von der Wirtin einpacken lässt.

Wer Lebensklugheit lernen will,
Der stehe bei den Toten still
Und sehe, wie das Spiel sich wende.
Es wird der Mensch zu Staub und Sand,
Die Zeit verrinnt, nichts hat Bestand.
Was Wohl, was Weh.
erkennt man erst am
ENDE (Abraham a Santa Clara)

DAS RIESENWEIBLE

Der Schwede kommt – 's ist Krieg!

Schwedische Truppen waren durchs Obere Donautal gezogen und hatten alle vierbeinigen Haustiere, so die Schweine, Schafe, Pferde und Rinder, derer sie habhaft werden konnten, geschlachtet oder als lebendigen Vorrat mitgenommen. Wer von den Bauern konnte, der trieb sein Vieh noch rechtzeitig in den Wald, um es zu verstecken. Daraufhin setzten die Söldner manchem Bäuerlein den »Roten Hahn« aufs Dach, erstachen die Knechte und schändeten die Mägde. In Fridingen an der Donau, südlich von Beuron, herrschte somit große Not. Der katholische Glauben der Menschen wurde völlig erschüttert. Die einen fielen ob ihrer großen Not und Verzweiflung davon ab, während andere sich an alle Heiligen wandten. Trotz allem, der Geisterglaube selbst nistete heimlich weiterhin in vielen Seelen und in fast jedem Haus.

»Die Zukunft war früher auch besser.«
(Karl Valentin)

Allzu oft kommt unverhofft

»In der Nacht bekommt eine Witwe das »Albdrücken«. Wirre Träume lassen sie immer wieder auffahren. Mal ist ihr, als seien die schwedischen Landsknechte wieder brandschatzend unterwegs, dann erscheint ihr wiederkehrend ihr verstorbener Mann, welcher von den Horden erschlagen wurde. Eben schlägt die Kirchenglocke vier Mal, als neben ihrem Ohr auf dem Kopfkissen ein Kobold sitzt und ihr ins Ohr flüstert: »Folge dem Pfad des Salamanders«. Völlig gerädert erwacht die Witfrau mit dem ersten Hahnenschrei. Nach recht dürftigem Frühstücksmahl, etwas Ziegenmilch und einem Ranken harten Brotes, macht sie sich mit ihrer einzigen noch verbliebenen Ziege auf in den Wald, um das Tier dort fressen zu lassen. Leider drücken sie die Schulden bei einem Ratsherrn so, dass sie die Ziege wohl bald wird verkaufen müssen. Durch die anhaltende Trockenheit in diesem Sommer gibt es recht wenig Grün und so bindet sie das Tier in einer Waldlichtung an, damit es dort das spärliche Futter abweiden kann. Derweilen macht sie sich auf, um nach Pilzen und Waldfrüchten Ausschau zu halten. Viel kann sie nicht finden. Alles scheint leergefegt zu sein. Also legt sie sich durstig und erschöpft unter eine Fichte und schläft ein. Als sie wieder erwacht, sehen ihre tief umränderten Augen in unmittelbarer Nähe einen irdenen Krug stehen, voll mit frischem Wasser. Sie nimmt von dem köstlichen Nass wenige Schlucke, als das Wasser plötzlich versiegt, grad so wie die Donau hinter dem Städtchen drüben am Fuße des »Hohenecks«. Sie schüttelt den Krug, aber der Krug ist leer. Doch da hört sie es am Grund des Gefäßes klappern und eine goldene Münze kommt zum Vorschein. Fröhlich über diese Wohltat, die sie dem »Riesenweible« zuschreibt, macht sie sich auf, um ihre Ziege zu holen. Diese hatte in der mageren Vegetation fast nichts zum Fressen gefunden und meckert nach mehr Futter. Da fällt der Witwe ihr nächtlicher Traum mit dem Kobold ein. Was hat er ihr doch zugeflüstert? »Folge dem Pfad des Salamanders« – Prompt schlägt sie den Weg ein hinüber zu der felsigen Waldschlucht des »Welschenberges«. Dort, im kühlen Grund, hatte sie früher schon einige Male Feuersalamander gesehen, vor denen sie sich aber etwas fürchtet. Sind Kröten und Salamander nicht doch ständige Begleiter von Zauberhexen und damit Unheilverkünder? Zwischenzeitlich hat sie das Leben aber gelehrt, dass fromme Menschen oft voller Falschheit sind und die als garstig Verschrienen nicht selten heimlich Güte walten lassen, sich also als Menschen mit rauer Schale und weichem Kern entpuppen. Warum also soll es dann nicht auch »gute« Hexen geben, Frauen voll Weisheit und Erbarmen? Im Städtchen erzählt man sich schon lange unter vorgehaltener Hand Geschichten vom »Riesenweible«, einer Waldhexe, die so manchen schon unverhofft aus einer Notlage befreit hat. Auf schmalem Pfad, der sich neben dem Quellbach entlangschlängelt, dringt die Witwe mit ihrer Ziege tiefer und tiefer in die Schlucht ein, als sie tatsächlich wieder einen schwarz-gelb gesprenkelten Feuersalamander übers feuchte Polstermoos kriechen sieht. Ja, hier muss der Ort ihres Traumgesichts sein! Abermals bindet sie ihre Ziege an einem Strauch fest, damit das Tier die frischen Blätter abweiden kann. Noch ehe sich das Tier über die erhoffte Nahrung hermachen kann, vertrocknen die unteren Blätter auf der Stelle. Verwundert und verzweifelt schüttelt und rüttelt das Weib an den Ästen, um die noch grünen oberen Blätter abzuschütteln. Doch oh Wunder, an Stelle der Blätter fallen lauter Taler herab, so viele, dass ihre Not für alle Zeit ein Ende haben wird. Die Ziege wird sie also nicht verkaufen müssen, ihre Schulden beim gestrengen Ratsherren kann sie nun ohne Not begleichen und bald wird sie eine ganze Ziegenherde, wenn nicht noch mehr, ihr Eigen nennen. Eilig sammelt sie die Taler ein, gibt sie zu der Goldmünze, die sie in dem Wasserkrug am Morgen gefunden hat, und eilt mit ihrer Ziege nach Hause. Sie ist überglücklich und felsenfest davon überzeugt, dass ihr das »Riesenweible« heute schon zum zweiten Mal aus ihrer herben Not beigestanden hat«.

Erwachen

Eben läuten die Glocken von der Pfarrkirche Sankt Martin herüber und im Stall klirren die Ketten der unruhigen Milchkühe, die gefüttert und gemolken werden wollen. Die Bäuerin hat heute mächtig verschlafen und die ganze Geschichte nur geträumt. Die Zeit um den Dreißigjährigen Krieg ist längstens vorüber. Heute sorgen sich die Menschen um andere Probleme, wie zum Beispiel um den drohenden Klimawandel. Populistische »Heilsversprecher« beherrschen medial die Politszene und Dunkelmänner unterschiedlichster Couleur bedrohen mit ihrem perfiden Hass die freiheitliche Grundordnung in ganz Europa. Aufmerksamkeit tut also allzeit Not! Das »Riesenweible« als guten Waldgeist hat es real nie gegeben, entsprang aber einer uralten Mär und aus den Sehnsüchten der Menschen hier im Oberen Donautal nach dauerhafter Sicherheit, Geborgenheit und Frieden.

STEGSTRECKER

Pfullendorf

Pfullendorf mit seinen liebevoll restaurierten Fachwerkhäusern liegt inmitten des herrlichen Linzgaus zwischen oberem Donautal und Bodensee. Ein Besuch in der Stadt lohnt sich allemal, gibt es dort doch einiges zu entdecken. Sehenswerte Objekte sind, um nur einige zu nennen, die Stadtkirche Sankt Jakobus, das Rathaus und gleich daneben das ehemalige Kloster sowie die viergeschossige Steinscheuer mit ihrem Staffelgiebel. Was sicherlich kein Besucher übersehen wird, ist der Narrenbrunnen auf dem Marktplatz mit der Szene, in welcher zwei Ochsen versuchen, einen Holzsteg in die Länge zu ziehen. Hinzu kommen noch allerlei Narrenfiguren, welche in der örtlichen Fasnet eine wichtige Rolle spielen.

Zwei Handwerksburschen auf der Walz

In Mengen kreuzen sich die Wege von zwei Handwerksburschen auf der Walz. Beide sind vom »Holzfach« – der eine Tischler, der andere Zimmermann. Vielleicht, so kommen sie überein, ist es besser ein Stück weit zu zweit, statt alleine zu walzen. Also schnüren sie ihr Ränzel, ergreifen den knotigen

Stenz (Wanderstab) und wenden sich über Ostrach Pfullendorf zu. In Pfullendorf angekommen, legen sie ihr Zunftbuch vor und ersuchen die Stadtverwaltung um Unterkunft. Hier ist man erfreut, Arbeit suchende Gesellen beherbergen zu können, sucht man doch schon seit Jahren selbst tüchtige Leute, die der Stadt behilflich sein könnten, kostengünstig ein Ärgernis aus der Welt zu schaffen. Den nahe am Städtchen vorbeifließenden »Andelsbach« konnten die Menschen bislang nur nassen Fußes durchqueren, da sich die Reichstadt nicht mit den Nachbargemeinden über eine Kostenbeteiligung an einem Steg über das Wasser einigen konnte.

Wie gerufen kommen da die zwei »Holzwürmer«. Der Rat der Stadt tritt zusammen und beschließt, die zwei Handwerksburschen mit dem Bau eines hölzernen Stegs zu beauftragen. Diese sollen den Steg zwar handwerklich-technisch bauen, die Aufrichtung der kleinen Brücke wolle man dann aber selbst bewerkstelligen. So könne man Kosten sparen. Das ist der Plan. Über letzteren Punkt zeigen sich die zwei Handwerksgesellen nicht sehr angetan, willigen dann aber doch schweren Herzens ein.

Die Vorbereitungen zum Stegbau erfolgen unverzüglich. Auf dem Zurichtplatz wird das benötigte Holz gehobelt, gesägt und zu Bünden zusammengestellt. Alle Verbindungen wie Verzapfungen, Verplattungen und Streben werden pünktlich und fachgerecht, so wie es das ehrbare Handwerk vorschreibt, ausgeführt. Der Bürgermeister und sein Kämmerer nehmen die Arbeit nach deren Beendigung in Augenschein und bezahlen den Wanderburschen dafür einen lausigen Lohn. Anderentags gehen die Arbeiter der Stadt daran, auf Geheiß des Rates, den Steg über den »Andelsbach« einzubauen. Doch oh Schreck, die Holzbrücke kann nicht den ganzen Bach überspannen, sie ist zu kurz geraten. – Die wegen ihres knausrigen Lohns verärgerten Walzbrüder haben vor ihrer Abreise heimlich den letzten

Bundabschnitt entfernt und dann das Weite gesucht. Nun ist guter Rat teuer. Dass wesentliche Bauteile fehlen, erkennt niemand. Also legt man die gesamte Holzkonstruktion der Länge nach über Nacht in den Bach, damit diese aufgeweicht werde. Am nächsten Morgen spannt man dann an beide Stegenden die kräftigsten Ochsen, die man bei den ansässigen Ackerbürgern finden kann, damit diese das Bauwerk auf die gewünschte Länge auseinanderziehen mögen. Doch da hilft kein Rufen und kein Peitscheknallen. Im Gegenteil, die völlig verstörten Ochsen zerreißen vor lauter Hetze noch das Geschirr und sind danach kaum mehr zu bändigen.«

Geniale Lösung

Nach diesem Vorfall traten die Räte der Stadt wiederum zusammen, um zu beraten, was zu tun sei. Dabei befand sich unter ihnen offensichtlich ein sehr kluger Zunftmeister, der, »federico secondo« sei es getrommelt und gepfiffen, eine geniale Lösung parat hatte. Über Nacht noch ging man ans Werk und präsentierte der Bevölkerung am nächsten Morgen den neuen, funktionstüchtigen Steg. – Den Necknamen »Stegstrecker« aber konnten die Pfullendorfer nie mehr loswerden.

DIE ZECHE MIT DEM TEUFEL

Zur Vorgeschichte

Noch ist Ravensburg keine »Paritätische Reichsstadt« und das friedliche Zusammenleben von Katholiken und Protestanden lässt gelegentlich zu wünschen übrig. Vor allem kommt es nach der sogenannten »Rekatholisierung« immer wieder zu Spannungen unter den Konfessionen. Während die Katholiken gerne feiern und es mit den christlichen Geboten nicht so genau nehmen, mal einen drauf machen, sind die Protestanten den Lebensfreuden offenbar weniger zugänglich. »Dia gangat zom Lacha en da Keller«, so spotten gerne die katholisch Getauften Noch ist es nicht so weit, dass man Fasnet nicht mehr feiern darf, was sich mit der »Parität« ab 1648 ändern wird.

Man schreibt das Jahr 1580, das Datum ist nicht exakt verbürgt, als ein junger Narr aus Weingarten, er wird Alfred gerufen, früh am Fasnetsonntag in Ravensburg seinen Onkel aufsucht. Zusammen mit weiteren Narren wollen sie auf einen zünftigen Frühschoppen einkehren, ein wenig Schabernack treiben oder gar »die Sau raus lassen«, sprich sich ordentlich einen hinter die Binde gießen.

Fröhliche Zecher

Traufständige Bürger- und Geschäftshäuser umsäumen »den Gespinstmarkt« von Ravensburg. Inmitten dieser Häuserzeilen hat ein gottesfürchtiger Protestant seine Schankstube, die von vielen Einheimischen gerne aufgesucht wird. Während das Wirtshaus wochentags erst ab 16.00 Uhr geöffnet hat, kann man an Sonntagen bereits nach dem Gottesdienst dort einkehren – nicht vorher.

Alfred, sein Onkel und sechs weitere Fasnetsanhänger haben sich bunt verkleidet und ziehen jetzt, laut Spottlieder singend, durch die Gassen der Altstadt. Sie sind bestens aufgelegt und es stört sie nicht, dass manche Passanten sie vorwurfsvoll anschauen. »Wahrscheinlich sind das ja nur freudlose Protestanten«, meint Alfreds Onkel und die anderen pflichten ihm eifrig bei. »Nun ja, ein bisschen Spott dürfen die schon ertragen«, fügt einer hinzu.

Wie Narren gerne in dieser Zeit, so nimmt auch dieser Haufen sich keck jegliche Frechheit heraus. Sie spotten und lästern auf ihrem Weg, was das Zeug hält. Dass viele evangelische Bürger der »Fünften Jahreszeit« skeptisch gegenüberstehen, liegt sicherlich mit daran, dass bei den Katholischen die Zügellosigkeit nur möglich ist, weil sie hernach durch Bußleistungen, wie durch Ablässe, abgegolten werden kann. Der närrische Frohsinn befällt somit nur sehr zögerlich die Menschen mit eher pietistischer Gesinnung.

Der bunt gekleidete Haufen kommt am Wirtshaus an, doch die Eingangstür ist noch verschlossen. Daher suchen sie die Hintertüre auf und gelangen so in die Schankstube. Der Wirt, ein ansonsten toleranter Zeitgenosse, ist eben dabei, zum allsonntäglichen Kirchgang aufzubrechen. »Meine Herrn, bitte verlasst das Lokal, ausgeschenkt wird erst nach dem Gottesdienst!«, wendet er sich an den Haufen. »Ich habe ja durchaus für den Trubel heute Verständnis und gehöre nicht zu den harten Gegnern des Frohsinns. Schließlich bin ich ja auch der Meinung, wenn die Leute merken, dass die Evangelischen auch über sich selbst schmunzeln können, lachen wäre zu viel gesagt, dann wäre schon viel erreicht.« Einer der Narren wirft ein: »Hat nicht auch euer großer Reformator mal fragend ausgerufen: »Warum lacht und feiert ihr nicht?« Und Alfreds Onkel argumentiert lautstark: »Er meinte ja auch, »Aus einem trüben Arsch kam noch nie ein fröhlicher Furz.« Schließlich lässt sich der Wirt erweichen und gestattet den weiteren Aufenthalt im Lokal. »Ausgeschenkt aber wird erst nach dem Gottesdienst«. So sagt er es auch seinem Weibe in der Küche und geht leicht verärgert ab. Die Narren ficht das Schankverbot dann doch an und sie fordern die Wirtsfrau auf, ihnen einzuschenken – aber ohne Erfolg. Indessen zieht sich Alfred etwas zurück und wärmt sich abseits am Kachelofen den Rücken. Das ganze Gezeter macht ihm keinen Spaß mehr – geht ihm allmählich auf den Senkel.

Die Folgen einer ausgelassenen Zeche

Während die Wirtsfrau in der Küche verweilt, um aus heißem Fett Narrenkrapfen herauszubacken, betritt plötzlich ein Herr in rotem, weitem Umhang mit Pelzbesatz aus samtschwarzem »Auwärterfell« die Gaststube. Tiefschwarze Haarsträhnen fallen ihm unter seinem Schlapphut ins Gesicht und aus tiefen Augenhöhlen, von buschigen Brauen gerahmt, blitzen flinke Augen hervor. Die bunten Narren begrüßen den Ankömmling freudig und beklagen sich, dass bis nach dem Gottesdienst hier leider weder Bier noch Schnaps zu bekommen sei. Da meint der Fremde: »Wenn ihr einverstanden seid, dann schenke ich euch ein – halt zu meinen Bedingungen!« »Selbstverständlich«, rufen da die Narren, »und wenn uns auch der Teufel hole! – Die Zeche wird bezahlt!« Da fährt der Fremde seine dürre, behaarte Hand aus, lässt sie über den leeren Schnapsgläsern auf dem Tisch kreisen und schon sind diese gefüllt. Runde um Runde folgt, während Alfred immer noch beim Kachelofen sitzt und dem Treiben zuschaut. Plötzlich entdeckt er, dass dem vermeintlichen »Wohltäter« unterm weiten Mantel Bocksbeine hervorschauen. Mit Zeichen versucht er seine Kumpane zu warnen, doch die beachten ihn längst nicht mehr. Der Schnaps ist ihnen gar zu arg in den Kopf gestiegen. Da plötzlich meint der Fremde: »So, jetzt ist Zahltag. Ihr ward ja mit meinen Bedingungen einverstanden.« »Selbstverständlich, in drei Teufels Namen, zu deinen Bedingungen!«, rufen da die Narren und öffnen schon ihre Geldbörsen, um die Zeche zu begleichen, als sie der Fremde mit glühend roten Augen anfunkelt. – »Aus mit lustig!« – Durch den magischen Blick des Fremden verglühen auf der Stelle alle Zecher am Tisch bis zur Unkenntlichkeit. Was bleibt, sind rauchend verkohlte Gerippe, die, als der Wirt den Schankraum betritt, in sich zusammenfallen.

Mit Schrecken blickt Alfred an diesem Sonntag in der Basilika zu Weingarten auf. Ganz in Gedanken versunken, hat er von der Predigt eben nichts mitbekommen. Seine Gedanken kreisten stattdessen um die Fasnet vor langer, langer Zeit und um die Legende einer »Zeche mit dem Teufel in Ravensburg«.

»Der Teufel ist der Vater der Lügen. Oft verbirgt er seine Fallen hinter dem Anschein der Kultiviertheit, hinter der Verlockung, »modern« und »wie alle anderen« zu sein. Er lenkt uns ab mit dem Köder kurzlebiger Vergnügen, oberflächlichen Zeitvertreibs. … (Papst Franziskus; Heilige Messe im Rizal Park, Manila, 18. Januar 2015)

EDELINDIS UND DIE RUNDBÜHL-KRÖTE

Castellum nomine Marchtorf

Bei Markdorf, nahe dem Gehrenberg, auf dem »Rundbühl«, stand vor langer Zeit die Burg »edelfreier« Herrn mit dynastischer Vergangenheit. Mit ihrem Eigengut, dem »Allod«, unterstanden sie zunächst keiner Landesherrschaft, sondern nur dem König, beziehungsweise dem Kaiser. Doch schon bald nach dem Bau der Höhenburg fiel dieser hoch gelegene Rückzugsort den Wirren des Investiturstreits zum Opfer und wurde 1079 geschleift. Noch heute sind spärliche Reste der Höhenburg auszumachen, wie der Halsgraben oder Teile der Ringmauer. Seit dem Niedergang der Burg ranken sich Sagen, welche in unterschiedlichen Versionen in Markdorf kursieren, um diesen mystischen Ort. Wohl die bekannteste ist die von der »Weißen Frau«, die auf der Ringmauer wandelt und dabei Silbertaler ausstreut.

Unterhalb des Steilanstiegs zum »castellum nomine Marchtorf«, wie die Burg auch genannt wurde, unter Gesteinstrümmern versteckt, soll sich zudem ein Geheimgang im Molassegestein befinden. Gefunden hat ihn bisher jedoch noch niemand – bis auf eine Ausnahme, nämlich das Fräulein Edelindis, das direkt am Fuße des Rundbühls wohnte, aber längstens in Vergessenheit geraten ist. Dies zumindest alles so in der Vorstellung von Jessika, die sich immer wieder neue Geschichten zu ihrem Heimatort Markdorf ausdenkt und niederschreibt

Die Einsiedlerin Edelindis

Edelindis führt in ihrem bescheidenen Häuschen, weit draußen vor der Stadt, ein unabhängiges Leben. Vor Jahren schon sind ihre Eltern verstorben, doch gut erinnern kann sie sich nur noch an ihre Mutter. Die junge Frau wird von der Stadtbevölkerung eigentlich kaum wahrgenommen, sieht man sie doch nur gelegentlich kurz Besorgungen machen oder in der weiten Natur umherstreifen. Als autarke junge Person, dazu noch als »Weibsbild«, erscheint sie den Leuten des Ortes eher etwas suspekt. »So alleine als junge Frau in der Wildnis, das kann nicht gut sein. Die kann doch nicht richtig ticken!«, hört man die Leute sagen. Manche glauben auch, dass die Einsiedlerin eine Hexe sei, vor der man sich in Acht nehmen müsse. Anzeichen dafür gebe es. Immerhin habe man in der Nähe ihres Häuschens schon des Öfteren Lurche, wie Salamander und Kröten im taunassen Gras gesehen.

Vor allem die Frauen im Städtchen haben ein besonderes Augenmerk darauf, dass Edelindis ihren Mannsbildern nicht zu nahe kommt oder umgekehrt, denn abgesehen von ihrer wenig attraktiven Kleidung aus grobem Leinen, ist sie nicht ohne weibliche Reize, ja, man könnte bei ihr von einer wahren Schönheit sprechen. Dass das Fräulein heilkundig sei, dessen ist man sich gewiss, hat sie doch schon manchem Kranken und Verunglückten mit ihren Tinkturen und Salben helfen können. Genau, dies ist der Grund, weshalb man sie möglichst unbehelligt unterhalb des »Rundbühls« hausen lässt.

Der gute Hausgeist mit den goldenen Augen

An einem Spätherbstnachmittag kommt Edelindis vom Beeren- und Kräutersammeln nach Hause zurück. Vor allem viele Hagebutten hat sie heute geerntet. Die geben ein gutes Mus ab und getrocknet, an kalten Wintertagen, einen köstlichen Tee. Bei all ihren Aufenthalten in der freien Natur achtet sie stets mit Respekt auf die geheimen Zeichen der dort innewohnenden Geister – der Geister der Luft, der Erde und des Wassers. Es ist wichtig, mit ihnen im Einklang zu leben; das hat ihr die Mutter frühzeitig beigebracht. »Die Geister sind die sprechenden Seelen der alles umfassenden Schöpfung«, pflegte sie zu sagen, »und denke daran, draußen sind sie allgegenwärtig!« Eben will Edelindis ihr Haus betreten, als sie auf der Türschwelle eine dicke Erdkröte wahrnimmt. Kröten sind Krafttiere, das weiß sie. Sie zu vertreiben, kommt ihr daher nicht in den Sinn. Also öffnet sie die Türe und wartet ab, was das Tier machen wird. »Ist sie rein zufällig hier oder möchte sie mir eine Botschaft überbringen?«, geht es ihr durch den Sinn. Da macht die rotbraune mit Warzen übersäte Kröte einen kleinen Satz und begibt sich in das Haus hinein. Die schöne Edelindis aber legt alles, was sie heute gesammelt hat, kurz ab und wendet sich dann ihrem Gast zu. Fragend schaut sie dem klugen Tier in die goldenen Augen. »Was mag ihr Besuch bedeuten?«

Edelindis nimmt die alte zerflatterte Bibel aus dem Eckwinkel zur Hand und blättert im Alten Testament. Im 3. Buch Mose (11,29) stößt sie auf den Satz: *»Und der HERR redete mit Mose und Aaron und sprach zu ihnen: Diese sollen euch auch unrein sein unter den Tieren, die auf Erden kriechen: das Wiesel, die Maus, die Kröte, ... «*

»Ein Schöpfergott soll das gesagt haben?« Edelindis kann dies um alles in der Welt nicht begreifen. Oder interpretiert sie diese Gebote falsch? Zumindest wird ihr jetzt klar, warum die Menschen sich voll Abscheu von diesen harmlosen Tieren abwenden, gelten die Kröten durch diese Anweisung doch in der Bevölkerung als die hässlichsten Tiere der Schöpfung überhaupt. Dass Kröten bevorzugt feuchte, dunkle Orte aufsuchen, lassen sie den Unwissenden noch diabolischer erscheinen.

Je mehr die junge Frau in den folgenden Tagen sich fürsorglich der Kröte zuwendet, umso vertrauter scheinen die beiden miteinander zu werden. Dann schlägt die Erdkröte in bedächtigem Lauf den Weg Richtung Kellerloch ein und Edelindis trägt sie in

Die Erdkröte bittet um Einlass

die Dunkelheit hinab. – Jetzt ist ihr klar, warum die Kröte bei ihr um Einlass gebeten hatte. Ein außergewöhnlich kalter Winter steht also bevor, sodass sie gerade noch Zeit hat, um Vorräte und ausreichend Brennholz anzulegen, derweilen ihr guter Hausgeist sich zur Winterruhe im Kellerloch zusammenkauert.

Der Winter war, wie erwartet, sehr hart. Doch Not musste Edelindis nicht leiden. Kaum, dass die Temperaturen milder werden, hört sie im Kellerloch das Fiepen ihres Wintergastes. Da steigt sie mit einem Kienspan in der Hand hinab zu der Erdkröte, die sie wissend anschaut. Ungelenk bewegt sich die alte Kröte zur Rückwand des Kellers, der zum Teil in den Berg hineingehauen wurde, und verschwindet in einem Spalt zwischen zwei großen Steinplatten.

Der Silberschatz unter dem Rundbühl

Noch Tage lang hört Edelindis die Rufe der Kröte hinter der Kellerwand. Zuerst noch ganz nah, dann immer leiser werdend, so als würde sie sich entfernen. Der jungen Frau dünkt, als befände sich dort hinten noch ein weiterer Raum: »Ein Stollen zur alten Burg vielleicht?«

Mit großer Mühe gelingt es dem Fräulein, die zwei großen Steine zur Seite zu wälzen. Und tatsächlich, aus einem tiefen Stollen weht ihr kühle Luft entgegen. Es waren wohl ihre Vorfahren, die vor Jahrhunderten diesen »Fluchtstollen« gegraben haben. Dass sie selbst von adeligem Geschlecht ist, hat sie erst kürzlich per Zufall durch eine handschriftliche Notiz ihrer Mutter erfahren. Diese hatte den Familienstammbaum einst in einem unscheinbaren Kräuterbuch hinterlegt.

Edelindis dringt immer weiter in den Stollen vor, als sie auf eine Truhe gefüllt mit Silbertalern stößt. Neben der Kiste liegt entkräftet ihre Freundin und ehemals guter Hausgeist, die Erdkröte. Betrübt hebt sie das verstorbene Tier hoch, trägt es nach draußen in den Garten und bestattet es unter einem Holunderbusch. An Gut und Geld war der eigenwilligen Kräuterfrau nie gelegen, weshalb sie daran denkt, die meisten Silbertaler an bedürftige Menschen zu verschenken. Aus dem nahegelegenen Ried besorgt sie sich Spinnweben und Wollgrasfasern, woraus sie sich ein weißes, schleierartiges Gewand webt. Geht dann eine arme, verzweifelte Seele aus Markdorf am Hang des Rundbühls entlang, dann kann der oder die Bedürftige manchmal im Mondlicht eine feenartige Gestalt auf den Ruinenresten tanzen sehen und so manchem hat die Fee Edelindis dabei ein paar Silbertaler zugeworfen.

Als das Fräulein verstorben war und ihr altes, von Efeu überwuchertes Häuschen zu Staub zerfiel, taucht auf der Burgruine der ehemals edelfreien Herrschaft auch keine Fee mehr auf. Dass die der Natur verbundene Edelindis diese wohltätige »Weiße Frau« gewesen war, die so ihren unverhofften Silberschatz verteilt hatte, das hatte niemand geahnt.

Nachdem Jessica die letzten Zeilen in ihr Notebook eingetippt hat, erhebt sie sich und blickt nachdenklich aus dem Fenster. Dämmerig ist es geworden und der Wind stiebt luftig leichte Schneeflocken durch die Gassen. Die Turmuhr drüben von Sankt Nikolaus schlägt 18.00 Uhr. Sachte und mit einem vielsagenden Lächeln auf den Lippen schließt sie die Fensterläden, zündet eine Kerze an und kuschelt sich mit angezogenen Beinen in die weichen Polster ihres Sessels. »Beim heiligen Aloysius«, so wie sie sich die Version von der »Weißen Frau« und der »Rundbühl-Kröte« ausgedacht hat, davon ist sie fest überzeugt, so könnte sich dies alles Mal zugetragen haben. Doch worauf es wirklich ankommt, das ist nicht das, was wir mit unseren Augen glauben zu sehen. Empathie, Naturverbundenheit, innere Schönheit und tiefes Wissen sind primär Angelegenheiten des Herzens.

DER LETZTE »HÜLLELIMA« AUS DER FREUNDSCHAFTSHÖHLE

Drei Freunde

Fast täglich treffen sich in Aulendorf drei engste Freunde im Pausenhof ihrer Schule, um sich für den Nachmittag, Abend oder das Wochenende zu verabreden.

Aus Aulendorf kommen der Stubbe und der Ernst und Gonzo aus Durlesbach. Sie kennen sich schon seit Kindertagen, sind sie doch quasi gemeinsam aufgewachsen. Auch wenn sie sich hin und wieder mal kabbeln, die Freundschaft hat darunter nie wirklich gelitten. Gleich den »Drei Musketieren« haben sie sich das Motto »Einer für alle, alle für einen« zu eigen gemacht. Nun stehen die großen Ferien an und das »Kleeblatt« möchte, statt wie bisher mit den Eltern nach Spanien, Italien oder sonst wohin zu verreisen, jetzt erstmals ganz auf sich gestellt losziehen, den Erlebnisfaktor nach oben schrauben. Mobil sind sie ja, schließlich fährt ein jeder von ihnen seit Ostern sein eigenes Mofa. Das ist natürlich »mega geil« und eröffnet gänzlich neue Perspektiven. Doch wo soll die Reise hingehen? In die Schweiz? Dafür reicht das ersparte Taschengeld nicht aus. Viel zu teuer dort! Nach Frankreich? Mit 2,2 PS unterm Hintern vielleicht doch etwas zu weit – und dann sind da noch die fehlenden Sprachkenntnisse! »Wulle vou da Ranza voll,« flachst hier Ernst. Außerdem waren sie eh jedes

Jahr mit den Eltern und den Geschwistern im Ausland. – Vielleicht könnten sie jetzt an den Bodensee fahren? Doch auch dort waren sie mit ihren Familien auf deutscher Seite schon des Öfteren: Lindau, Wasserburg, Friedrichshafen, Meersburg, Konstanz, die ganze See-Promenade. Aber das hügelige Hinterland des Schwabenmeeres, das kennen sie eigentlich kaum; sind immer nur rasch durchgefahren. »Wäre doch ein denkbares Ziel – oder nicht?«, meint der athletisch und etwas untersetzt gebaute Stubbe, »und sicherlich nicht so überlaufen!« »Ja, vielleicht«, stimmen die Freunde zögerlich zu. Der etwas schlaksige Gonzo mit den langen Armen schlägt mit seinen Gliedmaßen kreisend vor, irgendwo zu zelten, um dann einzelne Touren zu Fuß oder mit dem Mofa zu unternehmen. »Und das Lagerleben hat immer was für sich: am Feuer sitzen, scherzen, Nudelsuppe kochen und in die Sterne schauen. Das wäre allemal spannender als in so einer Nobelherberge abzuliegen!« »Klar. Wir packen dazu Luma, Schlafsack und das Allernotwendigste«, ereifert sich Stuppe und der smarte Ernst meint: »Vielleicht können wir bis dahin noch ein wenig die liebe Verwandtschaft, Opa, Oma, und Tanten anzapfen, damit uns nicht der Sprit ausgeht und wir auch genügend zum Futtern haben!« »Alles klar!« Darüber sind sie sich jetzt einig. Die Sache gilt als beschlossen. Allerdings muss jetzt jeder noch seine Eltern überzeugen und auch einen geeigneten Campingplatz müssen sie ausfindig machen, was wohl kein zu großes Problem sein dürfte. Gonzo meint: »Wenn wir übers Internet nichts Passendes finden, so fahren wir halt einfach drauf los. Zur Not zelten wir an irgendeinem Bach oder Waldrand!« »Oder müssen dann doch direkt an den See weiter driven«, wirft Ernst ein.

Auf Tour

Mit Ferienbeginn sind die drei Schulfreunde auf ihren »heißen Öfen« startklar und spielen schon mal mit dem Gaszug, lassen die Motoren kurz aufheulen. Was sie für die Tour benötigen, haben sie gepackt. Bis Fronreute läuft alles wie geschmiert. Ab da wollen sie mittels Navi-App zunächst nach Horgenzell gelangen. Doch irgendwie klappt es mit der Zieleingabe nicht und das Trio landet in Fleischwangen – wo sie eben nicht hinwollten! »Wir dürfen nicht weiter nach Westen, sondern müssen südlicher fahren«, wirft Ernst ein. Also kratzt man die Kurve und schlägt die Richtung Danketsweiler – Hauetsweiler ein und weiter knattern sie frohgemut fort bis zum beschaulichen Deggenhauser Tal. In Untersiggingen rasten die abenteuerlustigen Burschen an einem Bauernhof, trinken dort ein Glas Milch und erfahren, dass man in Obersiggingen direkt neben der Deggenhauser Aach super zelten könne. Die in der Würmeiszeit geformte Gegend gefällt. Links und rechts des Aachtals beziehungsweise Deggenhauser Tals erheben sich steil die Mittelgebirge – rechts der »Höchsten«, mit 833 m Oberschwabens höchster Berg überhaupt, und links die bewaldete Nordflanke des »Aachecks«. Ja, besser konnte es nicht laufen. Nachdem sich Stubbe, Ernst und Gonzo eingerichtet haben, liegen sie bis tief in die Nacht um ihr kleines Lagerfeuer, schauen in die Sterne und erzählen sich, ehe sie einschlafen, die schauerlichsten Geschichten.

Am Morgen zieht Gonzo los, um für alle im Dorf Frühstück zu besorgen: Brötchen, Butter, Marmelade, Milch und Caro-Kaffee. Im Dorfladen erfährt er, dass es am Illmensee recht schön sein soll. Maximal eine Woche wollen sie hier in der Gegend bleiben und diese etwas erkunden. Beim gemeinsamen Frühstück wird rasch klar, heute werden sie zum Baden an den Illmensee fahren. Im Freibad schmieden sie dann für die kommenden Tage ihre weiteren Pläne: Aufstieg auf den Höchsten, einen Tag über Markdorf an den Bodensee Fischbrötchen essen und weiter in den Kletterwald bei Immenstaad, um am darauf folgenden Tag eventuell über Salem und den Affenberg nach Heiligenberg zu fahren. Dann wird es wieder Zeit, an die Heimreise zu denken. Mit der sommerlichen Wetterlage können die drei Freunde sehr wohl zufrieden sein. Alles prima! Nachdem sie in den vergangenen Tagen viel herumgekommen sind, wollen sie an ihrem letzten Aufenthaltstag hinüber nach Heiligenberg fahren. Da sie aber morgens nicht zeitig aus den Schlafsäcken kommen und das Frühstück sich auch hinzieht, beschließen sie, nicht den Weg über Salem zu nehmen, am Affenberg war eh schon jeder von ihnen mal als Kind mit seiner Familie. Also düsen sie mit ihren Mofas über Deggenhausen, Ellenfurt und Wintersulgen zum erwählten Zielort.

Kurz vor Mittag kommen die Mofa-Flitzer in Heiligenberg an und parken dort auf dem alten Postplatz unter der 800 Jahre alten Gerichtslinde, ehe sie sich aus der Metzgerei ein deftiges Vesper und eine Cola holen, um dann am nahe gelegenen Brunnen zum Essen zu verweilen. Was sie hier in Heiligenberg unternehmen sollen, ist ihnen noch nicht so recht klar. Eine Schlossbesichtigung machen? Bis auf Waffensammlungen finden sie Schlösser innen so und so ziemlich uncool. »Ist doch fast immer das Gleiche: protzige Gemächer, viele alte Möbel, altmodisches Geschirr und die vielen Ahnen, die kann man sich ja sowieso nicht merken«, meint Stubbe. Aber vielleicht haben die drei da dann doch etwas versäumt, denn vor allem der Rittersaal im neuen Renaissance-Schloss ist recht außergewöhnlich und sehenswert. Nichts-desto-trotz machen sie sich nach ihrer Stärkung auf, um die »Freundschaftshöhle« oberhalb von Staig aufzusuchen. Den Tipp gab ihnen eine nette Passantin, welche sie lachend angesprochen hatte. Woher sie kommen und ob sie was suchen, wollte sie wissen.

Die Heiden- bzw. Freundschaftshöhle und ihr letzter Bewohner

Am Ortsende führt rechts der Staigstraße ein kleiner, holpriger Pfad, zunächst talwärts und getreppt am Hang entlang. Auf diesem etwas unsicheren Wanderweg wollen die Aulendorfer Jungs die legendäre Höhle erreichen. Vorsicht ist geboten, denn an verschiedenen Stellen erfordert die Begehung des Weges wegen Rutschgefahr und drohendem Steinschlag höchste Aufmerksamkeit. Über einen Bohlenweg erreichen sie unvermittelt die im Steilhang liegende grottenähnliche Höhle, an deren (Beton-) Pfeiler so mancher Besucher schon seine Marke hinterlassen hat. Die Aussicht über die Ortschaft Staig hinweg in Richtung See und hinüber zum Schloss ist von hier aus wirklich beeindruckend. Nur gut, dass man kürzlich hangunter die Bäume etwas gerodet hat, sonst wären diese Ausblicke nicht möglich. Ernst entdeckt ein Schild, das über den seltsamen Ort Auskunft gibt. Er liest laut vor: »Diese Höhle im Molassefels des Heiligenbergs diente lange Zeit als Wohnplatz für Bedienstete des fürstlichen Hauses. Hierauf weisen heute noch der Kamin und die Spuren der Erweiterung der Höhle hin. Ein »Häuschen« an dieser Stelle ist bereits 1688 bezeugt. Im Jahr 1765 bat der damalige Bewohner Hans Georg Sauter – der »Hüllelimann« – um die Erlaubnis an dieser Stelle ein Haus errichten zu dürfen, weil der Fels abbröckele und die Höhle kaum noch zu erreichen war. Zwanzig Jahre später durfte er in unmittelbarer Nähe eine neue Hütte errichten, die jedoch bei der Schneeschmelze des Jahres 1802 mit dem Bewohner ins Tal zu rutschen drohte. Jetzt erst wurde dieser Wohnplatz aufgegeben und die Bewohner bauten sich ein Häuschen an der Röhrenbachstraße in Heiligenberg, das noch lange bei den Einheimischen den Namen »Hillel« (von Höhle) führte. König Friedrich Wilhelm von Preußen hat von hier aus Heiligenberg *›ein Stück vom Himmelreich‹* genannt.«

Als Verfasser dieses Textes wird der Heimatverein Heiligenberg angeführt, stellt Ernst fest, nachdem er den ganzen Text vorgelesen hatte. Natürlich machen die Freunde mit ihren Handys von der Örtlichkeit und der schönen Aussicht viele Fotos, als sie an der Höhlenrückwand plötzlich einen alten Mann auf einem Baumstumpf sitzend wahrnehmen. Ihm zu Füßen liegt hechelnd ein Jagdhund mit Schlappohren. Waren die beiden schon bei ihrer Ankunft da oder sind sie erst später von ihnen unbemerkt hierhergekommen? Ein bisschen kauzig kommt der Alte den Burschen schon vor, doch grüßen sie freundlich. Dann kommt man ins Gespräch und der Greis erzählt von weiteren Wohnhöhlen, wobei er mit seinen knitzen Augen das Jungentrio aufmerksam mustert: »Früher war es nicht unüblich, dass arme Leute in Wohnhöhlen, oft auch Heidenhöhlen genannt, hausten. So zum Beispiel in den Heidehöhlen bei Überlingen-Goldbach oder bei Zizenhausen nahe Sockach. Aber auch auf der Schwäbischen Alb gab es mehr oder weniger künstliche Höhlen und Grotten, die im Kriegsfall als Versteck dienten, oder in denen arme Leute wie Landstreicher, aber auch übles Gesindel, sich verbargen. Vor Jahren reiste ich nach Apulien. Dort gibt es die Höhlenstadt »Matera«, wohl mit die älteste Höhlen-Stadt Europas – sehr beeindruckend! Noch Mitte des letzten Jahrhunderts empfanden es viele Italiener als Kulturschande, dass Menschen immer noch in Höhlen ihr Dasein fristen müssen.« Da fragt Gonzo den Alten: »Und warum heißen die Wohnhöhlen Heidenhöhlen? Waren die Menschen dort Ungetaufte?« »Nun ja«, antwortete der betagte Greis, »so sicher weiß das heute wohl niemand, aber ich vermute, dass man alle, die nicht in ein übliches Schema und Weltbild passten und am Rande einer gefestigten Gesellschaft lebten, Heiden nannte.« – Dann fährt er in seinen Erläuterungen fort: »So ähnlich dürfte es sich auch hier bei uns zugetragen haben. Wie ihr ja eben auf der Inschriftentafel gelesen habt, ist der letzte Bewohner dieser Höhle hier den Überlieferungen nach bekannt, und seine Nachkommen wohnen heute noch droben in Heiligenberg.« Stubbe versucht, während der Alte weitererzählt, sich besagten Tagelöhner an der Schwelle zum 19. Jahrhunderts bildlich vorzustellen und gedanklich gar selbst sich in die Rolle des Hans Georg Sauter zu begeben. Nur noch bruchstückhaft schnappt er jetzt die eine oder andere Information des freundlichen Erzählers auf, um diese dann in seine eigene Fiktion, wie selbstverständlich, mit einzubeziehen.

Hartes Leben in fürstlichen Diensten

»Stubbe« alias Hans Georg, der Hüllelimann, fühlt sich nicht gut. Die feuchtkalte Nacht hat alles klamm gemacht, sodass er, seine Frau und das kleine Töchterchen, wieder mal, wie so oft, frieren müssen. Einerseits ist er ja froh, dass er hier mit seiner Familie leben darf, andererseits ist dies fürwahr kein Honigschlecken unter solchen Umständen fern von anderen Menschen leben zu müssen. Er findet, er hätte eigentlich Besseres verdient, nachdem er von Leutstetten hier herübergekommen ist, um sich zu verdingen. Zu Hause war kein Auskommen mehr, die winzige Landwirtschaft konnte einfach nicht mehr alle, die Eltern und die Geschwister, ernähren, sodass er gezwungen war, mit seiner kleinen Familie abzuwandern. In Heiligenberg konnte er sich am Fürstenhof etwas nützlich machen und fast hätte er ein altes Austragshäuschen zur Untermiete erhalten, wäre ihm da nicht in angetrunkenem Zustand diese Dummheit unterlaufen. Vor Tagen hatte ihn einer der Jagdhunde des Fürsten, eine sogenannte Bracke, in die Wade gezwickt. Richtig unangenehm war das. Da sich Hans Georg unbeobachtet fühlte, nahm er Tage später aus der Schmiedeesse ein Stück Holzkohle, schnappte sich eine Leiter und stieg am Torbogen zum Familienwappen hoch, um dem Wappentier dort, ebenfalls einer Bracken, über einer Helmzier, Hörner aufzumalen. Es war ja eigentlich nicht böse gemeint, ein Scherz halt, doch der hinzugetretene junge Schlossherr empfand das gar nicht so und fast hätte er den Tagelöhner für diese Schmach an seiner adeligen Sippe für immer aus seinem Herrschaftsbereich verwiesen. Lediglich Hans Georgs Frau gelang es beim Fürstenberger Abbitte zu tun, sodass sie bleiben konnten. Jedoch mussten sie das Dorf verlassen, in die Heidenhöhle ziehen und allzeitig dem hohen Hause zu Diensten sein, wenn man danach verlangte. Mit der Zeit baut der Tagelöhner seine Behausung etwas aus, zieht einen Kamin ein und errichtet zur Sicherheit unter dem überhängenden Dach zwei Stützpfeiler. Auch die Eingangsfront erweitert er etwas mit einer behelfsmäßigen Holzkonstruktion. Doch all das hilft nur wenig, ist das Nagelfluh-Gestein doch sehr witterungsempfindlich, sodass sich ständig Gesteinsbrocken lösen und eines Tages im Frühjahr, während der Schneeschmelze, der hölzerne Vorbau ins Tal abzurutschen droht. Gerne würden die Sauters ein kleines Häuschen auf sicherem Grund errichten, doch vom Schloss aus besteht dafür keinerlei Interesse. Immer wieder müssen Hans Georg und seine Frau dem Hause Fürstenberg zu Diensten sein – so bei Treibjagden, der Anlagenpflege des Schlossgeländes, bei Forstarbeiten, der Ernte im Herbst und anderem mehr, während ihr Auskommen stets recht dürftig bleibt. Im Gemeindegebiet werden die Sauters nur »Hüllelini« oder Felsenleute genannt und buchstäblich als bedauernswerte »Hungerleider« angesehen, denen man gerne ab und zu etwas zusteckt.

Unverhoffte Wende

Bald 30 Jahre lebt die Familie schon in ihrer Felsenbehausung und keine Verbesserung ihrer Wohnsituation ist in Aussicht. Was sich zwischenzeitlich zum Guten gewendet hat, ist, dass die Tochter der Hülleli alsbald von der Kinderarbeit befreit wurde und auf Anordnung des Fürsten Joseph Wenzel zu Fürstenberg drei Jahre in die Elementarschule gehen durfte. Die Schulpflicht für alle Kinder, das schien dem aufgeklärten Herrn wichtig zu sein. Mit 15 erhielt Elsbeth dann im Schloss Heiligenberg eine Anstellung als Küchenhilfe und obendrein eine eigene, einfache Schlafkammer unterm Dach des Gesindehauses. Auf diesem Weg erfährt Hans Georg immer wieder kleine Interna aus dem Fürstenhaus, so auch, dass für demnächst ein großes Fest als auch eine Treibjagd geplant werde Hohe Ehrengäste aus dem »Ausland« habe man dazu geladen. Mehr konnte die Küchenmagd nicht in Erfahrung bringen. Den »Hülleli« wundert daher auch nicht, dass ihm der alte Förster, Faktotum des Hauses und graue Eminenz vor Ort, wenn der Fürst nicht anwesend ist, den Auftrag erteilt, den Zustand der Treiberzäunen zwischen den »Schwedenschanzen« und Rickertsweiler zu überprüfen und gegebenenfalls auszubessern. Schon früh am Morgen macht sich Hans Georg auf den Weg und wie sich herausstellt, ist tatsächlich allerhand zu richten. Stunden schon ist er beschäftigt, als sich der Himmel verdunkelt und ein Gewitter aufzieht. Nahe der Schwedenschanze führt über einen Hohlweg ein Pfad hinauf auf die Hochfläche, wo er einen Unterstand kennt. Gerade noch kann er das schützende Dach erreichen, als das Unwetter losbricht. Blitze zucken durch das Geäst und ein heftiger Wolkenbruch entlädt sich über seinem Unterstand. Das spätsommerliche Gewitter dauert wohl schon mehr als zwei Stunden lang, ehe der Starkregen nachlässt, und Hans Georg sich aufmacht, um nach Hause zu wandern, als er aus dem tiefen Forst jemanden rufen hört. Immer wieder bleibt er stehen und lauscht, dann folgt er der Richtung, aus der die Rufe erschallen. Da staunt er nicht schlecht, als er eine verunglückte Kutsche mit Fürstenberger Wappen entdeckt. Die Kutsche ist wegen eines umgestürzten Baumes mit ihrem Vierspänner vom durchnässten Pfad abgekommen und steckt samt den Pferden fest. Wohl hat sich der Kutscher schon seit längerem zu Fuß aufgemacht, um Hilfe zu holen, ist jedoch noch nicht zurückgekehrt. Später erfährt man, dass er sich im Wald verlaufen hat. Nun sitzt also die noble Gesellschaft, der Fürst mit seinen zwei Gästen, hilflos in der bis zur Nabe eingesunkenen Kutsche fest. Da sich die Pferde zwischen den Bäumen derart verheddert haben, dass man mit ihnen die Kutsche so nicht freibekommen kann, geschirrt Hans Georg die völlig verstörten Tiere aus und führt sie einzeln hinauf, wo er sie neben dem Weg anbindet. Dann spannt er zwei der Pferde mit Zugriemen an der Hinterachse, die noch aus dem Morast hervorschaut, fest und zieht mit ihnen die Kutsche rückwärts aus dem Schmodder heraus. Die Kutscheninsassen bedanken sich danach bei dem Tagelöhner für sein geschicktes Manöver – der Fürst knapp und distanziert, die zwei anderen dafür umso überschwänglicher, bis der Fürst Einhalt gebietet mit: »Maestri, lassen Sie es jetzt gut sein, mein Mann tut nur seine Pflicht!« »Und wie kommen wir jetzt weiter, Euer Hochwohlgeboren?«, fragt da der Knabe und dies in breitem wienerischem Schmäh und setzt sich dabei seine weiß gepuderte Perücke zurecht. Hans Georg weiß Rat, kennt er die Wälder ringsum doch wie seine Westentasche. Der unmittelbare Weg vor ihnen ist wegen der umgestürzten Buche nicht passierbar, weshalb er die Kutsche samt ihrer Insassen über einen wenig bekannten Umweg nach Heiligenberg lenkt. Als sie im Schlosshof eintreffen, stehen dort schon die vielen Kutschen aller zum Kammerkonzert mit anschließendem Ball geladener Adelshäuser: die aus Tettnang, aus Salem, Meersburg, Sigmaringen, Scheer und andere mehr. Alle sind auf die Überraschungsgäste gespannt, weiß man doch, dass Fürst Joseph Wenzel zu Fürstenberg ein großer Musikliebhaber ist. »Wen wird er präsentieren?« Für das Fest hat der Fürst der zentralen Lage wegen und des wundervollen Rittersaales wegen Heiligenberg und nicht Donaueschingen, seinen Hauptwohnsitz ausgesucht.

»Sir, darf ich eine Bitte äußern?«

Nun trifft er mit seinen Wiener Ehrengästen gerade noch rechtzeitig von Donaueschingen kommend ein, um den Festabend zu eröffnen. Als die drei Kutscheninsassen aussteigen, hört Hans Georg den Fürsten sagen: »Monsieur Kapellmeister Mozart, Ihr zuerst, dann Monsieur Wolfgang Amadeus, wenn ich bitten darf!« Diese Namen hat der »Hüllelimann« bisher noch nie gehört, was eigentlich auch ohne Belang ist, hätte es da nicht noch den kleinen Zwischenfall gegeben: Kaum waren alle aus der Kutsche ausgestiegen und gerade im Begriff, das Schloss zu betreten als sich der Knabe an den Fürsten wendet: »Sir, darf ich eine Bitte äußern?« »Was immer Sie möchten, es sei mir eine Ehre«, antwortet seine Durchlaucht. »Wie wäre es, wenn Sie unserem Erretter hier eine Gunst gewähren würden? Ohne ihn wären wir sicherlich nicht unbeschadet und pünktlich hier angekommen!« Da runzelt Fürst Joseph Wenzel etwas die Stirn, nimmt Haltung an und meint dann: »So sei's, ich steh zu meinem Wort.« Da wendet sich Wolfgang Amadeus an den Tagelöhner und meint: »Was sagst Du dazu? Hast Du einen Wunsch? Wenn ja, dann raus damit!« Mit einer verhaltenen Geste fordert ihn auch der Fürst auf einen Wunsch zu äußern. Was soll er als kleiner Tagelöhner sich schon wünschen, geht es Hans Georg Sauter durch den Kopf. Doch dann sprudelt es aus ihm hervor: '«Ich bitte den gnädigen Herrn, die Freundschaftshöhle verlassen und mir ein kleines Häuschen an sicherem Platze errichten zu dürfen«. Der Fürst kommt dieser Bitte des Hüllelimann jetzt dreißig Jahre nach dessen ersten Eingabe endlich nach. So kan der Tagelöhner alsbald in Heiligenberg in der Röhrenbachstraße sein neues, bescheidenes Domizil errichten. Seine Stube dort nennt er in dankbarer Erinnerung »Mozartstube«. Für die Dorfbewohner bleibt Hans Georg aber zeitlebens der »Hülleli«.

»He Stubbe, was ist los?«, rufen die Freunde. »Auf geht's! Hinter Heiligenberg machen wir noch einen Abstecher auf die

Amalienhöhe, genießen dort den Ausblick zum See und den Alpen, dann geht's zurück zum Zeltplatz, und morgen düsen wir nach Hause.«

DAS SALEMER ZINSWEINFASS

Können Engel furzen?

Wie verzuckert erscheint die mit Raureif überzogene Landschaft an den Ufern des Bodensees. Die Sonne hat die letzten Nebelschwaden des Morgens völlig aufgesogen und die langen Eiskristallnadeln an den Zweigen blitzen im Sonnenlicht auf wie fein geschliffene Diamanten. Frohwin, Rosi und Irmi haben für ihren vorweihnachtlichen Ausflug einen herrlichen Tag erwischt, auch wenn es knackig kalt ist. Fast jährlich suchen sie um die Weihnachtszeit herum Ziele der Besinnlichkeit auf, um sich auf das Fest entsprechend einzustimmen und um der Hektik des Alltags etwas zu entfliehen. Heute haben sie sich für die Barockkirche in Birnau und die ehemalige Klosteranlage in Salem entschieden, und ihre kleine Tochter Irmi ist schon ganz hibbelig – erhofft sie sich doch eine schöne Weihnachtskrippe mit dem kleinen Jesuslein zu sehen.

Die Atmosphäre in »der Birnau« ist einfach entzückend. Der Besucher glaubt dem Himmel dort tatsächlich schon ein Stück weit nahe zu sein – alles ist heiter, alles jubiliert. Auch hat wurde bereits damit begonnen, die Weihnachtskrippe entsprechend der Tradition aufzustellen. Doch noch stehen die Figuren nicht an ihrem angestammten Platz. Die drei Kirchenbesucher stehen somit etwas ratlos vor der leicht chaotischen Szene. Der Stern von Bethlehem liegt nachlässig abseits im Moospolster, die Schafe auf dem Feld purzeln kreuz und quer durcheinander und die Hirten haben offensichtlich die Frohe Botschaft noch nicht erhalten, denn der Verkündigungsengel drückt sich fast unbemerkt hinter dem Stall herum, während Joseph flach liegt, als wolle er ein Nickerchen machen. Maria, »die Rose ohne Dornen«, wie sie auch genannt wird, schaut hilflos und mit gefalteten Händen nach ihrem Sohn Ausschau. Da fragt die kleine Irmi: »Papa, und wo ist das schimmlige Kind?« »Nun ja«, wirft Rosi ein, »es heißt himmlisches Kind, nicht schimmliges Kind.« Dann deutet sie auf die mit Heu und Stroh reichlich gefüllte Futterkrippe zwischen Ochs und Esel. Fast von Trockenfutter erstickt, schaut der »Erlöser« Hände ringend aus seinem Behelfslager hervor, als wolle nicht er die Welt erretten, sondern als wolle er selbst aus seiner misslichen Lage befreit werden.

Nun wendet sich Irmi den vielen hübschen, in Szene gesetzten Stuckengeln der weiteren Innenausstattung zu. Die Atmosphäre in der Kirche ist einfach hinreißend, schön und heiter. Plötzlich fragt sie völlig unvermittelt: »Papa, können Engel auch furzen?« »Wie meinst du das?« »Nun ja, ob sie eben pupsen können?« Frohwin überlegt kurz und meint dann: »Ich glaube nicht«. »Warum nicht?«, will Irmi jetzt wissen. »Nun ja, sie haben halt keinen Darm, sie haben »Plasma« – weißt du«, erwidert ihr Vater mit heiterer Miene. »Ah, Plasma«, widerholt Irmi nachdenklich. »Engel naschen also Manna, schlecken Honig und sie haben Plasma!« »So ist es wohl«, bestätigt Frohwin die Annahmen seiner kleinen Tochter. Dann bricht es aus Irmi hervor: »Papa, können Menschen auch Engel sein?« »Ja sicher – glaub schon – weshalb?« Irmi. erwidert: »Entweder bin ich Menschenkind und furze jetzt, oder ich werde zum Engel, habe Plasma, und mein Bauch wird dann so dick wie die Bäuchlein der meisten Engelchen hier in der Kirche.«

Kurzer Besuch auf dem ehemaligen Klostergelände in Salem

Von Birnau aus ist die kleine Familie über eineinhalb Stunden lang zu Fuß den Prälatenweg herauf nach Salem gewandert. Zum Glück treffen sie vor der ehemaligen Klosteranlage einen jungen Mann, der bereit ist, sie vor Ort etwas zu führen. Welche Bedeutung unter anderem der Weinbau für das Kloster hatte, mag man erahnen, wenn man die riesige Kelterpresse mit ihrem elf Meter langen »Torkelbaum« sieht, die noch von 1706 erhalten ist. Im Buchsbaumlabyrinth dann hat Irmi ihre helle Freude, all die Wege dort hüpfend und singend auszukundschaften. Abschließend besucht die Familie noch kurz die ehemalige Schloss- und Klosterkirche, das Münster, ein Juwel gotischer Kathedralbaukunst. Angeblich 300 Mönche und Laienbrüder fanden in der 1414 geweihten Klosterkirche Platz. Die vielen Skulpturen aus feinkörnigem Alabastergips, die seit der Barockzeit das vormals schmucklose Gotteshaus des Zisterzienserordens beleben, erinnern an Äbte, Stifter oder Ordensgründer. Eindrücklich dabei sind für jeden Besucher die beiden Skelette im geistlichen Ornat am »Äbte-Monument«. Sie spielen auf die Vergänglichkeit des Lebens an: »*Carpe diem*«, (»Nutze den Tag«) oder »*memento mori*«, (»Bedenke, dass Du sterben musst«) – das ist die zentrale Botschaft, die von diesem Erinnerungsmal ausgeht.

Das große Zinsweinfass der Zisterzienserabtei Salem

Wenn Frohwin jetzt die beiden klerikalen Skelette betrachtet, muss er unmittelbar an die Geschichte mit dem riesigen Weinfass denken, wovon ihnen der junge Fremdenführer an der alten Weinpresse erzählt hatte:

»Wir schreiben das Jahr 1778. Der Bruder Cellarius domini (Kellermeister) von der Reichsabtei Salem erwartet dieses Jahr eine außergewöhnlich gute Weinernte und somit reichlich Zinswein, (census, qui vocatur cinswin), von den umliegenden Winzern als Naturalienleistung für die Abtei. Grund genug, sich Gedanken zu machen, die Tropfen für den Klosterkeller zu sichern, anstatt die Trauben oder den frisch gekelterten Saft anderweitig zu veräußern. Anhand der Süße und der feinen Säure der Trauben kann Bruder »Bacchus«, wie er von seinen Mitbrüdern scherzhaft genannt wird, seinen Prior davon überzeugen, dass es lohnend sei, ein extra großes Fass für den Klosterkeller zu bauen. Die Zustimmung erhält er prompt, denn nach der Hora (Liturgie) trinkt jeder Klosterbruder gerne ein gutes Glas Wein. Also macht sich der Kellermeister frisch ans Werk, um aus lang gelagerten Eichenholzdauben ein Fass mit gar vielen hundert Litern zu zimmern und zu kalfatern. Fast vier Meter hoch und sechs Meter tief soll das Fass werden. Die Schauseite lässt das Kloster von einem versierten Holzschnitzer aus der näheren Umgebung gestalten – Weinlaubranken und darauf sitzend zwei sich zuprostende Putten. Und wie es sich für ein neues Fass gehört, darf auch eine entsprechende Inschrift nicht fehlen. Man entscheidet sich für:

»Wer keinen Wein trinkt, dem entgeht Genuss; wer aber den Wein falsch trinkt, verdirbt den Genuss sich und andere.«

Als das Fass fertig ist, muss man ein riesiges Loch in die Erde schaufeln und die Kellerwand aufstemmen, damit man das Behältnis mit viel Mühe an seinen Bestimmungsort verfrachten kann. Anschließend wird das Loch in der Wand wieder fein mit Ziegelsteinen vermauert und das Erdreich draußen verfüllt.

Die Begehrlichkeiten eines Novizen und seine Folgen

»Bacchus«, der Kellermeister, ist stolz auf das schöne Fass und bestrebt, darin einen ganz besonderen Wein auszubauen. Der Weinausbau ist fürwahr eine Kunst an sich und jeder Kellermeister hütet da so seine Geheimnisse. Täglich hält sich der Bruder Cellarius domini über viele Stunden im Weinkellergewölbe auf, um seine Schätze zu hegen und zu pflegen. Dass er dabei hier und dort etwas verkostet, bleibt nicht aus, weshalb er bisweilen auch selig angesäuselt hinter einem der Fässer einschläft. Dass er dadurch das gemeinsame Stundengebet oder die Messe verschläft oder zu spät zum Mittagsmahl kommt, das gefällt dem Prior gar nicht. Also schickt er in der Regel den jungen Novizen und *Noctis speculator* (Nachtwächter), um nach dem Kellermeister zu schauen, der dann betreten und mit gesenktem Haupt unter seiner Kapuze am streng dreinblickenden Prior vorbei seinen Platz einnimmt.

Zu allen gemeinschaftlichen Räumen der Abtei hat der Bruder Noctes speculator Schlüssel und Zutritt. Dies ist auch notwendig, da er sonst seinen Dienst an der Gemeinschaft nicht angemessen ausüben könnte. Zu den Nachtstunden, während die anderen Mönche schlafen, dreht er seine Runden und schaut nach dem Rechten. Sind alle Fenster und Türen geschlossen, ist im Refektorium in den kalten Monaten die Glut im Kamin noch am Glimmen, bedarf einer der Mitbrüder besonderer Hilfe? Während er des nachts auch die Klosterkirche inspiziert, das Skriptorium und die Verwaltungsräume in Augenschein nimmt, den Vorratskeller nicht außer Acht lässt, so ist ihm doch der Zutritt zum Weinkeller ohne den Kellermeister verwehrt – hierzu hat er keinen Schlüssel. Dies ist eine reine Vorsichtsmaßnahme, damit der Nachtwächter nicht versucht werde, seinen Dienst zu vernachlässigen. Nun, als der junge Novize wieder einmal geschickt wird, den Kellermeister zum gemeinsamen Mahl zu holen, entdeckt er den Verwalter des Rebensaftes tief schlummernd an ein Fass gelehnt. Verführerisch hängt an dessen Leibriemen der Schlüssel zum Weinkeller. Da ergreift der junge Mann kurz entschlossen eine Kerze und drückte unbemerkt den Schlüsselbart ins weiche Wachs, um sich eine Matrix zu machen. Erst dann weckt er seinen Mitbruder, damit dieser ins Refektorium kommet. Nachdem der junge Mönch anhand des Wachsabdrucks sich einen eigenen Schlüssel gefeilt hat, beliebt es ihn gerne, während die anderen Mitbrüder nach der Mette zur Ruhe in ihren Zellen liegen, in den Keller zu schleichen und sich an dem gegorenen Rebensaft zu laben. Über viele Monate bleibt sein Treiben unbemerkt, als er eines Nachts den Zapfhahn des großen Fasses blockiert vorfindet, sodass er ihn nicht zu öffnen vermag. »Hat der Kellermeister vielleicht Verdacht geschöpft?«, denkt er. Also nimmt er einen gläsernen Heber, steigt die Leiter bis zum breiten, oberen Spundloch hoch, öffnet die Verriegelung und zieht gierig und ausgiebig das köstliche Nass in sich hinein. »Ein Traum von einem Wein«, geht es ihm noch durch den Kopf, als ihm die Sinne schwinden und er schwer benebelt in das Fass hineinstürzt und dort im Rebensaft ertrinkt.

Wochen vergehen und die Klosterbrüder denken, der Novize habe es sich mit dem Übertritt in die Abtei doch noch anders überlegt, möchte halt lieber in die Welt hinaus und habe sich daher heimlich vom Acker gemacht. Der Kellermeister, immer auf ausgezeichnete Qualitätsentwicklung bedacht, stellt fest, dass sich der Geschmack des schönen Zinsweines nicht mehr so entwickelt, wie er erwartet hatte. Da entdeckt er, dass das obere Spundloch geöffnet ist, was ihm Rätsel aufgibt. »Habe ich das nach der letzten Kontrolle vergessen zu schließen? – Da müsste ich aber schon recht besoffen gewesen sein. So etwas ist mir bisher noch nie passiert, dessen bin ich mir sicher«. Dann ergreift der Kellermeister eine lange Messlatte, um anhand der Markierung die Menge des noch verbliebenen Weines abschätzen zu können, als er auf den Leichnam des Novizen stößt. Mit Mühe gelingt es ihm, die Leiche zu bergen. Vom Rotwein, so scheint es, wurde der Korpus des Unglücklichen konserviert, denn sein Körpergewebe hat inzwischen völlig die Farbe des Rebensafts angenommen. »Hat mir der Lümmel den schönen Wein versaut!«, schimpft der Kellermeister laut vor sich hin, als er den Leichnam des heimlichen Zechers betrachtet. »So viel Mühe – und alles umsonst!« »Umsonst? Das kann doch nicht wahr sein! Carpe diem! Vielleicht kann ich den schönen Wein doch noch retten?« Der Cellarius domini überlegt, was zu tun sei. Dann schachtet er an einer entlegenen Stelle des Kellers eine Grube aus und verscharrt darin den von allen als »entlaufen« geglaubten Novizen. Während der folgenden Monate aber widmet er sich weiterhin intensiv dem Ausbau des Zinsweines – Er muss ihn retten! Als versierter Kellermeister, mit allen Wassern gewaschen, setzt er dem Wein nun Eichenholzspäne, Schwefel, Weihrauch und weitere geheime Ingredienzien zu. Mit viel Ehrgeiz, über Monate hinweg, gelingt es ihm letztlich doch noch, einen hervorragenden Barriquewein auszubauen, wofür er bei der offiziellen Verkostung von seinen Mitbrüdern höchstes Lob erntet.

Die Jahre im Kloster vergehen, der »entsprungene Novize« ist längstens vergessen, als auch dem Kellermeister die

Lebenskräfte schwinden und er sterbend in seiner Zelle darniederliegt. Erst jetzt beichtet er seinen lang zurückliegenden Frevel, doch das Grab des Novizen kann trotz der vagen Angaben nicht mehr aufgespürt werden. Und noch immer wandert die ruhelose Seele des »Bruder Bacchus«, manchmal als kühler Hauch im Nacken wahrnehmbar, in den Kellergewölben der ehemaligen Abtei umher. Dies wird so lange andauern, bis der verscharrte Novize eines Tages gefunden wird und seine verbliebenen Überreste ein würdigeres Grab finden.

Historische Kelterpresse mit langem Torkelbaum

DER ABT MIT DEM WEINFASS

Geschichtsträchtige Orte

Die zwei Ortsteile von Bodman und Ludwigshafen liegen am Überlinger See, also am nördlichen Arm des Bodenseeufers. Schon früh, während der fränkischen Herrschaft im 8. Jahrhundert, wurde Bodman, nachdem die Alemannen von den Franken besiegt wurden, als Pfalz für die fränkischen Könige auserkoren, so auch für Karl den Großen. Doch die Lage war keineswegs sicher, schwelte doch noch ständig die Glut um Unabhängigkeit in den Herzen der Alemannen weiter. Großen Einfluss auf ganz Oberschwaben übte seinerzeit das Kloster Sankt Gallen mit seinem alemannischen Abt und Klosterneugründer Othmar bzw. Audomar aus. Dieser Umstand missfiel der weltlichen Herrschaft und widersprach den Begehrlichkeiten des Konstanzer Bischofs, der das Kloster gerne seinem eigenen Bistum unterstellen wollte. Auf Druck der fränkisch-karolingischen Machthaber Karlmann und Pippin führte Otmar in Sankt Gallen die Regula Benedicti (Bendiktinerregeln) ein, was politisch der angestrebten vereinheitlichten »Reichskirche« entgegenkam. Somit wurden Otmar und das Kloster vorläufig, von Repressalien verschont. Vorausgehend hatte man 746 im Blutgericht zu Cannstatt sämtliche alemannischen Herzöge samt deren Gefolge ermordet, nachdem Karlmann der Ältere die Herzöge zu einer Versammlung geladen hatte. Karlmanns

Stiefoheim (Stiefonkel) Childebrand berichtet über die Vorkommnisse dahingehend, dass Karlmann der Ältere *cum magno furore* (mit großer Wut) eindringt und alle tötet.

Schauprozess

Die Verwaltung der alemannischen Gebiete haben die neuen Machthaber, nachdem sich die Alemannen unterworfen haben, den fränkischen Gaugrafen Warin und Ruthard übertragen. Das aufblühende Kloster Sankt Gallen und dessen Einfluss auch in weite Gebiete Oberschwabens hinein, mit eigenen Landbesitzungen, ist den beiden machtbesessenen Grafen ein Dorn im Auge, weshalb sie ständig versuchen, das Kloster zu diskreditieren, zumal Otmar unverhohlen auch weiterhin mit den Alemannen sympathisiert. Schließlich dingen die Landgrafen einen Verleumder, um den Abt anklagen zu können.

Es ist früh am Morgen. Von Osten her ziehen dunkle Wolkenschwaden im Dämmerlicht des jungen Tages über die alpinen Berggipfel. In den Tälern selbst ist es noch stockdunkel. Doch die ersten Sonnenstrahlen streifen von Osten her schon die obersten Gipfel, sodass deren Konturen glühend aufleuchten und die Korona um die Bergsilhouetten mehr und mehr an Glut zulegt. Unweit des Klosters Sankt Gallen blitzt Fackelschein auf. Ein Trupp Landsknechte mit Spießen und Hellebarden nähert sich der Anlage mit Waffengeklirr. Die schweren Pferde der Reiterei schnauben ihren heißen Atem in die kühle Morgenluft und mit heißerer Kehle stimmt der ganze Tross ein wüstes Lied an. Schon hat die Horde das Kloster erreicht und einer der Anführer klopft entschieden ans Tor. »Wo ist der Abt, das Schwein? Tretet hervor!« Da öffnet der Bruder Pförtner eine kleine Luke und will wissen, was ansteht. Der Tross verlangt die Herausgabe des Klostervorstehers, ansonsten würde man das Kloster mitsamt seinen Bewohnern dem Feuer übergeben. – Ruhe. – Die Mönche ziehen sich betreten im Konvent zur Beratung zurück. Dann stellt sich Otmar freiwillig den Söldnern, will er doch seine Mitbrüder und das Kloster schützen. Was man ihm zur Last legt, das erfährt er zunächst nicht. Otmar wird also an einem Spätsommermorgen im Jahre 759 verhaftet, in Ketten gelegt und unter Beschimpfungen und Schlägen in den Kerker der Königspfalz zu Bodman verbracht. – Während des Schauprozesses in der folgenden Woche tritt ein windiger Zeuge namens Lampertus auf, der beobachtet haben will, wie der Ordensmann Otmar sittenwidrig eine Frau geschändet habe. Der falschen und hinterlistig konstruierten Anklage vermag Otmar nichts entgegensetzen. Ein *advocatus* (Rechtsbeistand) wird ihm nicht gewährt. Wie zuvor abgekartet, wird der Ordensmann nicht wegen Landesverrats und Verbrüderung mit dem Feind, sondern wegen Ehebruch und Sittlichkeitsvergehen zum Hungertod in der Königspfalz zu Bodman verurteilt. Offensichtlich schon nach wenigen Tagen der Folterhaft, plagt die Ankläger ihr Gewissen und die Strafe wird, ohne besonderen Aufhebens, abgemildert. Zur Verbannung verfrachtet man den Benediktiner jetzt auf die kleine Rhein-Insel Werd bei Stein am Rhein, wo er noch im Winter desselbigen Jahres an den Folgen seiner im Kerker erlittenen Misshandlungen verstirbt.

Der Abt mit dem immer vollen Weinfass

In der Kathedrale von Sankt Gallen kann man die Mönchsfigur des heiligen Otmars mit goldenem Bischofstab und einem Weinfässchen unterm Arm entdecken. Doch was hat es damit auf sich?

Noch lange trauern die Gläubigen aus Oberschwaben und der Schweiz mit allen Klosterbrüdern von Sankt Gallen um den toten Abt, dessen Andenken, wegen seiner besonderen Zuwendung zu den Armen und Kranken, in den Herzen aller tief verankert bleibt. Zehn Jahre nach dessen Tod macht sich eine Abordnung Ordensbrüder aus Sankt Gallen auf, den Leichnam des heiligen Mannes, der keinerlei Verwesungsspuren aufweist, heimzuholen. Mit sich in der Barke führen die Mönche das ehemals persönliche Weinfässchen des verstorbenen Abtes, das, soviel man auch aus ihm trank, nie leer wurde. Zu seinen Lebzeiten hatte Otmar den Wein stets mit den Armen und Kranken, die er versorgt hatte, geteilt. Während des Leichentransportes über den Bodensee kommt plötzlich ein heftiger Sturm auf, doch das Boot samt seiner Besatzung, dem Sarg und dem stets gefüllten Weinfass geht nicht unter. Auch eine kräftige Windhose, die über die aufgewühlte See fegt, kann dem Kahn mit seinen Passagieren nichts anhaben. Ja, sogar die entzündeten Kerzen beiderseits des Sarges, so wird später berichtet, flackern lediglich etwas und verlöschen nicht.

100 Jahre nach seinem Tod wurde Otmar heiliggesprochen. Heute wird er als Vorgänger der Ordensbewegungen des 12. und 13. Jahrhunderts angesehen und nicht von ungefähr leben heute im »Kloster Werd« auf der gleichnamigen Insel Franziskaner, die das Otmarheiligtum, eine kleine Kapelle, in Ehren halten.

DAS »WEIHERLEIN VON UNSERER FRAUEN BRUNNEN«

Verdorbenes Jagdglück

Schon seit Wochen lauert der Graf von Montfort im Waldgebiet zwischen der Schussen und der Argen einem kapitalen Zwölfender auf. Die überaus beeindruckenden Stangen des Rothirsches würden sich als prächtige Wandtrophäe in seiner Sammlung gut ausmachen. Während der Graf nun durch den Feld-, Busch- und Forstbestand streift, entdeckt er am Waldesssaum, unweit des Weilers Wolfzennen, den Kadaver »seines Hirschen«. Die Spuren sind eindeutig. Offensichtlich haben Wölfe das Tier gerissen und schon sehr stark ausgeweidet, sodass das Fell und das Fleisch nicht mehr zu gebrauchen sind. Nur die »Stangen« kann er bergen. »Taugen vielleicht für den Bau eines Sitzmöbels noch«, sinniert der aufgebrachte Waidmann. Als echte Jagdtrophäe taugen sie nicht, hat doch nicht er den Hirschen waidgerecht zur Strecke gebracht. Der Ärger über die räuberischen Wölfe in seinem Revier lässt dem Grafen die Zornesröte zu Kopfe steigen. Nicht nur, dass der »Meister Isegrim« ihm Jagdkonkurrenz bietet, auch das Vieh der Bauern auf den Feldern oder die Herdentiere der Schäfer sind ständig der Gefahr ausgesetzt, gerissen zu werden. Somit entschließt sich der Graf, etliche bezahnte Tellerfallen gut getarnt im Revier auszubringen.

Das Unglück im Forst

Waldemar ist der Forstgehilfe des Grafen von Montfort und zuständig für den Holzeinschlag, wie auch für alle jagdlichen Vorbereitungen. Dazu gehört der Bau von Unterständen, von Futterkrippen, kleinen Stegen über Bachläufen etc. Jetzt, nur wenige Tage nach der verdorbenen Jagd des Grafen durch umherstreunende Wölfe, erhält er den Auftrag, regelmäßig die ausgelegten Fallen zu kontrollieren. So ganz genau, wo sich die Schlageisen befinden, kann er nicht in Erfahrung bringen, doch immer sind sie ganz dicht an einem Baumstamm, da Wölfe dort bevorzugt ihre Duftmarken hinterlassen. »Wenn ein Wolf hineintappt, dann wirst du das bestimmt sehen«, meint der Graf. »Dann fackle nicht lange, nimm deinen dicken Knüppel und erschlage das Vieh auf der Stelle – hast du mich verstanden?«

Waldemar durchsucht auf den angegebenen Strecken die von seinem Herrn selbst ausgebrachten Wolfsfallen. Fast alle kann er ausfindig machen, doch kein Wolf ist bisher in eine hineingeraten. »Es sind halt doch schlaue Tiere«, denkt er. Angst vor ihnen hat er nicht, denn noch nie hat er von tatsächlichen Angriffen auf Menschen gehört – nur unbewiesene Schauermärchen halt. Eben, als er auf eine Lichtung treten will, sieht er dort eine Rehgeiß mit ihren zwei schon fast erwachsenen Kitzen äßen. Um sich an dem friedlichen Bild besser erfreuen zu können, duckt er sich etwas und schmiegt sich eng an den Stamm einer Eiche. Da durchfährt ihn ein höllischer Schmerz. Der Jagdaufseher ist selbst in eine der vom Grafen so sorgfältig versteckten Schlagfallen getreten. Das bezahnte Eisen hat sich dicht über dem Fußgelenk geschlossen. Ein Entkommen aus eigener Kraft, das scheint unmöglich zu sein. Vor unbändigem Schmerz schreit Waldemar auf. Vielleicht hat ihm die Falle gar das Bein zertrümmert? Reflexartig versucht er es frei zu bekommen, als sich das Eisen noch fester schließt. Schon ist er der Ohnmacht nahe, als ihn die kalte Schnauze eines Hundes im Gesicht beschnuppert.

Rettung und wundersame Heilung

Nur wer an Wunder glaubt, kann auch Wunder erfahren.
(Elvira Lauscher)

Zum Glück hat der Hütehund eines Schäfers den verunglückten Waldemar aufgestöbert. Seine feine Nase hat ihn, direkt von der Herde weg, hierher an die Lichtung geführt. Nun bellt er laut und läuft hastig hin und her – vom Verletzten zum Schäfer und wieder zurück, sodass dem Hirten rasch klar ist, dass da was Ungewöhnliches sein muss. Er folgt also seinem Hund und findet den schwer in Not geratenen Jagdgehilfen, gefangen in der Falle. Mit Mühe öffnet der Schäfer die zugeschnappten Bügel und zieht das arg in Mitleidenschaft gezogene Bein heraus. Waldemar vermag seine Sinne jetzt nicht mehr aufrecht zu halten und fällt in Ohnmacht, während der Schäfer sich daranmacht, die Wunden, so gut es eben geht, zu versorgen. Dann packt er den Kranken auf ein mit Schaffell gepolstertes Schleppstangengerüst, bindet seinen Esel davor und schleppt so den im Delirium sich befindenden Jagdgehilfen immer im Tal der Schussen entlang, bis der Fluss einen scharfen Knick nach links macht. Nun ist es nicht mehr weit bis zu der kleinen Marienkapelle mit dem Quellweiherlein. Dort angekommen, kühlt er die Stirn seines Patienten mit frischem Quellwasser. Als dieser erwacht, hilft er ihm, sein kaputtes Bein in den Quelltopf zu stecken, um die Wunden reinigen zu können.

Kaum hat Waldemar sein Bein eingetaucht und im Stillen ein Bittgebet gesprochen, ist er ohne Schmerzen, und als er jetzt sein Bein aus dem Wasser herauszieht, ist dieses, oh Wunder, völlig unverletzt und wieder gesund.

Die wundertätige Heilung am Marienbrunnen machte in der ganzen Region rasch die Runde und viele Heilsuchende kamen zur »Gnadenmadonna«, fanden Erhörung und wurden geheilt. Die Gnadenkapelle wurde alsbald zu einem Wallfahrer-Kirchlein ausgebaut und die Menschen begannen, in dessen unmittelbarer Nähe zu siedeln. Die so entstandene Ortschaft, heute Teilgemeinde von Eriskirch im Bodenseekreis, nennt man seither »Mariabrunn«. In der Mitte des 18. Jahrhunderts ließen die Grafen von Montfort zu Tettnang die Pfarrkirche im barocken Stil neu erbauen. Das Stifterpaar veranlasste daraufhin, in den Bildern der Seitenaltäre zum ewigen Gedenken dargestellt zu werden, und der letzte regierende Graf Montfort, Franz Xaver, wurde 1880 auf seinen Wunsch hin in der kleinen Wallfahrtskirche ehrenvoll bestattet.

Aus der bestialischen Wolfsfalle gibt es kein Entrinnen

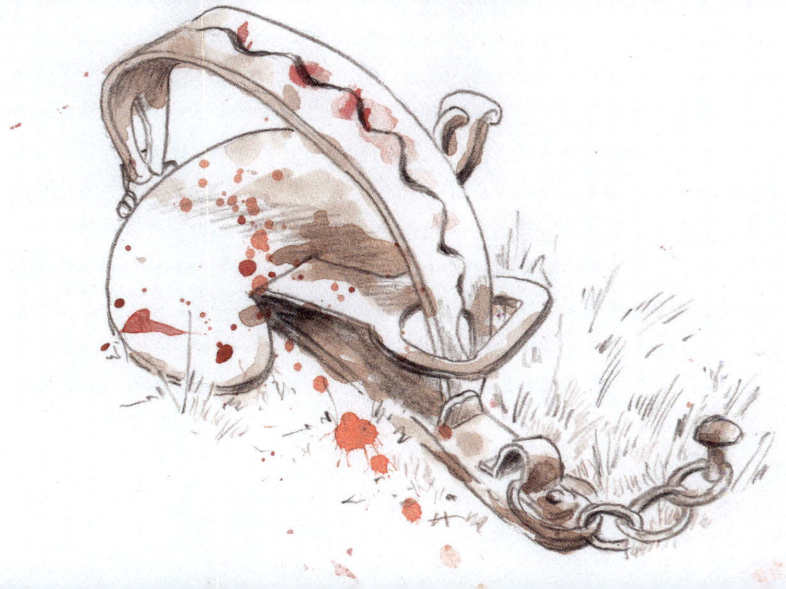

DER KATZENSTRECKER VON RATZENRIED

Wangen, liebenswerte Stadt im Allgäu

ara und ihre drei Freundinnen fühlen sich im oberschwäbischen Allgäu sauwohl, insbesondere aber in ihrem schönen Heimatstädtchen Wangen mit seiner historischen Altstadt, den Läden, Gaststätten und den vielen Sehenswürdigkeiten. Sehr amüsant finden sie dabei die lustigen Brunnen. Sie strahlen eine Heiterkeit aus, die man den als knitz und sturköpfig verschrienen Allgäuern nicht zutrauen möchte. So neben dem Gasthaus zum Stiefel der »Esel-Brunnen«, der eine Geschichte nach Aesop in mehreren Szenen illustriert. An anderer Stelle, am Saumarkt, befindet sich der »Antonius-Brunnen«, der den heiligen Antonius umgeben von lauter Schweinchen darstellt. Besonders humorvoll ist auch die Figurengruppe des Spuckbrunnens mit den »verdruckten Allgäuern« vor dem Pfaffenturm nahe des Rathauses. Mara und die anderen Mädchen haben sich eben drüben vom »Fidelisbäck« einen warmen, saftigen »LKW« (Leberkäswecken) zum Vesper geholt, den sie im Schatten des Pfaffenturms und des Rathauses verzehren möchten. Belustigt schauen sie dabei den ahnungslosen Passanten zu, die am Brunnen vorbeigehen und unversehens von den Figuren mit kühlem Nass angespuckt werden. Eine der fünf übereinanderliegenden Personen, der barfüßige »Leisetreter«, hält seine Schuhe an Riemen in der Hand fest, und erinnert Mara an eine Geschichte über einen Schuster aus dem nahe gelegenen Dorf »Ratzenried«. Die muss sie ihren Freundinnen jetzt unbedingt erzählen:

Der garstige Wanderschuster

Nachkriegszeit: In Ratzenried lebt ein Wanderschuhmacher, ein übler und rauer Bursche, dem man so manche Untat nachsagt. So spielt er gerne mit gezinkten Karten, lügt jedermann die Hucke voll, ist hinter jedem Weiberrock her und hat besondere Freude daran, Tiere zu quälen, insbesondere Katzen. Bei Jung und Alt im Dorf und darüber hinaus ist er als Katzenstrecker oder Katzenfresser verschrien.

Der hinterhältige Schuhmacher verdient sein Geld, indem er im Allgäu von Hof zu Hof wandert und dort die desolaten Schuhe oder Stiefel flickt. Auch einfache, robuste Treter fertigt er bei Bedarf direkt vor Ort an. Viel verdient er nicht dabei, denn die Bauern bezahlen gerne mit Naturalien wie mit Eiern, Speck oder Wurst. Manches Mal darf er auch am kargen Mittagsmahl zusammen mit den Mägden und Knechten teilhaben. Es reicht fast immer zum Sattwerden, wenn es schwarzes Mus mit Eingemachtem gibt oder Kartoffeln mit Sauerrahm. Hat er Glück, dann stehen gar Pfannkuchen auf dem Tisch – Fleisch nur ganz, ganz selten.

Ist der Schuster auf Tour, so führt er in seiner Handwerkskiste stets auch einen Jutesack mit. Keine Katze ist dann vor ihm sicher. Mit raschem Griff fasst er sie im Nacken und stopft sie in seinen Sack. Nicht, dass er die Tiere dann kurz und schmerzlos töten würde. Nein, es bereitet ihm ein teuflisches Vergnügen, die zähen Stuben-, Stall- und Scheunentiger langsam zu Tode zu quälen, ehe er die »Dachhasen«, wie er sie zu nennen pflegt, abzieht und in die Kachel zum Braten legt. Auch wenn andere Menschen solchen Braten abscheulich finden, so lacht er dabei nur hämisch vor sich hin und meint: »s' Sößle machts«, und lässt das Ganze mit reichlich Zwiebeln, Knoblauch und etwas vergorenem Most simmern.

Was du nicht willst, das man dir tut

In einer Ortschaft der näheren Umgebung, die mit »-hofen« endet, geht der Wanderschuster mit seiner frischen Beute über den Friedhof. Es ist bereits dunkel, als die zwei frisch gefangenen Miezen in seinem Sack Alarm schlagen. Aus allen Ecken und hinter jedem Grabstein huschen jetzt behänd Katzen hervor und bewegen sich mit angelegten Ohren und gesträubtem Fell auf den Übeltäter zu. Ein Entkommen scheint unmöglich, weshalb der Schuster den Sack öffnet und die gefangenen Katzen frei lässt. Doch dies allein scheint nicht zu genügen, weshalb er schwört, »der heilige Franziskus möge sein Zeuge sein«, dass er nie wieder Katzen fangen, geschweige denn quälen werde. Wie auf ein Kommando zieht sich jetzt die aufgebrachte Rotte zurück. Für den Schuster ist klar, jetzt hat er nochmal Glück gehabt.

Monate vergehen und der Schuster von Ratzenried hat seine alten Gewohnheiten längst wieder aufgenommen. Seinen Schwur als solchen hält er inzwischen für lächerlich. – »Wahrscheinlich hat das auf dem Friedhof alles gar nicht stattgefunden. Werde wohl besoffen gewesen sein!«

Rau bläst der Wind durch die Thuja-Wipfel auf dem Friedhof, als er eines Abends wieder mit frischer Beute über den

Gottesacker läuft. Auch dieses Mal fangen die gefangenen Kater fürchterlich an zu miauen. Wie das Geheul verängstigter Kinder hört sich dies an. Immer lauter und jämmerlicher klingt ihr Klagen, als abermals hunderte leuchtendgelbe Katzenaugen aus nächster Nähe auf den Wortbrüchigen starren. Es scheint, dass sämtliche Katzen der Umgebung sich eingefunden hätten. Wild fauchend stürmen sie auf den Unhold zu, kratzen und beißen ihn, bis er wehrlos am Boden liegt. Am nächsten Morgen, als die Meßnerin auf den Friedhof kommt, um die Friedhofskapelle aufzuschließen, findet sie mitten auf dem Weg die übel zugerichtete Leiche des Wanderschusters liegen. Ein Begräbnis verweigert die Gemeinde dem Schuster nicht, doch schreibt man auf sein Grab den Spruch: »Was du nicht willst, das man dir tut, das füg auch keinem anderen zu«.

»He, Mara, eine schöne Geschichte war das ja wirklich nicht«, stöhnen die Freundinnen und drücken die letzten Happen ihrer »Leberkäswecken« hinunter, als durch das Pfaffentor ein rot geflecktes Kätzchen auf die Mädels zuläuft. »Ist die nicht süüüß!«, sind sich die Freundinnen einig und graulen die verschmuste Katze ausgiebig.

ALBDRÜCKEN

Dämmerschoppen

Kißlegg, ein Luftkurort im oberschwäbischen Allgäu, liegt eingebettet in einer Seenplatte und umgeben von Wäldern, Wiesen und Mooren. Mit den historischen Gebäuden wie z. B. dem alten und neuen Schloss und den Einrichtungen zur Erholung samt attraktiven Freizeitangeboten machen das Städtchen erkundenswert. Nicht zu vergessen und zu erwähnen ist die einladende Gastronomie. Im Wirtshaus kann der Fremde, sofern er Glück hat, mit der einheimischen Bevölkerung in Kontakt treten – »s'braucht halt manches Mol a bissle«. Ansonsten lohnt es, etwas zu kiebitzen, sofern man in der Lage ist, dem Dialekt zu folgen.

»In einem der Gasthäuser, dem »Goldenen Adler« in imposantem Fachwerkhaus oder dem vormals rot verputzten »Ochsen« sitzt die Stammkundschaft gerne mal zum Dämmerschoppen zusammen, schweigt sich an, nix gsagt isch gnuag globt!, hechelt Familiengeschichten durch, tratscht halt ein wenig oder lauscht zuweilen den Erzählungen des Volkschullehrers Paul Moser zur Kißlegger Sagenwelt. Im Übrigen ist man der Meinung »Guet esse un trinke isch ällewoil bessr wie dumm schwätze«.

Heute sitzt der Herr Lehrer mit am Stammtisch im »Ochsen«. Um die Stammgäste auf Laune zu halten, zitiert er das Motto des Gasthauses: »Es gibt nix Besser's wie was Guats« und damit ist nicht nur das gute Bier gemeint. »Wie wär's also mit ra schöna Legend?« – Alle am runden Tisch stimmen sofort zu und stoßen vorab prostend ihre Bierkrüge aneinander. Der Kiebitzer am Nebentisch spitzt die Ohren und erzählt später zu Hause, fein ausgeschmückt, was er da hört:

Der Albdruck

»Am Ortsrand von Kißlegg wohnt der noch ledige Schmiedegesell Jakob in seinem kleinen Häuschen, das er sich vor Jahren selbst gebaut hat. Seit er das eigene Heim bezogen hat, wirft ihm so manches Weibsbild sehnsüchtige Blicke zu. Doch Jakob ist eisern und denkt dabei immer an die alte Weisheit: »Bessa zwoa Ring unta de Augn, ois oa Ring am Finga.« Fleißig geht er alle Tage, wie gewohnt, bei seinem Meister an Amboss und Esse zur Arbeit und am Wochenende zieht er mit seinen Kumpels um die Häuser. Bei einem Fest auf dem Tanzboden in seiner Stammwirtschaft wird er eines Tages dann doch einmal schwach, als eine aufreizende, wenn auch nicht gar zu hübsche Maid ihm den Kopf verdreht, und er mit ihr in die freie Natur hinaus abzieht. Dem Drängen des kessen Mädchens kann er

Viele Monate lang sucht nächtens ein Schrättele den Jakob heim.

nicht widerstehen und lässt sich mit ihr auf ein »kleines« Abenteuer ein, wobei er zu sich beschwichtigend sagt: »A bißle isch immer no' besser wie gar nix«, und seine momentane Flamme meint: »Was Guets isch nie schleacht – gell Jakob!«

Die »Angelegenheit« im freien Feld geht Jakob noch lange nach, verfolgt ihn gar bis in den Schlaf hinein. Träumend wälzt er sich hin und her und seinem Meister fällt auf, dass er in letzter Zeit recht häufig träge ist. Jakob antwortet seinem Chef dann lapidar: »Wenn i jeden Tag so schnell schaff, werd i halt au schnell müd.«

Bald stellt Jakob fest, dass es eine Elfe beziehungsweise ein Schrättele sein muss, das ihm die vielen Alpträume verursacht. Schweißgebadet und mit klopfendem Herzen schrickt Jakob fast jede Nacht auf, nachdem das Schrättele zu ihm in die Schlafstube gekommen ist und sich ihm auf die Brust gesetzt hat. Sein lastendes Gewicht dabei ist unerträglich. Es ist Jakob so, als würden viele Zentner ihm die Luft zum Atmen rauben. So geht es viele Monate. Doch dann beschließt Jakob dem Schrättele aufzuwarten und sich nur schlafend zu stellen.

Kaum, dass die Turmuhr der Kirche Mitternacht schlägt, geht leise quietschend seine Kammertür auf, das Schrättele schlüpft herein und hüpft dem Jakob auf die Brust. Da packt der starke Schmiedegeselle den Quälgeist mit einem Ruck – doch bekommt er nur einen Strohhalm zu fassen. Jedermann im schwäbischen Allgäu weiß natürlich, dass ein Schrättele in allen möglichen Gestalten umgehen kann. Also zieht der Jakob sein scharfes Taschenmesser hervor und kürzt den Strohhalm entschieden an beiden Enden ein. In den darauf folgenden Tagen kann Jakob wieder gut und gesund schlafen.

Heirat isch koi Kappatausch

Am Sonntag blickt Jakob während der Messe von der Empore herab und sieht unten eine alte Frau mit Kopftuch über einem Kopfverband. Auch beide Beine hat sie verbunden. Neben der Alten aber steht eine junge Frau mit deutlichen Anzeichen einer Schwangerschaft. Da geht ihm ein Licht auf und er stellt die Alte nach der Messe zur Rede: »Etz isch's Mooß voll, des ka i dier saga«, poltert er los, da er überzeugt ist, dass die Alte das Schrättele gewesen sei – und weiter: »Etz hots zwölfe gschlaga.« Er beschimpft das Weib übel und droht ihr, falls sie nochmals »schrättelesweis« nachts in seine Kammer käme, noch ganz andere Saiten aufzuziehen. Da zeigt das alte Weib auf den Bauch ihrer Tochter und meint, dass alles ja in Ordnung sei, nur müsse er halt des Mädle heiraten. Da meint der Jakob errötend und stotternd: »Heirat isch doch koi Kappatausch«, worauf die Alte erwidert: »Hoscht ja, wias ausschaut, au koi Katz im Sack kauft.« Da wird es dem Handwerksgesellen ganz heiß im Hirn. Er überlegt kurz und meint dann: »No ischt's halt so« und die Schwiegermutter in spe bemerkt: »Kanscht froh sei, s schääsii goht'r it am weag um« (Du kannst froh sein, das Schönsein geht ihr nicht im Weg herum). Jakob bedenkt alles noch einmal, fasst dann das Mädel an der Hand, um mit ihr beim Pfarrer das Aufgebot zu bestellen. Von da an hat ihn nie wieder ein Schrättele geplagt. Das Albdrücken ist endlich vorüber!

VERHÜLLTE GESTALTEN

Stadt am weiten Ried

Bad Wurzach hat wohl das älteste Moorheilbad mit eigenen Thermalquellen in Baden Württemberg. Übrigens, für jeden Naturliebhaber von ganz besonderem Reiz ist das ausgedehnte und geheimnisvolle »Wurzacher Ried« am Rande der Stadt. Doch auch das Städtchen selbst bietet dem Besucher darüber hinaus manche Sehenswürdigkeit wie zum Beispiel das ehemalige Kloster »Maria Rosengarten«, das ehemals waldburgische Schloss mit imposantem Treppenhaus oder, etwas außerhalb gelegen, das 1355 erstmals erwähnte »Leprosenhaus«, das älteste Gebäude der Stadt – vormals auch Geburtshaus des bekannten »Moormalers« und Vagabunden Sepp Mahler. Vor allem um dieses mittelalterliche Fachwerkgebäude, mit angebauter Kapelle auf einer kleinen Anhöhe außerhalb der Stadt gelegen, rankt sich so manche Sage, wurde das Gebäude doch zur Isolierung Aussätziger verwendet. Während der Gegenreformation hatte man die Kapelle barockisiert und 1782 das Leprosenhaus in dieser Funktion aufgelöst. Durch Seuchen wie der Lepra und den Folgen des Dreißigjährigen Kriegs hatte die Bevölkerung in der ersten Hälfte des 17. Jahrhunderts arg zu leiden, sodass seinerzeit lediglich 19 Bürger der Stadtbevölkerung, so wird berichtet, verschont blieben.

Giftiger Odem einer Otter auf dem Leprosenberg

Nördlich der Stadt Bad Wurzach, einst »*Oppidium Wurzun*« genannt, erstreckt sich in einem eiszeitlich ausgeformten Becken das Naturschutzgebiet »Wurzacher Ried«. Aufgrund der großen Strukturvielfalt beherbergt das Ried eine überaus artenreiche Tier- und Pflanzenwelt. Alfons liebt es, dort zu joggen, und das besondere Flair dieser urtümlichen Landschaft auf sich wirken zu lassen. Eben läuft er auf einem der weich federnden Wege entlang, als er wenige Schritte vor sich etwas ins Heidekraut huschen sieht. Langsam nähert er sich der Stelle und entdeckt eine mittelgroße Kreuzotter, die sich auf einer kahlen Fläche zum Sonnen hinringelt. Alfons ist von diesem Anblick sehr gefangen, denn schon lange hat er keine solche Otter mehr gesehen. Eine Weile noch betrachtet er die faszinierende Schlange mit ihrer auffälligen Zickzackzeichnung und wendet sich dann dem großen See ganz in der Nähe zu. Dort angekommen, sucht er über einen schmalen Steg die Holzplattform auf, legt sich auf den Rücken und schaut den ziehenden Wolken zu, während ringsum die Frösche quaken. Als ihm dann die Augen zufallen, ist er mit seinen Gedanken immer noch bei der vorhin beobachteten Kreuzotter. Otter, ja, das ist das Stichwort, das ihn in eine Legende eintauchen lässt, die sich am Leprosenberg ereignet haben soll. – Dort im Gebäude ist noch als magisches Mittel zur Leprabekämpfung eine alte Medizinflasche mit einer in Alkohol eingelegten Kreuzotter auf einem Tisch zu sehen:

»Vor Urzeiten flog eine riesige und giftige Otter mit weit gespreizten Fledermausflügeln hierher und nistete sich im Geäst einer alten Linde auf dem Leprosenberg ein. In manchen Gegenden wird das Untier als Drache oder Lindwurm und wiederum woanders als Basilisk bezeichnet. Wie dem auch sei, immer noch haust das Fabeltier in der Krone des Baumes und verpestet mit seinem giftigen Odem die ganze Gegend, sodass viele Menschen an Lepra und Pest dahinsiechen. Um die von Krankheit befallenen Menschen von der Stadt fernzuhalten, baut man rasch auf dem Hügel, neben besagter Linde, ein »Siechen- oder Leprosenhaus«. Dadurch kann man die Kranken von der städtischen Bevölkerung fernhalten, so hofft man. Verlassen die Erkrankten ihre Isolierstation, verhüllen sie sich unter einem breitkrempigen, spitzen, schwarzen Hut und einem dichten, weiten Umhang. In einer Hand halten sie dann einen langen Stock mit daran befestigtem Almosenbeutel und in der anderen eine Art Rassel. Somit werden alle willigen Almosengeber rechtzeitig gewarnt, um Abstand zu halten. Um die Betreuung und Verpflegung der Kranken kümmern sich oft als Akt christlicher Nächstenliebe Ordensleute. Doch hier in Wurzach und in anderen Orten, wie zum Beispiel auch in Riedlingen, ist es in erster Linie eine »Siechenmagd«, die mit den Aussätzigen lebt und sich um die Befallenen kümmert. Recht selten kommt ein sogenannter »Siechenarzt«, angetan mit seiner ausladenden Schnabelmaske, vorbei und versucht sein Glück mit dem Ausräuchern der Räume, dem zur Aderlassen oder anderem Hokuspokus.

Da der Lindwurm immer noch in der Linde sitzt und seinen schlechten Odem über die Stadt verströmen lässt, sterben die Menschen weiter wie die Fliegen. Da fasst sich der Ortsgeistliche ein Herz und ruft die noch überlebenden Gläubigen zu einer Prozession auf. Mit der Monstranz in der Hand schreitet er dem Zug auf den Leprosenberg voran. An der Linde angekommen, umfasst er die Monstranz mit beiden Händen und schlägt ein großes Kreuzeszeichen, wobei er beschwörende Formeln ausstößt. Kaum wird das Untier der Monstranz ansichtig, erzittert es heftig und fährt aus dem Geäst den Stamm hinab und verschwindet in einer tiefen Erdspalte zwischen dem Wurzelwerk. Auf dem Stamm der Linde aber hinterlässt es bei seinem Abtauchen eine, noch lange sichtbare Brandspur. Von Stund an sinkt die Zahl der Aussätzigen stetig«

Eine Kapelle wird gebaut

»Was den Leprakranken als »bürgerlich Toten« fehlt, ist nicht nur eine gute medizinische Versorgung. Auch für das Seelenheil bedarf es dringend eines sakralen Ortes der stillen Einkehr, der Hoffnung auf Gnade und der Andacht.

Nachdem 1669 das Leprosenhaus völlig neu aufgebaut wurde, und 1675 die Herrschaft Waldburg-Zeil-Wurzach entsteht, begibt sich der Graf alsbald im Wurzacher Ried auf die Jagd. Noch kennt er sich in seinem Revier nicht gut aus. Irgendwann verliert er im sumpfigen Gelände völlig die Orientierung und irrt nun im Abenddämmerlicht auf nass gurgelndem Grund und inmitten aufsteigender Nebelschwaden im unüberschaubaren Röhricht einher. Das Fortkommen im aufgeweichten Morast ist sehr beschwerlich, weshalb er sich auf einen faulen Wurzelstock niederlässt, um auszuruhen. Bald schläft der unglückliche Jäger vor Erschöpfung ein und bemerkt dabei nicht, dass er Stück für Stück abrutscht und immer tiefer in den kalten Moorboden einsinkt. Der aufmerksame Jagdhund des Grafen bemerkt die Gefahr, und versucht seinen Herrn zu wecken. Doch alles Bellen und Jaulen scheint vergebens. Da stürmt der besorgte Hund los, findet den Weg zum Leprosenhaus und schlägt dort Alarm. Immer wieder hüpft er an den dortigen Bewohnern hoch, bis diese sich Windlichter holen und dem Hund ins Ried folgen. Dass hier etwas im Argen liegt, erahnen die »Lazarus-Kranken«, wie man die Aussätzigen auch nennt. Nach einiger Zeit schlägt der Jagdhund an und die Kranken finden den tief im Morast eingesunkenen Grafen, der zwar bei Sinnen ist, aber sich hat nicht mehr selbst befreien können. »Beim heiligen Lazarus!«, entfährt es da den Rettern. Mit vereinten Kräften befreien sie den hohen Herrn aus seiner Notlage und bringen ihn zum Leprosenhaus, damit er sich erholen möge.

Nachdem der Graf sich hat aufwärmen können und wieder zu Kräften kam, so die Legende, suchte er umgehend seine Burg auf. Dass ihn die Leprakranken von »Wurzun« aus Todesgefahr errettet hatten, dankte er ihnen, indem er an das Siechenhaus angebaut eine Kapelle stiftete.«

Alfons reißt sich von den Legenden, die er in verkürzter Weise schon mal gehört hatte, los und begibt sich leichtfüßig auf sicheren Pfaden hinaus aus dem Ried.

Wer ein Buch mit entsprechendem Aufwand und Anspruch veröffentlichen will, wie dies beim vorliegenden angestrebt wurde, ist gut beraten weitere Experten zu Rate zu ziehen. Ohne die entsprechende Unterstützung und Hilfe nachfolgender Personen hätte ich dieses Buch sicherlich nicht realisieren können, weshalb ich mich recht herzlich bei allen bedanken möchte.

So gilt zu Beginn mein besonderer Dank *Anna-Lena Arbter/Bisingen* und *Nicole Späth/Riedlingen* für deren selbstlose Mitarbeit bei der ersten Durchsicht der Texte. Bedanken möchte ich mich vor allem jedoch bei den engagierten Mitarbeiterinnen und Mitarbeitern des Gmeiner-Verlages/Meßkirch: zunächst bei *Manuel Stöckler* für sein umsichtiges Management und sein allzeit offenes Ohr für all meine Belange. *Stefanie Stoltenberg* besorgte das Lektorat und trug somit dazu bei, die Texte geschmeidiger zu machen und *Katrin Lahmer* brachte das Ganze mit großem Einsatz in seine ansprechende Form.

Herzlich bedanken möchte ich mich selbstverständlich auch beim Herausgeber des Gmeiner-Verlags *Armin Gmeiner*, der das Wagnis in nicht ganz einfacher Zeit mit mir eingegangen ist, dieses Buch zu veröffentlichen.

Der Künstler und Autor **Herbert Arbter** kommt von der Ostalb und lebt schon seit über 30 Jahren in Oberschwaben. Die Region ist ihm längst zur Heimat geworden.

Kontakt: Herbert Arbter
www.atelier-arbter.de

Glossar

Admonition (engl.) = Ermahnung, hier Eigenname
Auwärterfell = Fell von Maulwürfen
Alblaisa = Linsenfrüchte vom Biosphärengebiet der Schwäbischen Alb
»Alter Schwede« = anerkennende Begrüßungsformel oder Ausdruck des Erstaunens
am Teller drehen = durchdrehen
Ammann = oberster Dienstmann eines Landesherrn
aufbrezeln = übertrieben schick machen
Baba-Jaga = russische bzw. polnische Sagengestalt
Bangert = ein uneheliches Kind. Das Wort wird auch herabwürdigend für Kinder benutzt.
Beindlmann / Beindlkramer = Knochenmann, Tod
Benthal = Seegrund
Blakkur = der Schwarze (Pferd)
Bocca della verita = »Der Mund der Wahrheit« in der Kirche Santa Maria in Cosmedin in Rom / Triton (Wassergott) als Verschlussdeckel einer röm. Wasserleitung
bräsig = schlecht gelaunt
Bratze = unattraktives Mädchen
Bresten = Schmerzen
Brotgehirn = Idiotin
Bunny = sehr attraktives Mädchen
die Hacken in den Teer hauen = sich beeilen
carpe diem (lat.) = nütze den Tag
cupiditas (lat.) = Gier
Christbäume = hier Brandbombenabwürfe
Debütant = Person die erstmals öffentlich auftritt
diatonisch = unterteilte Oktave in fünf Ganzton- und zwei Halbtonschritten
Donareiche = dem gemanischen Gott Donar oder Thor geweihter Baum
Druide = oberste kultische Institution und Seher der Kelten
Endorphine = Glückshormone
Entourage = Gefolgschaft
Entsatz = militärisch Befreiung eines Ortes oder eingeschlossener Truppen
Erpelfolie = Gänsehaut
Ethnopaulismus = abwertende Bezeichnung für eine ethnische Gruppe
Fagri = der Schöne
Fauna = Tierarten in einem Gebiet
Federico secondo (ital.) = Friedrich II. von Sizilien
Fünfte Jahreszeit = Zeit des historischen Schützenfestes in Biberach
flachsen = scherzen
Vizinalweg = Schleichweg
Galläpfel = befruchtete, Tannin haltige Eier der Gemeinen Eichengallwespe
gallig = beißend, bitter
Gandr = keltischer Zauberer
Gehörnt werden = von Ehefrau betrogen werden

Gesichtspullover = Bartwuchs
Gesäßhusten = Abwind aus Darm
Glimmstängel = Zigarette
Glubschi = Spanner
Gölde = hölzerner Trog
Göppel = alemannische Bezeichnung für altes, schlechtes Fahrrad
Gonfanon = Hängelbahn einer rechteckigen Fahne des Mittelalters, welche von einem Stab weht und am wehenden Ende aus mehreren Streifen oder Bändern besteht.
Graddl = weiße Frau mit magischen Fähigkeiten
Gröscht = Speise aus Innereien
gruftig = alt
Häs = Faschingskostüm
Habitus = Auftreten und Umgangsformen einer Person
hammermäßig = spannend
Hartgas = hochprozentiger Alkohol
Hasenscharte = hier Wiesen-Bärenklau, Doldenpflanze, beliebtes Hasenfutter
hälingen = heimlich, unbemerkt
heriban = Heerbann, Aufruf zum Kriegsdienst zu dem Verbündete verpflichtet sind
Herrmann Contractus = Hermann der Lahme (1013 – 1054), Universalgelehrter und Abt auf der Reichenau
hirnen = nachdenken, überlegen
Homo simplex = einfältiger Mensch
Honoratioren = Person mit herausgehobener sozialer Stellung
Inquisition = Prozessverfahren zur Bekämpfung von Häresie
Insignien = Zeichen der Macht
invidia (lat.) = Neid
Ische = Schulfreundin
ischig = zickig
Karminrote Tinte = hergestellt aus zerquetschten Kermes-Schildläusen
Katzendreck = Faschingsgebäck aus Meßkirch
keimig = widerlich
Kerubim = übernatürliches Wesen, welches als Diener oder Begleiter Gottes erscheint und unterschiedliche Erscheinungsformen hat.
Knautzen = Wecken aus einem Teil Weizen- und zwei Teilen Dinkelmehl
Komtur = eine Art Befehlshaber bzw. eine Amtsbezeichnung für den Leiter einer Ordensniederlassung, wie dem geistlichen Ritterorden.
Konvent = Niederlassung einer Ordensgemeinschaft
Kul Oba = ehemalige skythische Stadt am Schwarzen Meer
Lenz = Frühling, Lebensjahr
Lutschkopf = Glatze
Luziferin = unterschiedliche Naturstoffe, die in verschiedenen biolumineszenten Organismen zur Erzeugung von Licht genutzt werden.
Maleficium = Schadenszauber
Medicus (lat.) = Mediziner, Arzt
misericordia (lat.) = Mitleid

Muli = Kreuzung aus einer Pferdestute mit einem Eselhengst
Nebenchecker mit Laufwerk = Nebensitzer mit Grips
Nirvana = buddhistischer Schlüsselbegriff bezüglich Losgelöstheit von weltlichen Begierden und Leiden
nobilitas (lat.) = hochgestellte Person, Adeliger
Nomenklatura = Sammlung von Fachausdrücken
Obrist = schwedischer Offizier/Hauptmann
Ouroboro = Schlange der ewigen Wiederkehr die sich in den Schwanz beißt
Palimprest = auf Pergamenthaut überschriebener, abgeschabter Texte
Peilung = Ahnung
pekuniär = geldlich, finanziell
Portemonnaie = Geldbeutel
rumlöffeln = sich küssen
Präludium = frei improvisiertes musikalisches Vorspiel auf der Orgel
Psychosium = Gymnasium
Reminiszenz = Bezeichnung für eine Erinnerung oder für einen Anklang an etwas Früheres
Remise = Wirtschaftsgebäude mit Unterstand
Romulus und Remus = Gründer Roms, wurden von Wölfin gesäugt
Salär = Gehalt, Lohn
saeculum obscurum (lat.) = dunkles Jahrhundert im Mittelalter bzw. mehrerer Päpste gleichzeitig
Salix = Weidenrinde mit dem Wirkstoff Salicylat (ähnlich ASS)
Schmodder = Matsch, Schlamm
Schrat/Schrätele = Natur- und Waldgeist
Skriptorium = klösterliche Schreibstube
Seraphine = Engel, die von Gott erschaffen wurden und ihm untergeordnet sind
sich zubirnen = sich zusaufen
Soldateska = rohes Kriegsvolk
Sonntagsstaat = sonntägliche Kleidung
Spacko = Idiot
Spaten = Idiot
Stangen = Geweih vom Rotwild
Sublimierung = etwas gedanklich auf eine höhere Ebene stellen, veredeln
summa cum laude (lat.) = mit Auszeichnung
Tacheles reden = offen reden, ohne Umschweife
Torkelbaum = Baumstamm als Hebel für historische Weinpresse
Trinität = Dreieinigkeit
Trippen = Unterschuhe aus Holz
Tritonus = Halboktave dreier Ganztöne
Triton = römischer Wassergott
Unke = Froschlurch niederer Gattung
usuraio (lat.) = Wucherer
Versalbuchstaben = Großbuchstaben
Viva faba (lat.) = Pferdebohnen
voll krass = recht gut

Vollpfosten = dummer Mensch
Wasserneck = Wassergeist
Welschen = Der Begriff geht vermutlich auf eine germanische Bezeichnung für die unverständliche Sprache der Römer und Kelten zurück. Die »Walnuss« war ursprünglich die »welsche Nuss«, d. h., sie ist über Frankreich oder Italien ins Deutsche gekommen.
Wes Brot ich ess, ... = Mit dem Augsburger Religionsfrieden von 1555 wurde den Landesfürsten das Recht erteilt, die Konfession ihrer Untertanen zu bestimmen, und dies wurde wie folgt zusammengefasst: cuius regio eius religio – wessen Gebiet, dessen Religion – und im Volksmund wurde das schnell zu »Wes' Brot ich ess, des Lied ich sing«.
zutexten = mit Informationen überhäufen

Internetquellen

Altdeutscher Physiologus; https://de.wikipedia.org/wiki/Physiologus;

https://de.wikipedia.org/wiki/Burg_Schatzberg

http://www.schaefer-westerhofen.de/schule/bergpredigt/vusprachen.html

https://www.eriskirch.de/pfarrkirche-zu-unserer-lieben-frau-mariabrunn.html

Heiligenlexikon.de/Biographien

Lars Börner, Hunnensturm, https://www.spektrum.de/magazin/hunnensturm/875021

Oberschwaben Sehenswürdigkeiten / oberschwaben-tipps.de

Literaturverzeichnis:

Boethius; Trost der Philosophie; dtv z. B. Beck, ISBN 3 423 34241 2

Böll Heinrich, Irisches Tagebuch, 8. Kap. dtv

Burgmaier P & M; 120 Jahre Plankentalkapelle 1887 – 2007, 2007, Selbstverlag

Div. Autoren; Geheimisse und Heilkräfte der Pflanzen, Verlag Das Beste, ISBN 3 7166 0018 0

Dr. Rudolf Eger; Abraham a Sancta Clara, Etwas für Alle – Goldmanns gelbe Taschenbücher 1960, Wilhelm Goldmann Verlag, München

Enzensberger H. M.; Allerleirauh – Viele schöne Kinderreime, Suhrkamp Verlag Frankfurt am Main; Insel Taschenbuch 115

Fried Johannes; Das Mittelalter – Geschichte und Kultur, C. B. Beck, ISBN 978 3 406 57829 8

Gravett Christopher / Breckon Brett; Die Welt der Ritter, Carlsen Verlag GmbH, Hamburg 1996

Hirson Christina; Zitate für jeden Anlass, Gräfe und Unzer, ISBN 978 – 3 – 7742 – 6955 – 2

Köhler Peter; 50 Klassiker – Heilige, Anaconda Verlag GmbH, Köln, ISBN 978 – 3 – 7306 – 0635 – 3

Pinson Roland W.; Moritaten und Bänkellieder bekannter Verfasser; Gondrom Verlag, Bayreuth, ISBN 3 – 8112 – 0290 – 1

Pons Wörterbuch der Jugendsprache, Ernst Klett Sprachen GmbH, Stuttgart; ISBN 3 – 12 – 517642 – 5

Ries Heinz-Gerd; Schnellkurs Deutsche Geschichte, Dumont, ISBN 3 – 8321 – 7625 – X

Schaaf Karlheinz; Sagen und Schwänke aus Oberschwaben, Rosengarten Verlag Konstanz

Schmidt Gustav; »Ulmer Sagenschatz – Sagen aus Ulm und dem Land um Ulm herum«, Gondrom Verlag, Bindlach, ISBN 1 – 8112 – 0792 – X

Schulte Günter; Schnellkurs Philosophie, Dumont, ISBN 3 – 8321 – 5373 – X

Schwitters Kurt; Das literarische Werk, Lyrik Band 1, Verlag DuMont, ISBN 3 – 8321 – 0626 – X

Steim Karl Werner; »Was durch Mord entstanden ist, hat auch durch Mord geendet«, BC-Heimatkundliche Blätter; 34. Jahrgang, Heft 2, 15.11. 2011

Waibel Joseph. und Flamm Hermann; Badisches Sagenbuch, Bd.1; Waibel-Verlag Freiburg/Br.1898

Weinfurter Stefan; Das Reich im Mittelalter – kleine deutsche Geschichte um 500 – 1500, C. B. Beck, ISBN 978 3 406 7 2397 1

Wohlleb Max, Eine Höhle im Brieltal / Blätter des Schwäb. Albvereins 1/2003